Mariage de façade

Une idylle inattendue

BARBARA DUNLOP

Mariage de façade

PASSIONS

HARLEQUIN

Collection : PASSIONS

Titre original :
HUSBAND IN NAME ONLY

HARPERCOLLINS FRANCE
83-85, boulevard Vincent-Auriol, 75646 PARIS CEDEX 13
Service Lectrices — Tél. : 01 45 82 47 47 - www.harlequin.fr
ISBN 978-2-2804-7554-9 — ISSN 1950-2761

Composé et édité par HarperCollins France.
Imprimé en septembre 2022 par CPI Black Print (Barcelone)
en utilisant 100% d'électricité renouvelable.
Dépôt légal : octobre 2022.

FSC
www.fsc.org
MIXTE
Papier issu de sources responsables
FSC® C159065

Pour limiter l'empreinte environnementale de ses livres, HarperCollins France s'engage à n'utiliser que du papier fabriqué à partir de bois provenant de forêts gérées durablement et de manière responsable.

- 1 -

Juchée sur une chaise dans un équilibre précaire, Katie Tambour, ma meilleure amie, faisait passer un détecteur de métaux sur la paroi jaune safran de mon petit coin repas.

— Inutile de l'accrocher, lui dis-je, en me rapprochant pour la rattraper au cas où elle glisserait de son perchoir.

— J'ai suspendu le mien ce matin, répliqua-t-elle, sûre de son fait. Je suis devenue une spécialiste.

Le parchemin encadré de mon doctorat reposait derrière elle sur la table ronde de la cuisine. J'étais officiellement devenue docteure en architecture et urbanisme.

— La différence, c'est que, toi, tu n'as pas l'intention de quitter la région.

Katie venait d'hériter de la chaire d'enseignement de physique et d'astronomie de Sacramento. C'était un poste à temps partiel mais, comme elle logeait encore chez ses parents, ses revenus lui suffisaient amplement.

— Je doute que tu déménages rapidement, dit-elle.

— Qui sait ?

Je n'étais pas particulièrement pressée de quitter la Californie. Je venais de passer les neuf dernières années à profiter du soleil et du mode de vie décontracté de la côte Ouest.

— Victoire, j'ai trouvé un montant ! s'écria Katie, son doigt marquant un point entre les armoires de cuisine et la sculpture en verre soufflé bleu que j'avais achetée lors d'une exposition, trois ans auparavant.

J'étais heureuse dans mon petit appartement situé en bordure de campus universitaire. Idéalement placé à une centaine de mètres de la rivière, mon balcon était balayé par une douce brise lors des chaudes journées d'été. L'endroit idéal pour de longues heures de lecture sur ma chaise longue.

— Passe-moi le marteau ! fit mon amie en tendant à l'aveugle sa main libre derrière elle.

— Je ne suis pas censée faire des trous dans les murs…

— C'est un trou minuscule.

— J'ai versé une caution en entrant dans les lieux. J'aimerais bien la récupérer.

— Un de plus ou un de moins, le propriétaire n'y verra que du feu.

Elle pencha significativement la tête en direction de la sculpture accrochée sur sa gauche. Trois gros crochets avaient été nécessaires pour suspendre l'objet.

— Très bien !

Je lui tendis le marteau en soupirant.

— Vas-y ! Vandalise mon mur !

Elle rit, s'empara de l'outil et plaça le clou avec précision.

— Tu vas adorer avoir ton diplôme sous les yeux. Désormais, tu pourras te faire appeler Dr Cambridge. Moi, j'ai bien l'intention de me faire appeler Dr Tambour.

— Les gens vont te prendre pour un médecin.

Elle tapota délicatement sur la pointe.

— Je leur expliquerai que j'ai un doctorat en physique et je commencerai à leur exposer la constante de Planck. De quoi faire taire leur curiosité.

— J'imagine, oui.

Elle se pencha pour soulever le cadre, l'accrocha et

s'écarta légèrement pour le mettre à niveau. Puis elle descendit de la chaise et se plaça à mes côtés.

— Parfait !

Je ne pouvais m'empêcher de me demander combien de temps mon diplôme resterait exposé avant de rejoindre une malle de déménagement.

— J'ai reçu une offre d'emploi un peu étrange, hier.

J'avais essayé de chasser le courriel de mon esprit depuis que je l'avais découvert la veille dans ma boîte mail.

— Étrange ? Que veux-tu dire ?

Katie leva une main pour rectifier une dernière fois la position du cadre.

— Disons… surprenante. Je ne sais pas exactement comment y répondre.

Je me dirigeai vers mon bureau pour y récupérer le message imprimé dans ma corbeille à courrier. Alors que je le remettais à Katie, mon regard se posa sur le blason tricolore de la ville de Windward imprimé dans l'en-tête. Mon amie se laissa tomber dans le fauteuil installé devant la baie vitrée entrouverte, près de la petite table où reposaient nos verres de merlot abandonnés un quart d'heure plus tôt. Elle parcourut rapidement la lettre.

— Eh bien, ils n'ont pas perdu de temps !

Elle leva sur moi ses grands yeux incrédules.

— Je n'ai même pas postulé, dis-je. Je me demande comment ils ont eu connaissance de ma situation.

— Tu as publié ta thèse, et la cérémonie de remise des diplômes a été retransmise en direct sur les chaînes nationales.

Elle se mit à lire à voix haute la description du poste : conception d'un complexe artistique et culturel, d'une galerie dédiée aux expositions et de salles de conférences.

— À Windward ? s'étonna-t-elle. Une des plus grandes villes d'Alaska ?

Je m'installai près d'elle et soulevai mon verre de vin. Cette offre d'emploi correspondait à mes rêves les plus fous. Un poste comme celui-ci requerrait dix bonnes années d'expérience que je n'avais pas. Mes origines alaskiennes avaient sans doute joué en ma faveur.

— Mais…

Katie semblait terriblement contrariée.

— Tu m'avais pourtant dit que…

— Que je ne retournerais jamais chez moi.

Je n'avais pas changé d'avis. Rien au monde ne pourrait me convaincre de retourner dans ma région natale.

— C'est simple, tu n'as qu'à décliner cette proposition. D'autres viendront, tu n'as pas à t'inquiéter.

Elle avait raison. Mon diplôme californien m'ouvrirait bien des portes.

— As-tu réfléchi à ce projet de Tucson pour lequel tu as été sollicitée la semaine dernière ?

— La construction de lotissements résidentiels ?

Je ne pus réprimer une grimace à l'idée de travailler dans ce domaine.

— Le salaire est intéressant et le climat agréable en Arizona.

Je secouai énergiquement la tête.

— Et si tu cherchais un poste à Reno ? suggéra encore Katie. Tu serais assez proche pour revenir ici le week-end.

— Je n'ai pas passé un doctorat pour concevoir des hôtels et des casinos.

— J'espère que tu n'iras pas t'installer dans les Keys. Les côtes de Floride sont infestées de serpents et d'alligators.

— En Alaska, il y a des ours.

Mon amie se redressa sur son siège.

— Tu envisages sérieusement d'aller en Alaska ?

— J'ai seulement dit qu'il y avait des ours.

— J'imagine qu'ils ne se promènent pas dans les villes.

— Détrompe-toi ! À Windward, ils sont partout.

Les grizzlis constituaient là-bas un réel danger.

— Quand tu étais petite, on te mettait en garde contre les étrangers. Tu te souviens ? Eh bien, chez moi, on nous apprenait à nous méfier des ours.

Katie but une dernière gorgée de vin avant de se lever pour se verser un autre verre.

— Je te sers ? proposa-t-elle en pointant la bouteille dans ma direction.

— S'il te plaît.

Je demeurai songeuse un instant. Le poste situé à Windward correspondait exactement à mes aspirations.

— De toute façon, il faut que je donne une réponse.

Je pouvais me permettre de décliner la proposition et de rester en Californie en attendant d'autres offres mais, maintenant que j'avais soutenu ma thèse et obtenu mon diplôme, j'avais hâte de me lancer dans la vie active.

— Si seulement ma famille était établie loin de l'Alaska…

Le souvenir de mon enfance dans le manoir de Cambridge me donnait la migraine.

— Si je me rapproche de mon père, il ne me laissera pas une minute de tranquillité.

— Combien de kilomètres entre Windward et Anchorage ?

— Pas suffisamment.

— Mais il n'y a pas de route, n'est-ce pas ?

— L'entreprise familiale possède une flotte entière d'avions privés.

— Ils ne sont pas obligés de savoir que tu es revenue au pays. Tu ne portes pas de bracelet électronique, à ma connaissance. Ils ne t'ont pas greffé une puce dans le bras.

— Mon oncle Braxton a des émissaires absolument partout.

— Des espions, tu veux dire ?

Elle éclata de rire.

— On se croirait dans un roman policier.

— Ce n'est pas drôle. Ils ne voient en moi qu'un atout pour la dynastie familiale. Ce sont des intrigants.

— Tu as vingt-sept ans, objecta Katie.

— Je sais.

— Ils ne peuvent plus te dicter ta conduite.

— Je le sais aussi.

Mais comme il était difficile de s'opposer à leur volonté ! Je n'avais aucune envie de passer éternellement pour le mouton noir de la famille. Je tendis la main vers la table basse et repris le courrier reçu de Windward.

— Et si je devenais ton ange gardien, suggéra Katie face à mes inquiétudes.

— Mon ange gardien ? Mais comment ?

— Je pourrais t'accompagner en Alaska. Les cours ne commencent pas avant septembre. Je peux les préparer n'importe où.

— Tu veux me servir de bouclier contre mon père et mon oncle ?

— Contre les ours, aussi. Il ne faut pas oublier les ours.

— Je ne voudrais pas te vexer, Katie, mais contre ces deux-là tu ne feras pas le poids. Rien ne les arrête.

— Je suis maintenant docteure en physique et astronomie. J'espère que tu ne l'as pas oublié. Rien n'est plus puissant qu'un trou noir. Personne ne connaît mieux que moi les secrets de l'effondrement gravitationnel, l'accrétion des gaz interstellaires et les noyaux galactiques actifs.

— Les trous noirs aspirent l'énergie vivante de tout ce qui les approche, c'est cela ?

Elle sourit avec indulgence de ma description plutôt simpliste.

— En gros, oui.

— Katie, tu n'imagines pas de quoi mon père et mon oncle sont capables.

Elle fronça les sourcils.

— Tu veux dire que tu ne veux pas de moi en Alaska ?

Un souffle d'air pur nous accueillit sur le tarmac de l'aéroport de Windward. Katie respira à pleins poumons.

— Tu sens ? demanda-t-elle d'un air émerveillé.

— Que veux-tu que je sente ?

— Cette atmosphère si particulière. On croirait boire les bulles d'un bon champagne.

— Le champagne dégage du dioxyde de carbone. Quel genre de scientifique es-tu donc ?

Elle glissa un bras sous le mien.

— Tu ne m'avais pas dit qu'on respirait aussi bien en Alaska.

— Il n'y a aucune industrie lourde par ici. À l'ouest, l'océan s'étend jusqu'à la Chine sur des milliers de kilomètres. À l'est, le nord du Canada. Et directement au nord, pas moins de trois parcs nationaux.

Nous pénétrâmes dans l'aérogare, laissant derrière nous le vrombissement des moteurs. Le hall était minuscule, bien plus modeste que celui de l'aéroport d'Anchorage. Comme nous nous dirigions vers la zone de récupération des bagages, mes yeux tombèrent sur une affiche publicitaire. Le député que mon père rêvait de me voir épouser me souriait d'un air amusé. Saisie d'effroi, je tentai de me rassurer. Ce n'était qu'une photo. Le vrai Joe Breckenridge partageait son temps entre Washington, Anchorage, Fairbanks et Juneau, où vivaient la moitié de ses électeurs. Le week-end, il rentrait généralement dans son ranch familial situé sur la péninsule de Kenai. Pourtant, je ne parvenais pas à me débarrasser d'une soudaine sensation de claustrophobie, comme si les murs de l'Alaska se refermaient soudain sur moi.

— Où est la station de taxis ? demanda Katie en regardant autour d'elle.

— L'hôtel Redrock met une navette à la disposition de ses clients.

Tout en parlant, je pointai du doigt la sortie la plus proche. Un minibus attendait en effet le long du trottoir. Le chauffeur s'approcha. Le logo de l'hôtel était brodé sur la poche de sa veste.

— Miss Adeline ? demanda-t-il poliment.

— C'est bien moi, répondis-je.

— Enchanté. Je suis Jackson. Bienvenue à Windward.

Il nous serra la main avant de s'emparer de nos valises à roulettes.

— Prenez place, je vous en prie !

Il chargea les bagages dans le coffre.

— C'est génial ! s'exclama Katie, émerveillée. Pas une minute d'attente.

— Calme-toi un peu ! On dirait que tu n'as jamais voyagé de ta vie.

— Eh bien si, justement. Si nous avions atterri à Los Angeles, nous ne serions pas encore sorties de l'avion. Je suis vraiment contente de t'avoir accompagnée.

— Attends un peu ! Tu n'es là que depuis cinq minutes.

Deux autres personnes s'installèrent à l'avant, puis le chauffeur prit place derrière le volant.

— Regarde les montagnes ! s'émerveillait Katie à mes côtés. Et tous ces arbres ! C'est magnifique !

— Forêt côtière tropicale.

J'endossai sans ciller le rôle de guide touristique.

— Et toute cette neige au sommet !

La femme assise devant nous tourna la tête dans notre direction. Les commentaires très sudistes de mon amie l'amusaient visiblement.

— C'est un glacier, dis-je. Les montagnes s'élèvent à plus de six mille mètres d'altitude.

— Ça veut dire qu'il ne fond jamais ?

— Exactement.

Elle s'enfonça dans son siège tandis que le bus longeait la côte sur Evergreen Drive.

— J'ai l'impression de partir à l'aventure.

— Et moi de voyager dans le passé.

La photo de Joe Breckenridge resurgit devant mes yeux, et le goût amer de notre dernière rencontre me revint en mémoire. À l'instar de mon père et de mon oncle, il n'avait semblé voir en moi que la pièce maîtresse de l'union de nos deux familles, et un atout indispensable à la réussite de sa carrière politique. Amis de longue date du père de Joe, Xavier et Braxton Cambridge avaient activement soutenu la candidature de Joe au Congrès. En le recommandant chaudement à leurs nombreuses relations, ils l'avaient propulsé sur le devant de la scène avant de décréter que le brillant jeune homme avait besoin d'une épouse alaskienne, issue d'une famille de notables, pour gravir d'autres échelons. Naturellement, ils avaient jeté sur moi leur dévolu. L'union des Cambridge avec un politicien prometteur ne pouvait être que bénéfique. L'arrangement était mutuellement avantageux.

Dommage que l'heureuse élue ait nourri d'autres ambitions.

— On dirait que ta famille est omniprésente dans la région, observa Katie.

Nous venions de dépasser le site régional de Kodiak Communications.

— Tes frères travaillent ici ?

— Très rarement. Le siège du consortium est situé à Anchorage.

— Alors, tu n'as pas à t'inquiéter.

J'aurais aimé partager l'optimisme de Katie. Dès le lendemain matin, j'avais rendez-vous avec William O'Donnell, le directeur de la chambre de commerce, et Nigel Long, un des principaux conseillers du gouverneur. Ce dernier éveillait particulièrement ma méfiance. S'il venait à évoquer notre rencontre, la nouvelle de mon retour en Alaska se répandrait à la vitesse de l'éclair.

La navette s'arrêta sous la marquise de l'hôtel Redrock. Tandis que je tendais un pourboire au chauffeur, un portier prit en charge nos bagages et nous précéda jusqu'à la réception où une hôtesse nous accueillit chaleureusement.

— Bonjour, mesdames, et bienvenue dans notre établissement. Vous avez fait une réservation ?

— Oui, répondis-je. Au nom d'Adeline Cambridge.

Mon regard se posa sur l'écran de télévision installé dans le hall. On y voyait le député Breckenridge, en jean bleu et chemise de flanelle à carreaux. Des santiags et un stetson complétaient sa tenue de cow-boy. Je serrai les dents pour ne pas hurler. J'avais l'impression que son image me poursuivait à chacun de mes déplacements.

— En effet. Vous êtes enregistrée pour trois nuits.

La voix de la réceptionniste me paraissait très lointaine tant la silhouette de Joe absorbait tous mes sens. On le voyait marcher dans un champ aux côtés du gouverneur Harland. Le clip s'achevait sur une invitation à un meeting organisé à l'hôtel de ville de Windward le lendemain soir.

— C'est bien cela ?

— Euh, oui, c'est exact.

Je repris contact avec la réalité et lui tendis ma carte de crédit.

— Y a-t-il un salon de coiffure dans l'hôtel ? demandai-je en saisissant la clé de la chambre.

— Oui, après les ascenseurs, juste à côté du spa.

— Un spa ? répéta Katie avec intérêt.

— Ouvert tous les jours de 7 heures à 22 heures. Il est recommandé de réserver. Le salon de coiffure ferme ses portes à 18 heures.

— Tu veux te faire belle pour ton entretien ? me demanda mon amie.

— Je… Eh bien, une nouvelle coupe me fera du bien. Et puis je veux faire bonne impression à mon futur employeur.

— Un entretien d'embauche ? demanda courtoisement l'hôtesse.

— Oui, répondit Katie à ma place.

— Alors, je vous souhaite bonne chance et j'espère que vous prolongerez votre séjour à Windward.

Je n'étais pas certaine de partager son optimisme. Le projet architectural m'enthousiasmait, mais les risques liés à ma présence dans la région commençaient à m'affoler. J'étais inquiète à l'idée de croiser le chemin de Joe ou d'être reconnue par un employé de Kodiak Communications.

— Quelle métamorphose ! Je n'en reviens pas.

Katie m'observait d'un air ébahi. Nous avions pris place dans le restaurant luxueux de l'hôtel pour le dîner et commandé des salades d'agrumes au saumon sauvage et un chardonnay californien. Au-dessus de nos têtes, une fresque lumineuse décorait le plafond. La lumière du jour filtrait encore à travers les baies vitrées. Je n'étais pas convaincue d'apprécier ma nouvelle coiffure. Je ne la détestais pas non plus. Je n'avais jamais été blonde auparavant.

— Audacieux ! déclara encore mon amie en se penchant sur le côté pour mieux m'observer.

Comme je tournais la tête pour lui offrir mon profil, je ressentis l'absence des mèches qui, quelques heures auparavant, me recouvraient encore la nuque. La coiffeuse avait opté pour un style asymétrique avec une frange très longue qui retombait sur le côté.

— Mes cheveux repousseront si je change d'avis, fis-je pour me rassurer.

— Cela prendra un peu de temps. Et les lunettes ? Tu as voulu te donner un petit air intellectuel pour ne pas ressembler à une vraie blonde ?

Remplacer mes lentilles par une paire de lunettes était simplement une autre façon de changer d'apparence.

— Tu es blonde, toi aussi.

— Oui, et je le regrette bien souvent. Si j'étais brune, les gens me prendraient sans doute plus au sérieux.

— Les gens te prennent très au sérieux.

Katie était un véritable génie. Personne n'en doutait. À peine avait-elle obtenu son doctorat que déjà on lui proposait un poste d'enseignante à l'université.

— Tes lunettes sont vraiment sympas, reprit-elle en préférant changer de sujet.

J'avais choisi une monture bordeaux, agrémentée de brillants au niveau des charnières. Je les ajustai une nouvelle fois sur mon nez, en songeant qu'il me faudrait un certain temps pour les adopter. Je portais des lentilles depuis l'âge de quinze ans.

— En tout cas, tu as bien réussi ta transformation, déclara Katie.

— Tu le penses vraiment ?

— Je te reconnais à peine.

Nous portions un toast à ma nouvelle apparence quand le son d'une voix masculine me fit avaler mon vin de travers. Je manquai de m'étouffer.

— Adeline ?

Je n'eus pas besoin de me retourner pour savoir à qui appartenait cette voix.

— Tu es à Windward ? demanda-t-il bien inutilement.

Trois autres hommes en costume l'avaient accompagné jusqu'à notre table. Je regrettai immédiatement ma nouvelle coupe de cheveux.

— Bonsoir, Joe.

Il avait troqué sa panoplie de cow-boy contre un complet-veston de businessman. Sa physionomie s'adaptait à tous les styles. Il tourna vers Katie son sourire amical, celui qu'il adressait toujours à des électeurs potentiels. Je fis les présentations.

— Dr Katie Tambour, voici le député Joe Breckenridge.

Mon amie sourit avec orgueil en m'entendant utiliser son titre prestigieux. Elle hocha aimablement la tête.

— Monsieur le député.

— Enchanté, Katie. Vous vivez en Alaska ?

— En Californie. Adeline et moi avons fréquenté la même université.

Il reporta sur moi toute son attention.

— Tu es venue passer quelques jours de vacances ?

Je préférai rester vague sans pour autant lui mentir.

— Nous sommes à l'hôtel pour quelques nuits.

— Un petit séjour à Windward avant de rejoindre Anchorage ?

Sa curiosité commençait à m'agacer.

— Juste quelques jours ici avec mon amie Katie.

Ma réponse ne semblait pas le satisfaire, mais les hommes qui l'accompagnaient avaient pris place à une table voisine et il semblait pressé de les rejoindre. Je sautai sur l'occasion pour le saluer.

— Ravie de t'avoir croisé, Joe.

— Ravi, moi aussi. J'espère vous revoir à la mairie demain soir.

Il sortit une carte de visite de sa poche et la déposa sur la table.

— Si vous avez besoin de quoi que ce soit, n'hésitez pas à m'appeler !

Katie saisit le petit carré de carton.

— Merci, dit-elle.

Puis, quand il se fut éloigné, elle se pencha au-dessus de la table pour me parler discrètement.

— Eh bien, toi qui espérais passer incognito !

Je laissai échapper un soupir de frustration.

— C'est lui.

— Comment cela ?

— Le gars dont je t'ai parlé.

— Je ne comprends pas.

Elle se redressa et regarda en direction de la table que Joe venait de rejoindre.

— Non, je t'en prie ! Ne fais pas cela !

Le front de Katie se plissa.

— Mais qu'est-ce qui te prend ?

— Je t'ai expliqué que mon père voulait me faire épouser un Alaskien.

— Je ne me souviens pas.

— Mais si, ce dimanche dans le parc. Le café au bord de la rivière. Je venais de rompre avec Andrew.

— Sage décision. Ce garçon était un minable.

— Ce n'est pas de lui qu'il s'agit aujourd'hui.

Ma patience atteignait ses limites. Katie le comprit.

— Donc, tu disais que ton père voulait te marier à un gars du pays…

Tandis que je hochais la tête, ses yeux glissèrent à nouveau vers la table de Joe.

— Ne me dis pas que…

Je grimaçai, en regrettant la malchance qui avait amené Joe Breckenridge dans ce restaurant, ce soir.

— Waouh, s'exclama mon amie. Un député. Carrément ! On dirait que ta famille nourrit pour toi de grandes ambitions.

— C'est une façon de voir les choses.

— Ce n'est pas la tienne ?

— Cet homme est un politicien.

Je n'avais pas une bonne opinion sur la moralité des hommes politiques et je n'avais aucune raison de penser que Joe était différent de ses collègues.

— Il est grand et beau, objecta Katie. Sympa, en plus…

— Dans quel camp es-tu exactement ?

— Le tien, bien sûr. Mais je me demande ce qui te déplaît chez lui.

— C'est un calculateur. Il a compris depuis longtemps qu'un mariage avec la fille de Xavier Cambridge lui rapporterait des voix.

Katie secoua la tête.

— Tu exagères.

— Absolument pas. Et son manège n'est pas très subtil. Voilà plusieurs années qu'il cherche à me séduire.

— Pourquoi mets-tu en doute ses intentions ? Peut-être qu'il t'aime bien…

— Il me connaît à peine.

— Je crois que tu te fais des idées.

Comme tous les scientifiques, Katie faisait toujours preuve d'un scepticisme exagéré. Je m'appliquai à lui fournir des explications plus rationnelles.

— L'équation est très simple. Joe Breckenridge est au début de sa carrière politique. Épouser l'héritière d'une grande famille alaskienne augmentera ses chances de réussite. De leur côté, les Cambridge ont besoin d'un politicien influent pour assurer le développement de leur industrie.

— Évidemment, vu sous cet angle !

Katie prit un air morose.

— La nature humaine est décevante, soupira-t-elle. C'est pour cette raison que tu es venue te réfugier en Californie pendant toutes ces années ?

— Je m'en félicite encore aujourd'hui.

À cet instant, un serveur déposa nos assiettes de salade sur la table et les aspergea de poivre fraîchement moulu. Mon amie regarda sans joie le contenu de son assiette.

— Tu n'as pas faim ?

Elle souleva sa fourchette à contrecœur.

— J'imagine que tu vas renoncer à ce travail ?

Je secouai énergiquement la tête. Plus je songeais à ce projet de centre culturel, plus j'avais envie de m'y investir.

— Joe ne restera pas longtemps à Windward. Et il pense que je suis là pour quelques jours seulement.

— Je dois dire que tu l'as habilement trompé sur ce point.

— Je n'ai pas menti.

— Non, mais tu l'as gentiment induit en erreur.

Je souris en piquant avec appétit ma fourchette dans un morceau d'avocat.

— Il nous regarde, observa Katie en jetant une œillade discrète sur le côté.

Je bus une gorgée de vin.

— Eh bien, nous, nous ne le regardons pas.

- 2 -

Ma rencontre avec Nigel Long et William O'Donnell eut lieu à la chambre de commerce de Windward. Le bureau de William était installé au deuxième étage d'une maison historique du centre-ville. Plus je l'écoutais exposer le projet, plus mon enthousiasme grandissait à l'idée de rejoindre son équipe. Ils recherchaient une personne imprégnée de la culture du pays. L'urbaniste qui avait précédemment occupé le poste était originaire de Chicago. Il ignorait tout de l'histoire de l'Alaska, et sa participation avait été désastreuse. L'opération marquait le pas depuis quelques semaines. Il devenait urgent de dessiner les plans et d'obtenir le soutien financier des pouvoirs publics. L'ampleur de la tâche était considérable, mais j'étais prête à relever le défi.

Lors de l'entretien, William se concentra sur la réalisation du projet. Nigel, au contraire, s'intéressa à mon parcours, à mes années d'études en Californie et à mes ambitions pour l'avenir. C'était un homme impénétrable. D'emblée, j'éprouvais un malaise en sa présence. Son attitude décontractée s'accommodait mal de son langage très châtié et de ses questions insidieuses. Il occupait un poste important au bureau du gouverneur. La fréquentation des hommes politiques avait-elle influé sur sa personnalité ?

Après la réunion, nous nous rendîmes sur le chantier.

Le site, idéalement situé entre montagne et océan, me séduisit d'emblée. Je m'efforçai pourtant de dissimuler mon excitation. Nous n'avions pas finalisé les détails de mon contrat, et je ne voulais pas affaiblir ma position de négociation en montrant trop d'empressement.

La topographie des lieux était complexe, mais elle offrait des possibilités infinies. La pente du terrain permettait la conception de plusieurs niveaux avec vue sur l'océan. La salle de théâtre pourrait idéalement utiliser le côté orienté vers la montagne.

— Vous serez à la mairie, ce soir ? demanda William, comme nous remontions en voiture.

La question me prit au dépourvu.

— Bien sûr, répondis-je après un temps. J'ai vu les affiches du meeting à l'aéroport.

— Je fais partie des intervenants, mais je doute que le député me laisse voix au chapitre.

— Le gouverneur sera-t-il présent ?

— Non. Il est en déplacement à Juneau. Je suis chargé de lui faire un rapport. Si vous voulez, je pourrai vous présenter à Joe Breckenridge.

— Euh non, je n'y tiens pas.

J'avais répondu rapidement. Beaucoup trop rapidement. Mais je craignais par-dessus tout que Joe fût informé de mon intention de rester à Windward.

— Prématuré ? demanda William en haussant un sourcil.

— Un peu, oui.

Installé au volant, Nigel reprit la direction du centre-ville.

— Alors, quelle est votre première impression ? demanda-t-il en guettant ma réaction dans le rétroviseur.

Le moment était venu de prendre une décision.

— Très favorable.

— Le site vous paraît intéressant ? demanda William.

— Il présente de nombreux avantages et un énorme potentiel.

— Vous avez sans doute des questions sur le poste ?

Je réfléchis un instant.

— J'imagine que le salaire sera proportionnel à mes années d'études ? demandai-je après un temps.

— Bien sûr. Et vous pourrez bénéficier d'un logement.

— Vraiment ?

— La chambre de commerce possède quelques biens immobiliers dans la région et notamment une maison meublée sur Rampart Street que nous avons libérée pour vous. C'est une bâtisse des années 1920, plusieurs fois rénovée. Il s'agit de l'ancienne résidence de Paul Pettigrew, un capitaine de bateau de pêche et l'un des fondateurs de Windward.

— C'était aussi un contrebandier, glissa Nigel. Lui et son épouse, Rosie Jane, venaient de Seattle. Tout le monde pensait qu'ils se dissimulaient sous une fausse identité.

L'histoire m'intrigua aussitôt.

— Pourquoi ?

— À en croire la rumeur, la jeune femme avait vécu un peu trop librement avant son mariage. Ces dames de Windward avaient leur moralité. Elles ne supportaient guère les écarts de conduite.

Spontanément, je penchai du côté de Rosie.

— Sans doute s'agissait-il simplement d'une personne indépendante, ce que l'on admettait difficilement chez une femme, à l'époque.

— Les enfants supportaient assez mal les histoires sulfureuses qu'on racontait au sujet de leur mère.

La remarque de William fit jaillir dans mon esprit une autre question.

— A-t-elle des descendants à Windward ?

Il était incompréhensible que sa progéniture n'ait pas hérité de la maison dont la chambre de commerce était aujourd'hui propriétaire.

— Ils ont déménagé dans le Sud, il y a des années.

Rien d'étonnant à cela. Qui aurait supporté de vivre dans une petite ville où la réputation de sa famille était à ce point entachée ?

— Revenons au sujet qui nous intéresse aujourd'hui ! reprit William après un bref silence. Vous acceptez le poste ?

J'abaissai les paupières pour mieux me remémorer le site que nous venions de visiter, songeant aux mille manières d'utiliser sa topographie. La mise à disposition d'une maison en centre-ville était la cerise sur le gâteau.

— J'accepte, dis-je avec détermination.

Un large sourire détendit les traits de William.

— Génial ! Tout simplement génial !

Nigel sourit lui aussi, mais son attitude semblait plus réservée. Décidément, cet homme éveillait ma méfiance.

— Bienvenue à bord, fit-il sans beaucoup d'enthousiasme. Le bureau du gouverneur se réjouit de travailler avec vous.

— Merci.

— Et si nous annoncions la nouvelle ce soir à la mairie ? suggéra William.

Je marquai une brève hésitation.

— Pouvons-nous attendre un peu ?

Je tentai tant bien que mal de justifier ma réserve.

— J'ai besoin d'avertir mes amis et ma famille, dans un premier temps.

— Je comprends. Aucun problème.

— Je vous donnerai le feu vert, dès que je serai prête.

Autrement dit, dès que Joe Breckenridge aurait quitté la ville.

Joe était assis au centre de la table destinée aux conférenciers. Il était flanqué de William sur sa gauche et d'une femme d'une quarantaine d'années sur sa droite. Tous avaient devant eux des micros, des notes et des bouteilles d'eau. Katie et moi étions installées au fond de la salle. Je n'avais aucune intention de participer au débat, mais j'étais impatiente de connaître les sentiments du public au sujet du projet auquel je devais participer. La réunion devait aborder trois sujets : la construction du centre culturel, le budget alloué à l'amélioration du parc national et la mise en chantier d'une route reliant Windward à Skagway.

Katie se pencha pour chuchoter à mon oreille.

— Il t'a repérée.

Je dirigeai aussitôt mes yeux vers la tribune. Elle avait raison. Joe regardait dans ma direction. C'était illusoire de vouloir se fondre dans la foule. Il me sourit, et je relevai timidement les lèvres en retour.

— Il te dévore des yeux. On dirait un enfant devant la vitrine d'une pâtisserie. C'est vraiment un bel homme. Je te trouve bien difficile pour quelqu'un qui n'a pas eu de rendez-vous depuis six mois.

— Cinq, exactement.

— À ta place, je ne ferais pas la fine bouche.

— Tais-toi, je t'en prie !

Joe s'était levé de son siège. Il avait quitté la scène et avançait droit dans notre direction.

— Peut-être qu'il voit quelqu'un d'autre…

Elle daigna enfin se taire quand il atteignit notre rang.

— Curieuse ? me demanda-t-il.

— À quel sujet ?

Je retins mon souffle et attendis qu'il développe sa pensée.

— Impatiente de connaître les sujets qui préoccupent notre communauté ?

Il inclina la tête et aiguisa son regard, comme s'il essayait de lire dans mes pensées.

— La route, répondis-je pour satisfaire sa curiosité. Je veux savoir ce qu'il en est de son prolongement.

— C'est bien naturel. Kodiak a tout à y gagner.

Je me moquais bien des intérêts du consortium de mon père. Jusqu'à présent, ses affaires avaient prospéré en l'absence de communication terrestre, grâce à la flotte de bateaux et d'avions qui faisaient la navette entre les deux rives. Mais je décidai de jouer le jeu.

— Cette fameuse route finira-t-elle par voir le jour ?

— Possible. Mais nous nous heurtons toujours au terrain escarpé sur certaines sections de la côte.

Je hochai la tête. La topographie des lieux constituait un obstacle majeur au démarrage du chantier. Sans un apport financier important du gouvernement fédéral, le projet ne pouvait aboutir. Près de la tribune, l'animateur du débat semblait s'inquiéter de l'absence de Joe. Je fis un geste en direction de l'estrade.

— Je crois que tu es attendu.

Joe se tourna pour vérifier mes dires.

— Tu es occupée après la réunion ?

— Oui, je…

Comme elle me voyait hésiter, Katie vint à mon secours.

— Elle m'emmène visiter la ville, improvisa-t-elle.

Il se tendit imperceptiblement.

— Il faut pourtant que nous parlions, Adeline.

— De quoi veux-tu parler ?

— Tu le sais parfaitement bien.

— Joe…

Une voix s'éleva dans le micro, arrivant à point pour me tirer d'embarras.

— Bonsoir, mesdames, bonsoir, mesdemoiselles, bonsoir, messieurs.

— Ils ont vraiment besoin de vous, glissa Katie.

Joe me lança un regard éloquent. Il n'était pas prêt à abandonner la partie. Contraint et forcé, il rejoignit le podium.

— Waouh !

Katie inspira une longue bouffée d'air.

— Quel homme ! De quoi veut-il te parler, à ton avis ?

— Probablement des prénoms de nos petits-enfants.

Elle rit de bon cœur, pendant que l'animateur présentait les conférenciers.

— Vous avez déjà abordé le sujet ?

Je joignis poliment mes applaudissements à ceux du public.

— Tu me demandes si nous avons déjà discuté des projets de mariage si chers au cœur de mon père et de mon oncle ?

— Oui. En avez-vous clairement discuté ?

— Non.

J'avais du mal à imaginer à quoi pourrait ressembler ce genre de conversation avec Joe.

Le premier sujet abordé fut celui du parc national. C'était le moins coûteux et le plus consensuel.

— Tu devrais lui dire franchement que tu n'es pas intéressée, reprit mon amie.

— Il le sait parfaitement bien. Mon attitude envers

lui a toujours été claire. Je ne lui ai jamais laissé le moindre espoir.

— Avec les hommes, il faut savoir mettre les points sur les *i*. L'intuition n'est pas une qualité très masculine.

— Joe est très intelligent.

— Comment le sais-tu ?

— Je le connais depuis longtemps. Il brille toujours en société. Ses arguments sont généralement très convaincants et ses plaisanteries toujours bien amenées.

— Ses plaisanteries ?

— Il a un solide sens de l'humour.

La première intervenante exposait les projets de réaménagement du parc. Cependant, le regard de Joe restait fixé sur moi. Intense, ardent, presque sexy. Je me réprimandai en silence pour ôter toute idée saugrenue de mon esprit.

— Tu devrais vraiment clarifier la situation, insista Katie.

Avait-elle deviné l'attirance que j'éprouvais pour lui ?

— Parle-lui avec franchise ! Dis-lui que ses vœux ne seront jamais exaucés et qu'il a tout intérêt à se trouver une autre femme pour partager sa vie !

Je souris. Joe serait stupéfait de m'entendre m'exprimer ainsi. Loin de se douter du contenu de notre échange, il souriait lui aussi. C'était un peu comme si nous entretenions une conversation secrète à travers la salle bondée.

— Il serait capable de prendre mon refus comme un défi.

C'était ma crainte, en effet. Le député était connu pour sa persévérance. Rien ne le détournait jamais de son but.

— As-tu une meilleure idée ? me demanda Katie.

— La seule manière de résoudre le problème serait de fuir loin de l'Alaska.

Une résolution que j'étais incapable de m'imposer. Quand l'animateur invita Joe à s'exprimer, il se pencha légèrement au-dessus du micro et sa voix profonde apaisa immédiatement les chuchotements du public. C'était un orateur admirable qui savait en toutes circonstances captiver l'attention de son auditoire. Je n'échappais pas à la règle.

— Adeline ?

— Humm ?

— Tu es sûre qu'il n'y a pas autre chose ?

Je me tournai vers mon amie.

— Quoi d'autre ?

— Et si tu avais peur de succomber à son charme ?

— Pas une seconde.

La chaleur qui bouillonnait dans mes veines contredisait mes propos, mais je tentai de n'en rien laisser voir.

— Humm, fit Katie à son tour.

— Il n'y a pas de « humm ». Ne va pas te faire des idées !

— Je connais peu de femmes qui resteraient insensibles à son charme.

— Eh bien, c'est mon cas.

J'espérais par ces mots mettre un point final à la discussion. Cependant, Joe s'exprimait à la tribune sur le projet de chantier routier. Son brillant exposé souleva des applaudissements nourris. Après quoi, l'animateur interrogea William sur le centre culturel. Je fus heureuse de constater que ses réponses suscitaient un vif intérêt dans le public. J'avais hâte de me mettre à l'ouvrage.

Comme le débat touchait à sa fin, j'entraînai mon amie loin de la salle et loin de la mairie. Nous dînâmes dans une pizzeria des plus ordinaires, le genre d'établissement où, j'en étais certaine, le député ne mettait jamais les pieds.

J'appris le lendemain par la radio locale qu'il avait enfin quitté la ville. Me sachant en sécurité, Katie me proposa de rentrer en Californie pour orchestrer mon déménagement, me permettant ainsi de me consacrer immédiatement à mon travail. Elle était toujours déterminée à rester avec moi à Windward pendant quelques mois avant de rejoindre son poste d'enseignante à l'automne. Ce séjour lui permettrait de découvrir l'Alaska. De mon côté, j'étais ravie de la garder auprès de moi. La maison du capitaine Pettigrew était bien assez grande pour nous deux.

La vieille demeure était constituée d'un labyrinthe de pièces minuscules et de couloirs sinueux, aux murs ornés de paysages et de marines. Le plancher de chêne craquait sous les pas. Les meubles rustiques croulaient sous les bibelots. Pièce maîtresse de la salle à manger, un vaisselier en chêne exhibait un assortiment impressionnant de faïences aux motifs turquoise. Le salon offrait aux visiteurs une paire de fauteuils bridge à l'assise éculée et un canapé en satin bordeaux rehaussé de surpiqûres dorées et de minuscules fleurs de lys. Une antique horloge à balancier égrenait inlassablement les heures. De lourds rideaux de velours émeraude encadraient les fenêtres à petits carreaux.

La maison comptait quatre chambres. Deux d'entre elles se trouvaient au rez-de-chaussée. L'une était aménagée en bureau. Je choisis de m'installer dans la deuxième. Katie opta pour une pièce mansardée, agrémentée d'un petit coin lecture inondé de lumière. Les salles de bains avaient été rénovées récemment. La cuisine mêlait agréablement le charme de l'ancien et les commodités des accessoires les plus modernes. Un faux poêle à bois fonctionnant au propane trônait en son milieu.

Quatre jours après notre installation, je m'émerveillais encore de la chance qui m'était donnée de vivre dans un cadre aussi romantique. Il me manquait encore une voiture. L'hiver venu, il me faudrait un véhicule à quatre roues motrices pour me déplacer sur les routes enneigées et glissantes qui menaient au chantier. Dans l'immédiat, mon domicile étant situé à moins d'un kilomètre de mon bureau, je pris l'habitude de m'y rendre à pied.

Ce matin-là, comme chaque jour, je fus accueillie par le sourire chaleureux de Stella.

— Bonjour, Adeline.

Trente-trois ans, cheveux noirs, regard pétillant de malice, la jeune femme connaissait tout le monde à Windward. Pour la nouvelle arrivante que j'étais, elle représentait une mine d'informations inépuisable.

— Bonjour, répondis-je tandis que Snuffy, son petit beagle, trottinait à ma rencontre en remuant la queue.

Je me penchai pour lui gratter le museau.

— William vous cherche, m'annonça Stella.

— A-t-il essayé de m'appeler ?

Je cherchai mon téléphone au fond de mon sac, songeant que j'avais dû manquer la sonnerie au moment où je passais devant le chantier de rénovation du restaurant Starfish, quelques rues plus loin.

— Je ne sais pas, mais il vous attend.

Je montai rapidement à l'étage et frappai à la porte de son bureau.

— Oui ?

Je poussai le battant et le découvris à sa table de travail, le téléphone collé à son oreille.

— Assurément. Oui, elle vient tout juste d'arriver.

Je me glissai sur l'une des chaises réservées aux visiteurs pour attendre la fin de la conversation.

— Vous avez raison. Il ne faut pas manquer cette opportunité. Au Forberg, c'est noté.

Il raccrocha et leva sur moi un regard un peu curieux.

— Bonjour, dis-je en essayant de jauger son expression.

— Bonjour, répondit-il.

Ne voulant paraître indiscrète, j'attendis ses explications.

— C'était la permanence du député Breckenridge.

Je m'immobilisai, tous mes sens aussitôt en alerte.

— Le député veut discuter du financement de notre projet.

— C'est une bonne chose, risquai-je prudemment.

— Et il veut le faire avec vous.

Mes craintes se vérifiaient.

— Pourquoi moi ? Comment sait-il que je fais partie de l'équipe ?

William haussa les épaules.

— Je ne sais pas, mais ce n'est pas un secret d'État.

— Nous ne l'avons pas encore annoncé. Et puis il a quitté la ville…

— Je ne pense pas qu'il ait quitté la planète. Votre prise de fonction a été mentionnée sur quelques sites d'actualités et imprimée dans la presse.

Je compris combien ma réaction devait lui paraître stupide.

— Bien sûr. Eh bien, il n'y a pas de problème. Je vous accompagnerai au rendez-vous.

— Vous irez seule. Il tient à vous voir en tête à tête.

William ne semblait pas ravi des exigences du député. Je pris une longue inspiration.

— C'est idiot. Je viens d'arriver. Vous maîtrisez le dossier beaucoup mieux que moi.

— Il me connaît déjà.

Je me retins de lui dire que Joe me connaissait depuis des lustres.

— Il tient à rencontrer tous les membres de l'équipe. C'est une opportunité, Adeline. Nous avons besoin d'un engagement important des pouvoirs publics avant de mettre en œuvre le chantier.

Je m'efforçai de retrouver mon calme. Entretenir des relations avec les politiques faisait malheureusement partie de mon travail.

— J'imagine qu'il m'appellera quand il sera de retour à Windward.

— Il ne vous appellera pas. Le rendez-vous est fixé, et il est déjà dans l'avion.

— Non !

William parut déconcerté par ma réaction.

— Que voulez-vous dire par « non » ?

— Je veux dire… Je suis surprise. Il vient tout juste de quitter la ville.

— Eh bien, je suppose que son emploi du temps a changé.

Il détacha un post-it de son bloc et me le tendit.

— Le Forberg Club, à 20 h 30.

— Ce soir ?

— Ce soir. Vous connaissez l'endroit ?

— Non.

— C'est pourtant un établissement assidûment fréquenté par Kodiak Communications.

— Je ne travaille pas pour Kodiak.

— C'est sur Peel Road, juste à côté d'Evergreen. Vous prenez l'ascenseur et c'est au troisième étage.

Je me levai, le petit carré de papier à la main, en m'efforçant de dissimuler les tremblements de mes doigts.

— Je trouverai.

Comme je rejoignais mon bureau, une colère froide bouillonnait dans mes veines. « Tu as gagné le premier set, Joe Breckenridge, mais tu ne remporteras pas la partie. » Je me fis un devoir d'apprendre par cœur tous les éléments du dossier. Au bout d'une heure, j'étais incollable sur les phases de réalisation de notre projet, les devis et les moindres détails de la construction. Cette rencontre serait un rendez-vous d'affaires et rien d'autre. S'il s'attendait à autre chose de ma part, il se trompait.

Le Forberg Club était l'établissement le plus luxueux de Windward. Comme la plupart de mes vêtements attendaient toujours dans des malles en Californie, je dus me contenter de la seule tenue un peu habillée que j'avais apportée, une petite robe noire classique au corsage ajusté, dont la jupe retombait à mi-cuisses. Pour égayer ma toilette, je l'agrémentai d'un cardigan en soie émeraude, et d'un collier de perles que mon frère m'avait offert pour mon vingtième anniversaire.

Je pensais retrouver le député Breckenridge dans une salle de réunion mais fus conduite dès mon arrivée au restaurant du club.

— Adeline ! Quel plaisir de te retrouver !

Il s'était courtoisement levé de sa chaise pour m'accueillir.

Le visage éclairé d'un large sourire, il m'invita à m'asseoir. Son attitude éveilla aussitôt ma méfiance.

— Ceci est un rendez-vous de travail, me fis-je un devoir de préciser.

— Je sais, mais je suis affamé. Ma correspondance à Anchorage était trop brève. Je n'ai pas eu le temps de déjeuner.

— On ne t'a pas servi de plateau-repas dans l'avion ?

— Si, quelque part au-dessus du Montana. Mais c'était il y a des heures.

Je m'installai avec raideur sur mon siège.

— Tu sais que je suis là pour te demander de l'argent ?

— Je m'en doute. Mais nous en parlerons plus tard. Pour l'instant, détends-toi ! Nous allons partager un bon dîner. La maison est réputée pour ses plateaux de fruits de mer.

Déterminée à maintenir notre tête-à-tête sur des bases strictement professionnelles, je me lançai dans l'argumentaire que j'avais soigneusement préparé.

— La première conférence de presse relative à notre projet aura lieu la semaine prochaine. Elle coïncidera avec le lancement de notre site web sur lequel le public pourra suivre en temps réel l'évolution du chantier. La première tranche de…

— Tu veux boire quelque chose ?

Au même instant, un serveur s'approchait de notre table.

— Du vin ? proposa Joe. Un Martini ?

— Du vin, répondis-je avec impatience.

Le contenu de mon verre était le cadet de mes soucis. Joe se tourna vers le serveur.

— Auriez-vous dans vos réserves une bouteille de Château Cinq Rivières 2003 ?

— Je pense, répondit le jeune homme. Sinon, est-ce que le 2005 vous conviendrait ?

— Parfaitement.

— Je reviens tout de suite.

Il avait à peine tourné les talons que déjà je reprenais mon exposé.

— Comme je le disais, la première tranche de…

— Adeline.

— … de travaux débutera dès l'approbation du budget par…

— Tu vas faire ça toute la soirée ?

— Tu veux dire, parler du centre culturel ? Oui.

Il réprima un sourire amusé.

— Je dois dire que tu as bien appris ta leçon. Je trouve tout à fait charmante la manière dont…

— Je n'essayais pas d'être charmante.

— Tu l'es pourtant.

Le serveur revint avec une bouteille de vin rouge, enveloppée dans une serviette de lin blanc. Il la souleva pour présenter l'étiquette au regard de Joe.

— Cabernet sauvignon Château Cinq Rivières 2003.

— Parfait.

L'employé sortit son tire-bouchon, déboucha habilement le breuvage et en servit une mesure dans le verre de son client. Ce dernier le fit tourner un instant pour l'aérer avant d'en prendre une gorgée.

— Excellent.

Après avoir rempli nos deux verres, le serveur s'éloigna.

— J'espérais profiter de cette soirée pour faire plus ample connaissance, commença Joe.

— Nous nous connaissons depuis des années.

— Disons que nous nous croisons depuis des années.

— Nous avons dîné à la même table au repas annuel de Kodiak, l'été dernier.

— Et le reste du temps, tu t'appliques à fuir ma compagnie.

J'ignorai sciemment sa remarque et portai mon verre à mes lèvres. Le vin était excellent. Tout compte fait, ce dîner présentait quelques avantages.

— Je ne savais pas que tu étais aussi connaisseur.

— Ne change pas de sujet !

— Ce vin est fantastique.

— C'est pourquoi je l'ai commandé. Tu m'as à peine parlé en août dernier.

— Nous étions huit à table.

— Et tu as bavardé avec les six autres.

— Surtout avec Sophie. Je venais de la rencontrer.

Ma cousine faisait partie d'une branche de la famille que nous fréquentions assez peu. Je m'étais efforcée de l'accueillir chaleureusement parmi nous.

— Pourquoi essaies-tu si désespérément de me fuir ?

Manifestement, mon interlocuteur se moquait bien de mes obligations familiales. Il avait autre chose en tête. Pour la première fois de la soirée, j'osai affronter son regard. Katie avait peut-être raison. Il était temps de clarifier la situation.

— Joe, il faut que tu arrêtes dc te faire des illusions à mon sujet. Je n'ai pas l'intention de renoncer à mes ambitions personnelles pour le bien de Kodiak.

Il sourit.

— Un vent de révolte soufflerait-il chez les Cambridge ?

Je trouvais son attitude méprisante.

— N'est-il pas naturel pour une femme de vouloir choisir son destin ?

Il but une gorgée de vin, et je l'imitai.

— Que tu te rebiffes contre l'autorité de ton père et de ton oncle, je le comprends. Mais contre moi, c'est totalement injustifié.

— Tu n'es pas différent d'eux. À vos yeux, je ne suis qu'une marionnette que vous pouvez manœuvrer à votre guise. Pour mon clan, l'assurance de s'attirer les bonnes grâces d'un politique. Pour toi, le moyen de s'afficher au bras d'une fille de bonne famille. On se croirait au Moyen Âge !

— T'ai-je déjà demandée en mariage ?

Sa ligne de défense frisait le ridicule. J'étouffai un éclat de rire.

— Pour ton information, poursuivit-il dans la même veine, personne ne m'a jamais proposé de dot pour t'épouser. Ce serait d'ailleurs bien inutile. Ta beauté suffit à te rendre désirable.

À court d'arguments, je secouai la tête avec lassitude.

— Tout au moins, c'était le cas avant que tu décides de changer de coiffure.

Je levai une main pour toucher les courtes mèches qui effleuraient ma nuque.

— Je plaisante, Adeline. Tu es toujours aussi ravissante. Même si je préférais la couleur naturelle de tes cheveux. Pourquoi l'as-tu changée ?

Je n'avais pas l'intention de lui dire la vérité à ce sujet.

— J'ai voulu rafraîchir ma coupe pour l'été. Et offrir un nouveau visage à mes professeurs, le jour de la remise de mon diplôme.

— Je ne t'ai pas encore félicitée pour ta réussite. Recevez tous mes compliments, docteure Cambridge !

Il leva son verre et m'invita à l'imiter. Ce vin était vraiment savoureux.

— Merci. C'est grâce à la publication de ma thèse que William m'a contactée. Tu connaissais l'architecte de Chicago ?

Joe secoua la tête d'un air totalement désintéressé.

— Quel architecte de Chicago ?

— Celui qui occupait le poste avant moi.

— Tu ne vas pas revenir encore sur ce maudit centre culturel.

— Ce maudit centre culturel est l'unique raison de notre rencontre.

— Soit, soupira-t-il. Débarrassons-nous du sujet une bonne fois pour toutes ! Qu'attends-tu de moi ?

William m'avait expliqué très précisément le rôle que le député pouvait jouer en notre faveur. Le gouvernement fédéral venait d'annoncer la mise en place d'un fonds réservé aux États à faible densité de population. La concurrence était rude, mais la ville de Windward était bien placée pour obtenir une partie de la somme.

— Nous avons besoin de ton soutien auprès du gouvernement fédéral pour boucler notre budget.

— Accordé. Votre projet répond à tous les critères, et je fais confiance à votre équipe. Tu diras à William que tu as dû batailler ferme pour me convaincre. Tu verras, il t'en sera éternellement reconnaissant.

Il souleva la bouteille et en vida le contenu dans nos verres.

— Et maintenant, si nous profitions un peu de notre dîner ?

Considérant ma mission accomplie, je m'attaquai avec appétit au contenu de mon assiette. Salade de crabe royal et flétan accompagnée d'un risotto aux champignons. De quoi satisfaire les papilles les plus exigeantes. S'éloignant pour un temps des sujets délicats qui nous opposaient, la conversation prit un tour plus amical, et je découvris chez mon compagnon de table des qualités et des centres d'intérêt que je ne soupçonnais pas. Joe était féru de cinéma. Il aimait les productions américaines indépendantes et connaissait par cœur les grands classiques du 7e art. Nous partagions le même goût pour la peinture et la littérature. Jusqu'à présent, je n'avais vu en lui qu'un ambitieux, prêt à tout pour réussir sa carrière politique. En toute franchise, je dus reconnaître qu'il s'intéressait à bien des domaines.

Quand le serveur nous apporta la carte des desserts, je me redressai un instant sur ma chaise et reconnus un visage familier à quelques tables de la nôtre. Nigel Long. Il m'adressa un signe de tête, et je lui souris poliment en retour. Joe se tourna pour regarder au-dessus de son épaule.

— Décidément, dit-il, j'ai l'impression de ne pouvoir faire un pas sans le croiser sur mon chemin. On dirait que cet homme est partout.

— Je crois qu'il ne m'aime pas.

— C'est moi qu'il n'aime pas.

— Pourquoi ?

— Je ne suis pas toujours d'accord avec son patron. Pour en revenir aux sujets qui t'intéressent, Harland est un fervent défenseur du projet routier. Il s'est plusieurs fois opposé à la construction du centre culturel.

Je fronçai les sourcils.

— Nigel prétend pourtant le contraire.

— Il dit à chacun ce qu'il veut entendre. Un parfait hypocrite. Opportuniste, aussi. Ce qu'il espère par-dessus tout, c'est ma voix au Congrès.

— Tu dois être entouré d'individus de son espèce.

— C'est la dure loi de la politique. Ce qui intéresse les gens, ce n'est pas ma personne, mais uniquement ce que je peux leur apporter.

J'éprouvai un léger sentiment de culpabilité.

— Tu sais pourquoi j'ai accepté de dîner avec toi.

— Je le sais parfaitement bien, Adeline.

— Tu dois me détester.

Il secoua la tête dans un sourire indulgent.

— Je t'admire au contraire. Tu as fait passer tes responsabilités professionnelles avant toute autre considération. Mais nous n'allons pas gâcher la soirée à cause de cet individu. Offrons-nous un dessert !

Je m'attendais à le voir ouvrir son menu, mais il se leva de table et rajusta sa veste.

— Qu'est-ce que tu fais ?

— Ce club est mal fréquenté. Je connais un endroit plus agréable.

- 3 -

Nous avons déambulé jusqu'au bord de mer pour rejoindre un restaurant en plein air baptisé « Le Rendez-vous des pirates ». L'endroit surplombait une plage rocheuse où les vagues venaient se briser bruyamment. Au loin, le soleil éclairait encore l'horizon. Joe m'invita à grimper sur un tabouret, au bout d'une table longue et étroite où trois autres personnes étaient déjà installées.

— Voilà qui ne te ressemble pas ! dis-je en me glissant sur la peinture écaillée de mon siège.

Le mien était bleu, celui de Joe était jaune vif. Il regarda autour de lui avec satisfaction.

— Qu'est-ce qui ne me ressemble pas ? La vue est splendide, et on sert ici les meilleurs *pies* de la ville.

— Tu sais ce que je veux dire. Qui irait imaginer le député Breckenridge dans une cambuse aussi éloignée de son standing ?

— J'aime la simplicité. Si tu me voyais au ranch, tu changerais d'opinion sur moi.

— Le ranch de ton père ? Tu trouves encore le temps d'y retourner ?

— J'y étais au mois d'août.

Joe faisait de longues balades à cheval, le plus souvent en compagnie de mes frères. Le ranch de sa famille se trouvait non loin de l'écurie des Cambridge.

— Hé, Joe ! s'écria un homme assis à l'extrémité de la table.

— B'soir, Ben, répondit l'intéressé.

— Est-ce que je t'ai déjà présenté Petra, ma femme ?

La jeune femme sourit chaleureusement au député.

— Nous avons aimé ce que vous avez déclaré sur les travaux d'amélioration du parc, l'autre soir à la mairie.

— J'en suis ravi. Heureux de faire votre connaissance, Petra.

— Allez-vous aménager les sentiers pour les handicapés ? demanda une autre femme.

— Certainement, lui répondit Joe. Ils seront entièrement accessibles jusqu'aux sources chaudes.

— C'est fantastique !

Elle hocha la tête d'un air satisfait.

— Ma mère n'y est pas allée depuis des années et elle rêve d'y retourner.

— Vous êtes la fille de Jane Mitchell ?

— Oui.

— Passez-lui le bonjour de ma part et dites-lui que je la tiendrai informée de l'évolution des travaux !

— Merci, Joe.

Surprise par le ton familier de la conversation, je me penchai pour chuchoter à son oreille.

— Joe par ci, Joe par là ? C'est ainsi que l'on s'adresse à un membre du Congrès ?

— Je connais tous ces gens. Ils ont soutenu ma campagne. Il est normal que je me soucie de leurs préoccupations.

Il se redressa sur son siège.

— À ta place, j'essaierais le citron vert, dit-il d'une voix plus forte.

— La noix de pécan est à tomber par terre, déclara mon voisin de table.

— Moi, c'est la tarte aux mûres que je préfère, dit un autre.

— La pomme avec la boule de glace à la vanille n'est pas mal non plus, fit un troisième.

Je les remerciai pour leurs suggestions avant de me retourner vers Joe.

— Et toi, qu'est-ce que tu prends ?

— Le *pie* au citron vert, sans l'ombre d'une hésitation.

Je l'imitai et n'eus pas à le regretter. Je n'avais jamais goûté de pâtisserie aussi délicieuse. Ensuite, il insista pour me raccompagner jusque chez moi.

— Ravissant ! s'exclama-t-il devant la vieille maison. William te réserve un traitement de faveur. On dirait bien qu'il tient à te garder près de lui !

— J'aurais accepté le poste sans le logement, lui assurai-je en avançant vers le porche.

Le vin dégusté au Forberg Club et l'escale au restaurant du bord de mer avaient considérablement détendu l'atmosphère de notre tête-à-tête. Je jugeai opportun de profiter de l'instant pour suivre les conseils de Katie et clarifier la situation.

— La construction de ce centre culturel est une formidable opportunité pour ma carrière.

— Je suis content pour toi.

— J'espère que rien ne viendra troubler mon séjour à Windward et que ma famille restera en dehors de tout cela. Je ne veux subir aucune pression de mon entourage.

— Je comprends, approuva-t-il.

— Cela te concerne toi aussi.

Je tenais à être claire. Il esquissa un sourire indulgent.

— Message reçu cinq sur cinq.

J'insérai la clé dans la serrure et tournai la poignée de la porte.

— Merci.

— J'ai cependant une proposition à te faire.

Ces quelques mots suffirent à éveiller ma méfiance. Je posai la main sur le battant avant de l'entrouvrir.

— S'il te plaît, ne va pas gâcher cette belle soirée par une demande en mariage !

Un petit rire amusé jaillit de sa gorge.

— Ce n'était pas mon intention.

— Tu m'en vois soulagée.

Il s'approcha un peu plus près, et le timbre de sa voix se fit plus profond.

— Laisse-moi t'embrasser pour te souhaiter une bonne nuit !

Je soupirai avec lassitude. N'avais-je pas été suffisamment claire ?

— Écoute-moi ! reprit-il avec insistance.

Intérieurement, je me préparai au pire.

— Tu répètes sans cesse qu'il n'y a rien entre nous.

— Parce qu'il n'y a rien.

— Eh bien, prouve-le ! Un simple baiser n'engage à rien.

Sa logique m'échappait, mais j'étais prête à tout pour le voir renoncer à une relation sérieuse entre nous.

— Tu jures de ne plus te prêter aux manigances de mon père ?

Il réduisit encore la distance qui nous séparait.

— Un baiser, rien de plus.

— D'accord. À condition qu'ensuite tu me laisses tranquille.

— Tu acceptes ?

Sa joie soudaine aurait dû éveiller ma méfiance.

— Tu as bien entendu mes conditions, n'est-ce pas ?

— Je les ai entendues.

— Dans ce cas…

J'aspirai une longue bouffée d'air et me hissai sur la pointe des pieds pour lui présenter mon visage.

— On dirait une condamnée prête à accepter sa sentence.

Sa remarque me fit sourire.

— Je dois avouer que tu es un bourreau généreux. Tu m'as accordé un dernier repas.

Il souleva mon menton avec son index.

— Sans parler du meilleur dessert de Windward.

Il s'inclina au-dessus de moi, et son souffle caressa doucement mon visage.

— Adeline ?

— Oui ?

Il hésita à répondre.

— Non, c'est sans importance.

Son bras libre encercla ma taille tandis que ses lèvres effleuraient ma bouche. Le premier contact fut électrique. Une onde de choc me traversa, qui me laissa pantelante et totalement hors d'haleine. Voilà qui ne ressemblait en rien à la formalité inoffensive que j'avais imaginée ! Profitant de ma surprise, il m'embrassa à nouveau et ses lèvres hésitantes se firent plus fermes et plus gourmandes. Surprise par son empressement, je lui rendis son baiser. J'étais consciente de jouer avec le feu mais, lorsqu'il m'enlaça plus fort, je me fondis avec bonheur dans son étreinte. Comme dotés d'une volonté propre, mes bras s'enroulèrent autour de son cou, et je m'y accrochai, inclinant la tête en arrière, l'invitant à dévorer mes lèvres encore et encore.

Dans un état de semi-conscience, je reconnus vaguement le grincement de la porte sur ses gonds. Quand il la referma d'un coup de pied avant de m'entraîner à l'intérieur du salon, je fus incapable de lui opposer la moindre résistance. La sensation de ses mains dans le creux de mes reins absorbait tous mes sens. Son ardeur annihilait en moi tout effort de réflexion, réduisant ma volonté à néant. Tandis que ses doigts descendaient le long de mes fesses pour atteindre mes cuisses, j'ouvris la bouche pour reprendre mon souffle. Mais l'air brûlant qui remplissait mes poumons, loin de me rendre ma lucidité, me grisait un peu plus. Saisie d'une ardeur incontrôlable, j'explorai le contour de ses épaules et fis glisser sa veste sur le sol. À travers sa fine chemise de coton, je devinais l'ondulation de ses muscles tendus, leur roulement doux vers ses biceps puissants. Comme je me penchais contre sa poitrine pour l'embrasser à travers l'étoffe, il laissa échapper un faible gémissement. Sa main s'aventura sous ma jupe pour atteindre l'intérieur de ma cuisse, puis elle remonta jusqu'à ma poitrine, soulevant une vague d'excitation qui durcit le bout de mes seins. Ce fut à mon tour de gémir. Sa veste gisant sur le sol, sa chemise constituait encore un obstacle entre lui et moi. J'en dégrafai les boutons pour passer les doigts sur sa poitrine et embrasser sa peau.

En même temps, il faisait glisser les bretelles de ma robe le long de mes bras parcourus de frissons, découvrant peu à peu mon décolleté. Je penchai la tête en arrière pour offrir ma gorge à ses caresses. Faisant remonter ses lèvres sur ma bouche, il me souleva de terre et me fit traverser la pièce. En quelques secondes, nous nous retrouvâmes dans ma chambre. Alors que je me demandais confusément comment il en avait trouvé le chemin, il m'installa sur le lit et me dénuda entièrement, avant de se déshabiller à son tour et de s'allonger au-dessus de moi. Emportée dans un tourbillon dont ni l'un ni l'autre ne maîtrisions plus l'issue, j'enroulai mes jambes autour de ses hanches. Au moment de me pénétrer, il murmura quelques mots, mais j'étais trop étourdie pour en saisir le sens. Tout en accélérant son va-et-vient, il embrassa ardemment ma bouche et la base de mon cou. Très vite, le désir entraîna mes sens dans une spirale effrénée. Une digue céda au fond de moi, mon dos se cambra et mon corps entier s'abandonna à une vague de volupté. Quand il me rejoignit dans l'extase, je sentis son souffle contre mon oreille et les battements de son cœur contre ma poitrine.

Comme ses doigts tremblants caressaient les courbes de mes hanches, je repris doucement pied dans la réalité. Je savais ce que j'avais fait. Je savais pourquoi je l'avais fait. J'espérais qu'il l'avait compris.

— C'était plus qu'un simple baiser, murmurai-je dans un souffle. Mais je n'ai pas changé d'avis.

Il me regarda d'un air de regret.

— C'est bien dommage ! Nous avons partagé un moment exceptionnel.

— Plaisir des sens, c'est tout.

Cela, je ne pouvais le nier.

— Rien de romantique, en tout cas. Une partie de sexe, rien de plus. Je ne sais pas pour toi, mais personnellement je n'avais pas fait l'amour depuis longtemps.

— Tu veux dire que tu étais en manque ?

Je lui souris d'un air malicieux.

— On peut dire ça.

— Ravi de t'avoir rendu service.

Il se détourna pour fixer le plafond et tenter de dissimuler sa déception. Puis il revint vers moi et souleva ma main.

— Qu'allons-nous faire maintenant ?

— Je suppose que tu vas rentrer chez toi. Moi, j'ai beaucoup à faire ici, à Windward.

— C'était en effet mon intention.

— Parfait. Tu n'as pas changé d'avis au sujet du centre culturel ? Tu promets toujours de nous soutenir ?

J'avais hâte d'annoncer à William le succès de ma mission.

— Je n'ai pas changé d'avis.

Je regardai un instant nos mains jointes, émerveillée par leurs différences. La sienne était grande et robuste, ses doigts longs, sa peau plus épaisse que la mienne.

— Pouvons-nous rester discrets sur ce moment de folie ? lui demandai-je. Ma famille doit rester en dehors de tout cela.

— Je ne dirai rien à personne.

— Merci.

Il posa un tendre baiser sur mon front.

— De rien, Adeline. Je ne m'attendais pas à finir la soirée dans ton lit.

— Je suis surprise, moi aussi. Mais je suis soulagée que tout soit clair entre nous.

William fut ravi d'apprendre que Joe voterait en faveur de notre projet. Il restait encore quelques inconnues. Nous ignorions notamment quelle serait la position de la sénatrice Rachel Scanlon. Quant au gouverneur, Aaron Harland, sa neutralité n'était que façade. Nous savions désormais qu'il n'était pas de notre côté. Heureusement, un autre élu vint à notre secours. Soucieux de voir son mandat renouvelé aux prochaines élections, le maire de Windward nous accorda une subvention exceptionnelle. Notre budget était bouclé. Le chantier pouvait démarrer.

Pendant la semaine qui suivit ma rencontre avec Joe, je travaillai dur pour aider William à rédiger les contrats avec les entreprises de bâtiment que nous avions choisies. En rentrant du bureau, j'aidais Katie à déballer les cartons livrés par le déménageur. Comme la demeure du capitaine Pettigrew était entièrement meublée, nous n'avions qu'à ranger nos effets personnels dans les armoires. J'étais heureuse de retrouver enfin ma garde-robe.

Ce soir-là, nous avions décidé d'aménager la pièce destinée à me servir de bureau. Tout se passait pour le mieux jusqu'au moment où je décidai de brancher mon ordinateur. La maison avait été construite à une époque où l'on utilisait peu d'électricité. Le nombre de prises était réduit et le courant plutôt capricieux. Je réunis les fils de tous les accessoires sur une multiprise, ajoutai une rallonge pour atteindre le branchement et retins mon souffle au moment de mettre l'ensemble sous tension.

— Victoire ! s'exclama Katie, heureuse de constater que le compteur n'avait pas disjoncté.

Nous n'avions pas rencontré le même succès dans la cuisine, où il s'était révélé impossible de faire fonctionner en même temps le grille-pain et le micro-ondes.

— Je pense que nous avons mérité une petite récompense.

C'était vendredi soir. J'étais libre de mon temps jusqu'à la réunion publique prévue le dimanche après-midi.

— J'ai envie de manger un bon gâteau, reprit mon amie.

— Bonne idée, mais il faut reprendre la voiture pour aller à la boulangerie.

— Pas besoin de sortir. Nous allons le préparer nous-mêmes.

— Tu veux te lancer dans la pâtisserie ?

— Ce sera l'occasion d'essayer le four.

Je n'avais aucun talent culinaire. Ayant grandi dans une famille bourgeoise employant du personnel de maison, je n'avais jamais mis une casserole sur le feu.

— Il reste des bananes, fit Katie avec enthousiasme. Un peu de crème fraîche et le tour est joué.

— Si tu m'expliques précisément ce que je dois faire, je veux bien être ton assistante.

— Parfait ! Pour commencer, il nous faudra un saladier pour mélanger la pâte. Et un moule pour la cuisson.

Je fis l'inventaire des placards pour en sortir les accessoires. Pendant ce temps, Katie allumait le four. Je m'appliquai ensuite à écraser les fruits, tandis que mon amie battait les œufs avec le beurre et le sucre. Comme nous travaillions en silence, je trouvai le moment opportun pour lui parler de ma soirée avec Joe.

— J'ai suivi ton conseil, commençai-je timidement.

— Pour les bananes ?

Le quiproquo me fit sourire.

— Pour les bananes, oui, et aussi pour Joe.

Elle avait plongé un mixeur dans le saladier, et le vrombissement du moteur avait couvert mes paroles.

— Qu'est-ce que tu dis ?

— Je disais que j'avais suivi tes conseils au sujet de Joe.

— Tu l'as revu ?

— Oui, quelques jours après ton départ. William m'avait chargée d'une mission auprès de lui.

— Où vous êtes-vous retrouvés ?

— Au Forberg Club. Un restaurant un peu snob, sur Peel Road, près de l'océan.

— Et alors ?

— Eh bien, comme nous étions seuls, j'en ai profité pour lui parler avec franchise.

Katie reposa le mixeur sur le plan de travail et me regarda avec satisfaction.

— Tu as bien fait. Et tu lui as dit quoi exactement ?

— La vérité. Que je refusais de céder aux injonctions de ma famille et qu'il n'avait aucune chance avec moi.

Sans doute avait-il entendu le message. Je n'avais aucune nouvelle de lui depuis cette mémorable soirée.

— Comment a-t-il réagi ?

— Très bien. Il s'est montré très compréhensif. Nous avons parlé et puis nous avons fait l'amour.

— Je suis tellement contente…

Elle ne termina pas sa phrase.

— Attends. Vous avez fait quoi ?

— Oh ! rien d'important. Rien de romantique. Une histoire d'hormones, sans plus.

Son teint avait viré à l'écarlate.

— Tu as couché avec lui ?

— Oui.

— Tout en lui expliquant qu'il n'avait aucune chance avec toi ?

Présentées ainsi, les choses pouvaient sembler paradoxales.

— Adeline !

— Nous nous sommes embrassés pour nous dire au revoir et puis…

— La situation vous a échappé. Je vois.

Elle secoua la tête d'un air dépité et remit en marche le mixeur comme si elle en avait suffisamment entendu. Puis elle reposa l'appareil et tendit la main dans ma direction.

— Les bananes sont prêtes ?

Je lui tendis le saladier.

— Tu as l'air un peu fâchée contre moi.

— Disons que j'ai du mal à comprendre ton attitude ! Passe-moi la farine, s'il te plaît !

Je m'exécutai et la regardai incorporer la levure en bougonnant.

— Franchement, Adeline, ce n'est pas sérieux. Coucher avec un homme pour lui prouver que tu ne veux pas de lui… C'est un peu tiré par les cheveux, tu ne trouves pas ?

Je me contentai de hausser les épaules.

— Pure attirance sexuelle. C'est tout.

— Et tu penses qu'il ne reviendra pas à la charge ?

— Je ne lui ai rien promis. Au contraire.

Elle soupira avec fatalisme.

— Si tu le dis…

Elle enfourna le plat à gâteau et régla la minuterie. La sentant encore chagrinée, je déposai une bouteille de vin sur le plan de travail.

— Apéritif ?

— Bonne idée. Il me faudra bien ça pour me remettre de mes émotions.

Nous nous installâmes dans le petit salon donnant sur la cour. Mais comme je levais mon verre, une odeur âcre hérissa mes narines. Je goûtai mon vin du bout des lèvres.

— J'ai l'impression qu'il a tourné.

Surprise, Katie avala une gorgée.

— Il est excellent.

Je plissai le nez.

— Tu es sûre ? Je le trouve tellement acide.

En me demandant si le cru exceptionnel partagé avec Joe n'avait pas rendu mon palais trop exigeant, je secouai résolument la tête et abandonnai mon verre sur la table.

Katie m'observait bizarrement.

— Qu'y a-t-il ?

— À quand remonte exactement ta soirée avec Joe ?

— Je ne sais plus. Il m'a raccompagnée après le restaurant.

— Quel jour ?

— Je ne sais pas, moi, début de semaine dernière.

— Dix jours ? Douze ?

Quand je devinai où elle voulait en venir, mon estomac se noua.

— Adeline, tu es enceinte ?

— Mais non.

Je me livrai cependant à un calcul rapide.

— Ce n'est pas…

J'attrapai mon téléphone pour en afficher le calendrier.

— Voilà ! Eh bien je…

La gorge serrée, je relevai les yeux sur mon amie.

— J'ai cinq jours de retard.

Elle gémit et porta une main à son front. Après un saut rapide à la pharmacie et le verdict inattendu d'un test de grossesse, nous retrouvâmes nos places devant la baie vitrée. Katie avait vidé nos deux verres de vin tandis que je buvais sagement une tasse de thé au citron.

— Il y avait pourtant peu de risques à ce moment de mon cycle, murmurai-je comme si je cherchais encore à éloigner la sentence.

— Ce genre de calcul n'est jamais certain.

Je fermai les yeux pour tenter de me calmer.

— Ça va aller ? s'inquiéta mon amie.

J'exhalai un profond soupir. À quoi bon faire l'autruche ? Il fallait affronter la réalité.

— Je vais avoir un bébé. Tu te rends compte ?

Katie hocha lentement la tête.

— Que vas-tu faire ?

— Que veux-tu que je fasse ? Je n'ai pas l'habitude de me lamenter sur mon sort. Pour commencer, je vais goûter ce somptueux gâteau à la banane.

Surprise par la placidité avec laquelle je prenais la nouvelle, elle me suivit dans la cuisine.

— J'ai terminé mes études, murmurai-je en m'efforçant de rester positive. Mon métier autorise le télétravail et puis rien ne m'empêche de confier le bébé à une garderie.

Certes, je n'avais jamais envisagé une vie de mère célibataire, mais je préférais accepter mon sort plutôt que de me morfondre.

— Je pourrais rester en Alaska pour t'aider, suggéra Katie.

— Une chaire d'enseignement t'attend en Californie. Tu ne vas pas renoncer à ta carrière universitaire à cause de moi.

— Cela m'ennuierait de te savoir seule ici.

Je lui souris avec malice.

— Je ne serai plus seule dans environ huit mois.

Ma remarque l'amusa.

— Tu dois prendre des forces, déclara-t-elle en coupant une tranche de gâteau. Mange ! Calcium et potassium, c'est exactement ce qu'il te faut.

— Tu as raison.

Elle se servit pour elle aussi une part généreuse.

— Qu'est-ce que tu vas dire à Joe ?

— La vérité.

J'essayai sans succès d'imaginer sa réaction. En dehors de notre bref moment d'intimité, je ne connaissais de lui que l'image qu'il donnait en société.

— Tu vas l'appeler ?

— Ou simplement lui envoyer un texto.

— Tu ne peux pas faire ça.

Son expression horrifiée disparut quand elle comprit que je plaisantais. Lorsque la sonnerie de mon téléphone retentit, je craignis que mon interlocuteur ne fût autre que Joe. Un regard à l'écran de mon appareil suffit à me rassurer.

— C'est ma cousine, dis-je à Katie en m'efforçant de mettre un peu de gaieté dans ma voix. Bonjour, Sophie ! Quelle bonne surprise !

— Alors comme ça, tu es en Alaska ?

La nouvelle semblait la ravir.

— Comment l'as-tu appris ?

Ma main se mit à trembler. Si Sophie savait que j'étais rentrée au pays, alors toute ma famille devait en être informée.

— Joe a dit à Mason qu'il t'avait rencontrée à Windward. Il paraît que tu travailles sur un gros chantier.

— C'est vrai.

Je maudissais Joe pour son indiscrétion.

— J'espère que tu vas bientôt nous rendre visite. Si tu veux, je peux demander à Stone de venir te chercher.

Nathaniel Stone était son mari. C'était aussi le vice-président de Kodiak Communications. Comme mes frères, il avait un brevet de pilote et utilisait des avions privés pour chacun de ses déplacements.

— Pas tout de suite, répondis-je aussitôt. Mes affaircs viennent tout juste d'arriver de Californie, et je suis à peine installée.

— Je comprends, dit-elle. Mais j'ai hâte de te voir.

— Moi aussi.

Je ne mentais pas. Sophie était une des rares personnes d'Anchorage que j'aurais plaisir à retrouver.

— Comment ça s'est passé avec Joe ? demanda-t-elle en s'efforçant de paraître désinvolte.

Elle n'ignorait rien des projets de mariage que mon père nourrissait pour nous deux. J'aurais aimé lui dire la vérité, mais je préférai m'abstenir.

— Il a accepté de soutenir notre projet au niveau fédéral.

— C'est tout ?

— Nous avons dîné ensemble.

— Oui, je sais. Il me l'a dit.

Décidément, il était un peu trop bavard. Je craignis un instant que tous se soient ligués pour mettre Sophie de leur côté.

— T'a-t-il dit autre chose ?

— Non, mais moi je lui ai conseillé de te laisser respirer.

— Merci.

— Ne me remercie pas ! Je pense sincèrement qu'il a plus de chances avec toi en te laissant venir à lui.

Je repensai à la manière dont Joe s'était comporté pendant le dîner. Aimable et chaleureux, il était cependant resté sur la réserve. Il avait habilement gagné ma confiance, sans se montrer entreprenant. Bien joué. J'avais fini par baisser la garde en fin de soirée.

— J'espère que tu viendras bientôt, répéta Sophie.

— Dès que possible, je te promets. Embrasse tout le monde de ma part !

— Je n'y manquerai pas.

La conversation terminée, je rejoignis Katie dans la cuisine.

— Ta cousine sait que tu es en Alaska ? demanda-t-elle en levant brièvement les yeux de son assiette.

— Joe l'a dit à Mason, qui l'a dit à Stone, qui a dû le répéter au monde entier.

— C'était inévitable. J'espère que cela ne va pas te couper l'appétit.

— Absolument pas.

— A-t-il mentionné votre… Comment dire ? Votre moment d'intimité ?

Je secouai la tête. S'il avait révélé notre petit secret à Sophie, elle n'aurait pu s'empêcher d'aborder le sujet.

— Quand vas-tu annoncer la nouvelle à l'heureux papa ? demanda-t-elle encore, en disposant nos assiettes sur la table. A-t-il prévu de revenir à Windward ?

— Je ne sais pas. Je devrais peut-être aller à Washington.

Je voulais lui parler de vive voix pour voir sa réaction. Je pris une bouchée de gâteau. Sa saveur sucrée explosa dans ma bouche.

— Délicieux ! Qui t'a appris à cuisiner comme ça ?

— Ma grand-mère. Elle a en tête des centaines de recettes. Je me suis promis de toutes les réunir un jour dans un cahier.

— Tu me donneras celle-ci.

Tout en parlant, je songeai que ma nouvelle vie de mère célibataire ne me laisserait guère le loisir de cuisiner. Mon imagination fut soudain frappée par le changement de physionomie qui accompagnerait bientôt ma grossesse. Cette pensée me poussa à agir sans tarder.

— Il faut que j'informe Joe rapidement. Je vais essayer de me libérer le week-end prochain.

Katie acquiesça.

— Tu as raison. Le plus tôt sera le mieux.

— Je vais réserver un jet.

Elle m'observa en silence pendant un long moment.

— Un jet. Tu vis si simplement que j'ai tendance à oublier que tu es riche.

— C'est vrai. Je n'ai pas souvent l'occasion de piocher dans ma tirelire.

— Ta tirelire ?

— Les actions dont j'ai hérité à la mort de mon grand-père. Les dividendes ont tendance à s'additionner.

— Suffisamment pour te permettre de voyager confortablement.

— Tu veux venir avec moi ?

La présence de ma meilleure amie dans un moment aussi délicat me serait très précieuse.

— J'ai toujours rêvé de m'envoler dans un de ces jets privés. Y aura-t-il un steward pour nous servir du champagne ?

— Je ne sais pas s'il y aura du champagne, mais c'est le moyen le plus rapide pour circuler dans la région.

Ma main se posa sur mon ventre. Je ne savais pas si je devais rire ou pleurer.

- 4 -

Joe avait laissé des consignes pour m'autoriser l'accès à l'immeuble administratif du Congrès. Je déclinai mon identité et pénétrai sans encombre dans le hall de réception. Un coin salon était aménagé le long d'une grande baie vitrée. Des fauteuils capitonnés en velours vert pâle invitaient les visiteurs à s'asseoir sous une série de gouaches représentant la nature sauvage et somptueuse de l'Alaska.

— Docteure Cambridge ? demanda une des hôtesses depuis la banque d'accueil en chêne clair.

Son tailleur noir très habillé et très strict contrastait avec le corsage décontracté, imprimé de feuilles d'automne, que j'avais choisi de porter ce jour-là. Nerveuse, j'abaissai honteusement le regard sur mes sandales à talons plats, sans doute plus adaptées à une promenade sur le front de mer qu'à une visite dans un lieu officiel.

— Monsieur le Député est encore en réunion.

— Je… je vais attendre.

Les circonstances m'accordaient un sursis. J'espérais mettre l'attente à profit pour me ressaisir, mais Joe surgit dans le hall au moment où je m'apprêtais à m'asseoir.

— Adeline !

Ma présence en ces lieux paraissait l'intriguer. Il semblait à la fois heureux et inquiet de me voir.

— Je suis désolée de te déranger…

— Tu ne me déranges pas.

Il se tourna vers l'hôtesse.

— Bree, veuillez annuler mon rendez-vous de 10 heures, je vous prie.

Puis il m'invita à le suivre.

— Je n'abuserai pas de ton temps, dis-je en pénétrant dans son bureau.

— C'est l'avenir du centre culturel de Windward qui te préoccupe ?

— Non, pas exactement.

— Alors, en quoi puis-je t'aider ?

— Eh bien, j'ai… j'ai une nouvelle à t'annoncer.

— Très bien.

Il semblait maintenant impatient de m'entendre. Sans doute déchanterait-il assez vite. Il s'installa derrière son bureau et m'invita à prendre place. Je regrettais de ne pas avoir eu le temps de composer mon discours à la réception. Les phrases que j'avais imaginées la veille au soir me semblaient terriblement maladroites.

— Eh bien ? demanda-t-il en repoussant ses dossiers pour poser les coudes sur sa table de travail. Que se passe-t-il ?

Je résistai à l'envie de m'enfuir et redressai les épaules pour lui répondre, mais aucun son ne sortit de ma bouche.

— Un problème avec William ?

Je secouai la tête, mais restai incapable de prononcer le moindre mot. Il plissa le front.

— Adeline ?

— Je… je suis enceinte.

Je serrai les mâchoires, comme pour ravaler les paroles qui m'avaient échappé. Joe resta un instant immobile, puis ses yeux s'arrondirent de surprise.

— Navrée de te l'avoir annoncé aussi abruptement.

Il se racla nerveusement la gorge.

— Me l'annoncer avec plus de délicatesse n'aurait rien changé à l'affaire.

— J'ai préféré te le dire de vive voix.

Il rouvrit la bouche mais la referma sans pouvoir émettre un son. Sa réaction n'avait rien d'étonnant. J'avais mis une semaine à m'habituer à l'idée de ma grossesse.

— Je vais te laisser un peu de temps, dis-je en me levant à moitié.

Il m'invita d'un geste à rester sur mon siège.

— Non. Ne pars pas !

Nous restâmes silencieux pendant quelques minutes.

— Je voulais juste te le dire, repris-je d'une voix tremblante. Mais cela ne doit rien changer à notre relation. Je vais continuer à vivre normalement et…

Plusieurs mois s'écouleraient avant que mon état ne soit visible.

— Qui d'autre est au courant ?

— Mon amie Katie, c'est tout.

— Pouvons-nous compter sur sa discrétion ?

— Absolument. Elle ne dira rien.

— Pas même à ta famille ?

— Elle ne connaît personne.

— Il faudra pourtant bien l'annoncer à ton père.

Je bondis de mon siège.

— Rien ne presse. Il sait que je suis en Alaska, et c'est déjà beaucoup trop. Tu as parlé avec Mason.

— Et alors ?

— Je t'avais demandé de ne pas le faire.

Je ne savais pas pourquoi je m'écartais du sujet principal, mais son indiscrétion m'avait contrariée et je tenais à le lui dire.

— Je n'ai révélé aucun secret d'alcôve, précisa-t-il

pour sa défense. Tu pensais vraiment que ta présence en Alaska pourrait passer inaperçue ?

— Je l'espérais.

— Nous devons leur parler du bébé.

Je secouai vigoureusement la tête.

— Je n'y suis pas prête.

Je voulais me donner le temps de réfléchir tranquillement à ma situation et organiser ma nouvelle vie sans l'interférence de mon entourage.

— J'aurais le sentiment de trahir ta famille en lui dissimulant la nouvelle, reprit Joe d'un air contrarié.

Puis il posa le regard sur mon ventre, et son comportement s'adoucit.

— C'est mon bébé…

Il prenait peu à peu la mesure de l'événement.

— C'est ma responsabilité, et je l'assumerai quoi qu'il arrive. Tu sais l'importance de ma relation avec Xavier et Braxton.

Je la connaissais trop bien.

— Ne t'inquiète pas ! Ces deux-là te soutiendront toujours.

— Je les respecte trop pour leur mentir sur un sujet aussi important. Ils n'aimeront pas être mis devant le fait accompli.

— Ils seront heureux, Joe. Peu importe quand et comment ils en sont informés. Ce bébé incarne la prochaine génération des Cambridge. Je peux te garantir que le champagne coulera à flots au manoir le jour où ils apprendront la nouvelle.

— Alors, pourquoi attendre ? As-tu l'intention de leur rendre visite avant de retourner à Windward ?

— Je… je ne sais pas encore.

— Tu dois le faire, Adeline. Et je serai du voyage.

— Le voilà ! s'exclama Katie depuis le hublot du jet à bord duquel nous avions embarqué.

Une limousine noire venait de s'arrêter sur le tarmac. Joe descendit de la banquette arrière et récupéra sa valise dans le coffre. Je l'observai avec appréhension tandis qu'il s'approchait de l'appareil.

— Franchement, tu as bien choisi le père de ton enfant, murmura Katie à mon oreille.

— Physiquement, tu veux dire ?

Difficile de la contredire sur ce point.

— Il a une allure de mannequin.

— Ce sont plutôt les manigances de mon père qui m'effrayent. Je ne suis pas prête à me marier pour servir les intérêts de mon clan.

Katie me sourit avec bienveillance.

— Je te comprends. Je me demande quel genre d'homme mes parents choisiraient pour moi. Un comptable ou peut-être un dentiste…

— Tu aurais quelque chose contre les comptables et les dentistes ?

— Trop pointilleux. Dépourvus d'imagination.

— Tu es physicienne, je te rappelle.

— Astrophysicienne. Je suis capable de gérer les inconnues, les hypothèses et les spéculations.

Je levai les mains en signe de reddition.

— Ne t'inquiète pas ! Tu as de la chance. Personne ne te force à épouser qui que ce soit.

Pendant ce temps, Joe engageait la conversation avec le steward et lui confiait son bagage.

— Je veux quelqu'un d'excitant, poursuivit Katie.

— Je doute que tu le trouves à l'université. Les enseignants sont très conventionnels, et leurs complets en tweed sont bien tristes.

L'arrivée de Joe mit fin à notre conversation.

— Bonjour, fit-il en s'inclinant pour avancer sous le plafond bas.

Il s'installa face à nous.

— Bonjour, Joe. Tu te souviens de mon amie Katie ?

Il lui offrit rapidement sa main.

— Ravi de vous retrouver, Katie.

— De même.

Le steward descendit l'allée jusqu'à nous.

— Pourrai-je vous offrir un verre après le décollage ?

Joe m'interrogea du regard.

— Une orange pressée, si vous avez.

— Bien sûr, madame.

Il se tourna ensuite vers Katie.

— Champagne ?

— Je ne dis pas non.

— Un café pour moi, dit Joe. Bien serré.

— Bien, monsieur. En attendant, je vais vous demander de boucler vos ceintures.

Le bruit des moteurs s'intensifia, l'avion s'avança sur la piste et nous prîmes rapidement de l'altitude. Quand l'appareil se fut stabilisé au-dessus des nuages, nos boissons arrivèrent sur un plateau d'argent. Le jus de fruit, servi dans un grand verre givré, était fraîchement pressé. Sa douceur me réconforta.

— Je vous apporterai des pancakes dans un moment, annonça le steward. Si vous le souhaitez, je peux aussi vous préparer des œufs au bacon.

Nous volions vers Anchorage, où une voiture nous attendait pour nous conduire directement au manoir. Après mûre réflexion, j'avais finalement décidé de dire la vérité à mon entourage. Non pas que Joe eût encore tenté de m'en convaincre. Je pensais simplement que plus les mois passeraient, plus il me serait difficile d'annoncer la nouvelle de ma grossesse.

— Tu as l'air fatiguée, fit Joe en observant mes traits tirés. Tu devrais t'accorder une journée supplémentaire.

Je secouai la tête.

— Je viens tout juste de prendre mes fonctions. Il serait malvenu de ma part de demander si vite un congé pour convenance personnelle.

— Tu veux que j'appelle William ?

Sans me laisser le temps de répondre, il sortit son téléphone de sa poche. Je lançai un regard suppliant en direction de Katie, tout en sachant qu'elle ne pouvait rien faire pour m'aider. Elle haussa les épaules en signe d'impuissance.

— William ? Ici Joe Breckenridge. Comment allez-vous ?

Je soupirai, mécontente de voir le fil des événements m'échapper. Indifférent à ma contrariété, Joe poursuivait sa conversation.

— Je me demandais si vous pourriez vous passer de la présence d'Adeline un jour de plus à Windward. J'ai appris qu'elle rendait visite à sa famille à Anchorage. Je m'y trouve également et je souhaiterais lui fixer un rendez-vous lundi après-midi.

Je savais d'avance que mon patron accéderait à sa demande. Personne ne s'opposait à la volonté du député Breckenridge.

— Merci, mon ami, c'est très aimable à vous.

Il raccrocha dans un sourire.

— Voilà qui est fait ! Il ne t'attendra pas avant mardi.

— Tu…

Je ne trouvai pas les mots pour exprimer ma colère.

— William est ravi. Il voit dans cette rencontre une autre occasion pour toi d'obtenir mon soutien.

— Je n'ai pas à obtenir ton soutien. Tu me l'as déjà accordé, et il le sait très bien.

— Tu es novice dans les affaires, mais tu apprendras vite que le lobbying…

La sonnerie de mon téléphone l'interrompit. Je n'eus pas besoin de consulter mon écran pour deviner l'identité de mon interlocuteur.

— Bonjour, William.

— Adeline ! commença-t-il chaleureusement. Je suis heureux d'avoir pu te joindre. Les choses se sont compliquées en ton absence.

Le travail nous avait rapprochés, et le tutoiement s'était naturellement imposé à nous.

— Que se passe-t-il ?

— Le gouverneur nous a retiré son soutien.

Je fronçai les sourcils.

— A-t-il expliqué pourquoi ?

— Non, mais je soupçonne la sénatrice d'avoir intrigué contre nous.

William avait perdu son calme légendaire. Il semblait extrêmement agité.

— L'appui du député Breckenridge nous est plus nécessaire que jamais. Il va essayer de te joindre pour te fixer un rendez-vous lundi. Je veux que tu restes à Anchorage pour le rencontrer.

— Mais je l'ai déjà…

— Adeline, il est désormais notre seul espoir. Sans les fonds du Congrès, notre projet n'a aucune chance d'aboutir.

— Tu peux compter sur moi.

Comme je mettais fin à la conversation, Joe m'observait d'un air amusé.

Cela faisait des mois que je n'étais pas rentrée au manoir. Mon frère Mason était assis dans le grand salon quand nous y pénétrâmes. Il posa son journal et accourut dans ma direction.

— Adeline, c'est bien toi ? Mais qu'est-ce que tu as fait à tes cheveux ?

Il me serra tendrement dans ses bras avant de se tourner vers mon amie. Je fis les présentations.

— Katie Tambour, mon ancienne colocataire. Katie, voici mon frère Mason !

Il lui tendit la main.

— Bienvenue en Alaska, Katie.

— Ravie de vous rencontrer.

Joe nous rejoignit à cet instant dans la pièce.

— Député Breckenridge ? Quelle surprise !

Mason recula d'un pas pour observer avec étonnement le cercle que nous formions tous les trois.

— Nous avons pris le même avion, dis-je sans fournir plus d'explications.

— Je suis très heureuse d'avoir accompagné Adeline en Alaska, déclara Katie pour distraire l'attention de Mason. La nature est splendide, et on respire ici un air d'une qualité exceptionnelle.

Mason se remplit les poumons, comme pour tester son affirmation.

— Ça alors !

Mon frère Kyle venait d'apparaître au pied du grand escalier. Sa ressemblance avec Mason était frappante. Il m'étreignit chaleureusement dans ses bras.

— J'adore ta coiffure ! s'exclama-t-il en ébouriffant mes mèches blondes. Tendance et audacieuse !

Il offrit sa main à Katie, puis à Joe.

— Salut, Joe. Je ne savais pas que tu nous rendrais visite.

— Décision de dernière minute, déclaré l'intéressé.

— Adeline !

Je reconnus immédiatement la voix de Sophie derrière moi. Je me retournai pour la voir approcher au bras de Stone.

— Tu es magnifique ! s'exclama-t-elle en se précipitant pour m'embrasser. Belle coupe, belle couleur.

— Qu'est-ce que c'est que ce remue-ménage ?

Les intonations graves de mon oncle Braxton rafraîchirent aussitôt l'atmosphère. Il m'adressa un regard sévère.

— Eh bien, il était temps que tu nous rendes visite. Ton père sait-il que tu es là ?

Il fut le seul à ne faire aucun commentaire sur ma coiffure.

— Nous venons juste d'arriver, dis-je.

Je déposai un tendre baiser sur sa joue.

— Tu as amené Joe avec toi ? demanda-t-il avec curiosité.

— Joe n'a pas besoin de moi pour se déplacer. Nous avons voyagé dans le même avion.

L'intéressé serra chaleureusement la main du vieil homme.

— Ravi de vous voir, Braxton. Je participe au projet d'Adeline à Windward.

— Ce truc artistique ?

Son regard allait et venait entre nous, comme s'il tentait de lire dans nos pensées.

— Un gros centre culturel, corrigea Joe. Avec un impact significatif sur l'économie de la région.

— J'ai amené une amie avec moi, dis-je en désignant Katie.

Braxton la salua poliment avant de s'adresser à Kyle.

— Mon garçon, va dire à Sebastian et à Marie que nous avons des invités.

— J'y cours, répondit mon frère en filant vers les cuisines.

— Tu as prévu de rester combien de temps ? me demanda mon oncle.

— Juste pour le week-end…

— Adeline ?

Alerté par l'agitation qui régnait au rez-de-chaussée, mon père avait quitté son bureau. Je me retournai pour lui faire face.

— Salut, papa.

Il m'étreignit rapidement dans ses bras avant de se tourner pour accueillir le député.

— Bienvenue au manoir, mon garçon.

— Toujours très heureux d'être ici, fit Joe.

— Et si nous laissions à nos visiteuses le temps de s'installer, suggéra Sophie en reculant vers la porte.

Je la suivis avec soulagement dans le hall après avoir invité Katie à m'accompagner.

— Tu as vraiment vécu ici ? me chuchota mon amie à l'oreille.

— Toute mon enfance, répondis-je en gravissant les marches du grand escalier.

— On se croirait dans un hôtel de luxe.

— J'ai ressenti la même chose la première fois que je suis venue, glissa Sophie. Et vous n'avez encore rien vu. La chambre d'amis est somptueuse.

Elle nous précéda dans un long couloir au sol recouvert d'une épaisse moquette.

— C'est ici !

Comme elle ouvrait la porte dans un geste théâtral, Katie fit un pas à l'intérieur et s'arrêta net. Sous le plafond à la française, soutenu par de grosses poutres en chêne clair, une longue rangée de fenêtres donnait directement sur le parc. Le parquet en chevrons était parsemé de riches tapis orientaux. Contre le mur du fond trônait un lit à baldaquin tout droit sorti d'un conte de fées. Un petit salon composé de fauteuils et bergères Louis XVI occupait un angle de la pièce. La salle de bains attenante était dotée d'une baignoire d'angle balnéo aux robinets dorés et innombrables jets.

Mon amie n'en croyait pas ses yeux.

— C'est… époustouflant !

— N'hésitez pas à laisser vos vêtements et vos chaussures dans le coffre derrière la porte ! La lingère se chargera de les nettoyer et de les rapporter en moins de vingt-quatre heures.

— Je ne sais pas si nous resterons assez longtemps, répondit Katie en m'interrogeant du regard.

— Je suis attendue à Windward mardi matin. D'ici là, je dois convaincre Joe de gagner le sénateur à notre cause.

Une moue entendue se peignit sur le visage de Sophie.

— Cela ne devrait pas être très difficile. Pour toi, il décrocherait la lune. Vos relations se sont-elles un peu réchauffées ?

Katie gloussa et répondit à ma place.

— Je crois qu'on peut le dire.

— Tant mieux ! C'est un homme loyal et généreux.

— Et tellement beau ! renchérit Katie.

Les entendre ainsi s'extasier sur les qualités de celui

que mon père et mon oncle voulaient me voir épouser m'agaçait au plus haut point.

— N'allez pas vous faire d'illusions ! déclarai-je avec fermeté. Je n'ai pas changé d'avis à son sujet.

— C'est drôle, observa Sophie. Vous souffrez tous les deux du syndrome de Roméo et Juliette inversé.

Je fronçai les sourcils sans comprendre.

— Qu'est-ce que tu veux dire ?

— C'est pourtant simple ! intervint Katie. Ta famille veut te pousser dans les bras d'un homme que tu rejettes. Contrairement à Juliette qui…

— C'est bon, j'ai compris. Nous devrions redescendre, maintenant.

— D'accord, mais j'insiste pour que nous ayons une vraie conversation entre filles après le dîner, protesta Sophie.

— Promis !

Nous trouvâmes la famille entière rassemblée dans la salle à manger. Comme je prenais le verre de vin que Sebastian me tendait, Joe me lança un regard réprobateur. Je secouai imperceptiblement la tête pour lui faire comprendre que je n'avais pas l'intention de le boire. Je l'avais accepté pour ne pas attirer l'attention.

— Un toast ! décréta Braxton depuis l'extrémité de la table. Au retour de notre chère Adeline ! Nous sommes ravis de faire votre connaissance, Katie. Quant à Joe, il est toujours le bienvenu parmi nous.

Je levai mon verre et regrettai de ne pouvoir en avaler le contenu pour y puiser le courage dont j'avais tant besoin. Pressée de me libérer du poids qui pesait sur mes épaules, j'avais décidé de révéler mon secret sans attendre.

— J'ai une déclaration à faire, commençai-je d'une voix que j'aurais aimée plus ferme.

Tous les yeux se tournèrent dans ma direction.

— Qu'as-tu de si important à nous dire ? fit mon père avec curiosité.

Il était assis à l'opposé de Braxton.

— Eh bien, vous serez heureux d'apprendre que je...

Je lançai à Joe une œillade désespérée. Il hocha tranquillement la tête et m'adressa un sourire d'encouragement.

— ... que je suis...

Je dus reprendre mon souffle pour achever ma phrase.

— ... enceinte.

Un long silence accueillit mes paroles. Je m'y attendais.

— Quelle bonne nouvelle ! s'exclama enfin Sophie.

Elle bondit de sa chaise et contourna la table pour venir m'embrasser.

— Un héritier ? fit mon père avec fierté.

— Attendez ! glissa Mason. J'ai l'impression d'avoir raté quelques marches. Cet enfant, tu ne l'as pas fait toute seule ?

La question était bien naturelle. Je m'apprêtais à y répondre quand Joe se leva de son siège.

— Je suis l'heureux papa, déclara-t-il simplement.

Tous se figèrent de surprise.

— Félicitations, mon garçon ! fit enfin Braxton, apparemment très satisfait.

Mon père vint me prendre la main pour la serrer contre son cœur.

— Tu n'aurais pu me faire de plus grand plaisir, ma chérie.

Il me fallait très vite calmer son enthousiasme.

— Papa, ce n'est pas ce que tu penses. Joe et moi n'avons pas l'intention de...

Sebastian fit sauter un bouchon de champagne, et mes paroles se perdirent dans un joyeux vacarme.

— À l'héritier des Cambridge ! s'exclama Braxton.

Le cliquetis du cristal se joignit aux cris d'allégresse, et j'attendis patiemment le retour du calme pour reprendre mes explications.

— N'allez pas vous faire des idées ! Nous allons avoir un bébé, c'est tout.

Un silence embarrassé ponctua mes paroles. Tous les regards convergèrent dans ma direction.

— Que veux-tu dire ? demanda mon père.

Il se tourna vers Joe.

— Quelles sont tes intentions, mon garçon ?

Ce dernier se racla la gorge avec embarras.

— Adeline et moi nous sommes retrouvés pour un rendez-vous professionnel. Ensuite, nous…

— Vous n'allez pas vous marier ? coupa Kyle.

— Vous n'êtes pas fiancés ? renchérit Mason en posant les yeux sur ma main nue.

— Comment ça, vous n'allez pas vous marier ? gronda Braxton.

— Tu ne lui as pas acheté une belle bague en diamant ? s'étonna mon père.

J'inspirai une longue bouffée d'air pour tenter de raffermir ma voix.

— Joe n'est pas responsable.

Je ne voulais pas qu'ils se retournent contre lui.

— Tu portes son bébé, objecta mon père sans comprendre.

— Nous venons de le découvrir. Cela n'engage en rien notre avenir.

Les deux frères se consultèrent du regard.

— L'avenir nous semble pourtant tout tracé, déclara mon oncle.

— Joe, nous attendons tes explications, exigea mon père.

L'intéressé hocha lentement la tête.

— Vous devez savoir une chose, dit-il en détachant ses mots. Je ferai exactement ce qu'Adeline attendra de moi. Je l'épouserai, si elle le souhaite.

Je lui lançai un regard furibond. Son attitude était révoltante. Il me laissait seule dans la fosse aux lions.

— Pour l'instant, reprit-il fermement, elle réfléchit. Et la décision n'appartient qu'à elle seule. Vous n'avez pas le droit de lui imposer un avenir dont elle ne veut pas.

Sa voix posée et autoritaire tua dans l'œuf toutes les contestations. J'en ressentis un vif soulagement. C'était bien la première fois que je trouvais un allié dans la résistance que j'opposais à la volonté de ma famille. Arrivant à point nommé pour apaiser les tensions, Sebastian reparut en poussant un chariot devant lui. Les convives regagnèrent leur place en silence, et le dîner fut servi. Tandis que chacun gardait avec gêne les yeux fixés sur son assiette, Stone se leva et tapota son verre avec son couteau.

— Chers tous, Adeline vient de vous annoncer un heureux événement, mais je vais être obligé de lui voler la vedette.

Il s'interrompit pour couver amoureusement du regard le visage empourpré de Sophie.

— Nous attendons également un bébé.

Un cri de joie accueillit ses paroles.

— Quelle soirée ! s'exclama Braxton. Félicitations, mes enfants !

Les jeunes parents étant mariés, aucune ombre ne

vint cette fois ternir la merveilleuse nouvelle. Les yeux emplis de larmes, Braxton étreignit sa fille avec une tendresse que je ne lui connaissais pas. Le champagne coula à flots encore une fois.

— Tout va bien ? me demanda Katie en posant sur mon épaule une main réconfortante.

— Tout va bien, merci.

L'intervention de Stone avait heureusement détourné l'attention de la relation compliquée que j'entretenais avec Joe, et un bonheur sans mélange éclairait les visages.

— À notre famille qui s'agrandit ! s'écria mon père en levant sa coupe.

— Aux heureux parents et à leur progéniture ! ajouta mon frère Mason.

Le dessert fut servi dans un joyeux brouhaha.

- 5 -

— Privées d'alcool pour les neuf mois à venir ! soupira Sophie, les yeux fixés sur son verre de soda au gingembre. C'est bien dommage. Les conversations entre filles sont bien plus amusantes avec un verre de vin.

— Désolée, lui dit Katie avec compassion.

Nous étions installées toutes les trois sur les chaises Adirondack du balcon commun à ma chambre et à celle de mon amie.

— Jusqu'à quand restez-vous au manoir ? demanda ma cousine.

— J'ai un rendez-vous officiel lundi avec Joe, répondis-je. Ensuite, je rentrerai à Windward. Encore une réunion au sujet du financement de notre projet. Il semble que Nigel Long nous ait joué un mauvais coup.

— Ta méfiance à son égard était justifiée, nota Katie.

— Qui est ce Nigel Long ? s'enquit Sophie.

— Il travaille pour le gouverneur. Il prétend agir en faveur du complexe culturel, mais il manœuvre contre nous en coulisses.

— Comment espérez-vous vous défendre ?

— Nous comptons sur Joe pour obtenir le soutien fédéral. Mais si le gouverneur est contre nous, la partie est loin d'être gagnée. Nous devons apporter la preuve de l'intérêt économique et touristique du centre.

— Un sacré défi ! observa Sophie. Mener de front un travail aussi exigeant et une grossesse ne sera pas facile.

Je posai une main sur mon ventre.

— Je ne m'inquiète pas pour les premiers mois. Ensuite, nous verrons bien.

— Moi, j'ai déjà acheté des vêtements de maternité.

— Tu ne perds pas de temps ! Tu es enceinte de combien de semaines ?

— Neuf.

— Tu es en avance sur moi. J'ai compté quarante jours. Mais mes calculs sont approximatifs. J'ai rendez-vous avec un médecin la semaine prochaine.

— Tu nous as annoncé la nouvelle très tôt, observa Sophie d'un air étonné.

— Joe était inquiet. Il ne voulait pas le cacher à Braxton et à Xavier trop longtemps.

— Ils vont se montrer encore plus impatients de vous marier tous les deux.

Je hochai la tête avec résignation.

— Tu as raison. Ils ne vont pas me laisser tranquille.

— Joe a été très clair tout à l'heure, observa Katie.

— C'est vrai. J'espère qu'il était sincère.

— Je ne le connais pas depuis longtemps, mais je le crois très honnête.

Comme je gardais le silence, mon amie m'interrogea du regard.

— Tu n'as pas confiance en lui ?

— Ce n'est pas si simple. Il y a beaucoup en jeu. Pour Kodiak Communications et pour lui.

— Il est dans leur intérêt à tous que ce mariage se fasse, expliqua Sophie. Joe a besoin de l'argent de Kodiak. Mon père et mon oncle ont besoin du soutien politique qu'il peut leur apporter.

— Tu n'as pas à rentrer dans leurs manigances, déclara Katie. Ils ne peuvent pas t'obliger à agir contre ton gré.

— Tu ne les connais pas, dit Sophie. Ils feront tout pour arriver à leurs fins.

— Mais ce sont des pratiques d'un autre âge ! s'indigna mon amie. Ils ne peuvent pas…

La porte de ma chambre s'ouvrit à cet instant, et Kyle nous rejoignit sur le balcon.

— C'est une soirée entre filles, dis-je. Tu n'as pas été invité.

— Je préfère votre compagnie à celle de l'ancienne génération, déclara mon frère.

— Ici, on parle de bébés, prévint Sophie.

— J'adore les bébés.

Il avait un verre de vin à la main. Il en prit une gorgée.

— J'ai hâte d'avoir une nièce ou un neveu.

Peu après, Mason apparaissait à son tour.

— Alors, les filles, on fait bande à part ?

— On s'est isolées pour parler layette et maternité, répondis-je. Je doute que le sujet t'intéresse.

— Tu me crois incapable de m'occuper d'un enfant ?

— J'ai du mal à t'imaginer en train de changer une couche, glissa Kyle.

— Eh bien, tu te trompes, petit frère. Je suis sûr que je ferais un papa exemplaire.

Il se tourna vers mon amie.

— Et vous, Katie, vous n'êtes pas enceinte ?

Elle éclata de rire.

— Absolument pas. Désolée de vous décevoir.

— Que faites-vous en Californie ?

— Je suis enseignante à l'université.

— Dans quelle discipline ?

— L'astronomie.

Mason parut aussitôt intéressé.

— Je suis du signe du taureau, annonça-t-il fièrement.

— Opiniâtre et maniaque, déclara Katie sans détour.

Il sourit.

— Quoi d'autre ?

— Vous voulez que je vous lise votre avenir ?

— Pourquoi pas ?

Katie se laissait volontiers entraîner sur le terrain de l'astrologie même si cela était très éloigné de sa spécialité. Elle posa son verre devant elle.

— Donnez-moi votre main !

Mason s'exécuta.

— Hmm, fit-elle en faisant courir son index sur les plis de sa paume. Vous êtes-vous déjà prêté à cet exercice ?

— Non.

— Avez-vous lu votre horoscope ce matin ?

— Non.

Sophie les observait tout en pinçant les lèvres pour retenir un éclat de rire.

— Une contrariété aujourd'hui ? demanda encore Katie à Mason.

Il fronça les sourcils.

— Non. Pourquoi ?

Mon amie consulta sa montre du regard.

— Je suppose qu'il est encore temps.

Au même moment, Stone nous rejoignait sur le balcon.

— Je vous trouve enfin ! s'exclama-t-il en s'approchant de Sophie.

Il lui prit la main, l'aida à se relever et l'invita à s'asseoir sur ses genoux.

— On dirait qu'on s'amuse bien ici !

Joe venait de nous rejoindre à son tour. Il s'installa sur la chaise laissée libre par Mason.

— Encore temps pour quoi faire ? s'enquit ce dernier auprès de Katie.

Elle se pencha pour lui murmurer quelques mots à l'oreille.

— J'ignorais que ton amie était diseuse de bonne aventure, observa Joe dans un sourire.

— Elle est astrologue, déclara Mason sans se retourner.

— Astronome, corrigea l'intéressée.

Elle lui rendit sa main.

— Merci pour la consultation, docteure.

Mon frère se retourna pour constater qu'il avait perdu son siège au profit de Joe.

— Les places sont chères ici. Cela ne vous dérange pas si je partage votre fauteuil ?

Katie fit mine de s'indigner.

— Mais nous nous connaissons à peine !

Il leva sa paume devant ses yeux.

— Vous avez déjà deviné une partie de mes secrets. Et puis je suis parfaitement inoffensif.

— Je peux lui faire confiance ? me demanda mon amie.

— Je me porte garante pour mon frère, assurai-je. Il a l'air impressionnant comme ça, mais il ne ferait pas de mal à une mouche.

Mes paroles suscitèrent quelques éclats de rire.

— Tu vas rester longtemps en Alaska ? me demanda Kyle.

— Un an ou deux, sans doute. À condition que notre cher député obtienne les financements dont nous avons besoin pour mettre en œuvre notre projet.

— Un projet énorme, souligna Joe. Naturellement, il a ses détracteurs.

— Kodiak pourrait vous aider ?

— Le soutien d'une grosse entreprise est toujours le bienvenu. En termes d'image, c'est important.

— Alors, petite sœur, on va te voir plus souvent au manoir !

J'acquiesçai dans un sourire.

— Certainement, oui.

— Et vous, Katie ? s'enquit Mason. Vous reviendrez nous voir ?

— Je suis attendue en Californie au début de l'automne. Je dois avouer que je n'ai pas très envie d'y retourner.

— Vous skiez ?

— Je surfe.

— Voilà qui est bon pour l'équilibre ! Revenez quand vous voulez en hiver ! Je vous apprendrai à skier.

Il se montrait rarement aussi aimable avec une inconnue. Manifestement, le charme de Katie ne le laissait pas indifférent.

— J'ai bien l'intention de revenir en Alaska pour rendre visite à Adeline, dit Katie.

— Mais pas à moi ?

Il avait pris un air offensé.

— Jusqu'à présent, tout ce que vous avez fait, c'est voler l'accoudoir de mon fauteuil et vous tromper sur ma profession !

— Désolé, mademoiselle.

— Quelqu'un veut boire un autre verre ? proposa Stone.

Il prit les commandes et s'éclipsa. Peu après, il revenait avec un plateau chargé de boissons. Pour Sophie et moi, il avait choisi des milk-shakes au chocolat.

— À ce régime, nous allons vite ressembler à des baleines, observa ma cousine.

— Prescription de Sebastian. Calcium pour les femmes enceintes.

— Ce cher Sebastian ! Toujours si attentif !

L'assemblée s'était divisée en petits groupes. Mason vantait à Katie les atouts de l'Alaska tandis que Sophie me faisait un brillant exposé sur les vitamines prénatales et les régimes alimentaires indiqués pendant la grossesse. Joe et Kyle échangeaient sur un câble sous-marin en construction au large d'Anchorage.

Alors que je terminais mon milk-shake, Joe s'approcha de moi et s'accroupit près de ma chaise.

— J'aimerais parler un moment avec toi.

— Il est tard ! s'écria Stone en prenant la main de Sophie. Je crois que nous allons nous retirer.

Kyle se leva et s'étira.

— Je vais me coucher, moi aussi. À demain, tout le monde.

Je me tournai vers Katie.

— As-tu besoin de quelque chose pour la nuit ?

— J'ai tout ce qu'il me faut, répondit-elle avant de prendre congé.

Peu à peu, le silence se fit dans ma chambre. J'appréciai de retrouver le calme après l'agitation de la soirée.

— Comment te sens-tu ? me demanda Joe avec douceur.

Je m'attendais à ce qu'il prenne mes mains dans les siennes, mais il n'en fit rien.

— Très bien, répondis-je.

Ma conscience était plus légère.

— Tu ne crains pas que Braxton et Xavier redoublent d'efforts pour te convaincre de m'épouser ? reprit-il.

— Ils ont abordé le sujet avec toi ?

— Pas encore, mais je sais qu'ils ne tarderont pas à le faire.

J'exhalai un long soupir.

— J'ai pourtant été claire. Toi aussi, d'ailleurs, et je

t'en remercie. Il est rare que quelqu'un m'apporte son soutien dans cette famille.

Il réfléchit un instant.

— Quel âge avais-tu au décès de ta mère ?

Le brusque changement de sujet me surprit.

— Douze ans, pourquoi ?

— Tu as survécu dans un monde exclusivement masculin pendant des années.

Rien n'était plus vrai. L'arrivée de Sophie dans le cercle familial m'avait d'ailleurs procuré un immense soulagement.

— Jusqu'au mariage de Stone, j'étais en effet bien seule. Je suis heureuse d'avoir retrouvé ma cousine. Sa présence au manoir me donnerait presque envie de prolonger mon séjour.

Il sortit son téléphone de sa poche.

— Je peux ? demanda-t-il.

— Que veux-tu faire ? Appeler encore une fois mon patron à ma place ? Ne t'avise pas de le faire ! Je n'aime pas qu'on règle les problèmes à ma place. Je suis assez grande pour parler à William quand je le juge nécessaire.

Il rangea son portable et abaissa le regard sur mon ventre.

— Tu veux bien ? murmura-t-il en avançant sa main.

Son geste m'attendrit.

— Oui, bien sûr.

— Juste une seconde…

Il plaça sa paume contre mon abdomen et ferma les yeux.

— Il est bien trop tôt pour sentir quoi que ce soit, lui dis-je dans un sourire.

— Ça ne fait rien. Il est là. Mon fils ou ma fille…

— Nous ne le saurons pas avant plusieurs semaines.

Le fait d'évoquer le sexe de l'enfant rendit son existence plus réelle, et je fus submergée par mes émotions. Je m'accrochai au bras de Joe pour garder mon équilibre.

— Tu n'es pas seule, dit-il en devinant mon trouble.

Il me serra tendrement dans ses bras.

— Je serai là, quoi qu'il arrive.

Ses paroles se voulaient rassurantes, mais elles éveillèrent ma méfiance. Je me dégageai de son étreinte.

— Cette grossesse ne change rien à notre relation, Joe.

— Elle change tout, au contraire.

Je m'éloignai de quelques pas.

— Adeline, tu veux bien m'écouter ?

— Non.

Je savais par avance ce qu'il allait me dire.

— Adeline, nous avons des décisions à prendre.

— Je ne vois pas lesquelles.

— Il est dans notre intérêt de couper court aux rumeurs. Et je ne vois pas de meilleur moyen que d'officialiser notre relation.

— C'est tout à fait hors de question.

— Cela ne nous engagera à rien pour l'avenir. Il s'agit simplement de rendre légitime la naissance de cet enfant. Si nous ne le faisons pas, nous nous exposerons aux pires spéculations.

— Je me moquc éperdument de l'opinion publique.

Il plissa le front d'un air soucieux.

— Tu ne sais pas les ravages qu'elle est capable de provoquer.

Je n'aimais pas le tour que prenait la conversation. Joe avait retrouvé sa stature d'homme public, et je le soupçonnai de se soucier avant tout de sa carrière. Je refusai d'emblée qu'il se serve de mon bébé pour donner de lui l'image d'un bon père à l'approche des élections.

— Nous ne dirons rien, déclarai-je avec fermeté.

— Alors nous commettrons une erreur lourde de conséquences. Pour nous et aussi pour notre enfant.

Le député Breckenridge était un orateur hors pair. Il ne manquait jamais d'arguments pour défendre son point de vue. Le doute commençait à m'assaillir. Je voulais avant tout protéger mon bébé.

— Ne prenons pas de décision précipitée, Joe ! Laisse-moi le temps de la réflexion !

Mon hésitation fit naître un sourire de satisfaction sur son visage. Je m'empressai de modérer sa joie.

— Tu as l'impression d'avoir gagné le premier round, n'est-ce pas ? Eh bien, dis-toi que tu n'as pas gagné le match !

Il leva les bras en signe d'apaisement.

— Il n'y a pas de combat entre nous, Adeline. Nous sommes tous les deux dans le même camp.

J'aurais aimé partager sa conviction, mais je n'y étais pas prête.

— Laisse-moi, maintenant ! murmurai-je à bout de forces.

— Comme tu voudras.

Il porta une main à ma joue et passa doucement le pouce sur ma lèvre, laissant un picotement chaud dans son sillage. Puis il sortit de la pièce et referma doucement la porte derrière lui.

Le rituel du petit déjeuner au manoir se répétait à l'identique depuis des lustres. Mon père et Braxton étaient servis dans la salle à manger, tandis que mes frères et moi nous régalions des pâtisseries de Sebastian dans la cuisine avant de commencer la journée. Il en était ainsi depuis notre enfance, et pour rien au monde nous n'aurions accepté de changer nos habitudes. Ce matin-là, le majordome avait disposé sur la table un assortiment de scones aux canneberges et de brioches à la cannelle glacées à la vanille. Les scones étaient encore chauds. Je fendis le mien en deux pour le tartiner de beurre.

— Ces brioches sont vraiment appétissantes ! s'exclama Katie avant de se servir.

Sophie se plaça devant le percolateur.

— Café ? proposa-t-elle.

— Avec plaisir, répondit mon amie.

— Je le prendrai avec du lait, dis-je après réflexion.

J'étais résolue à adopter de bonnes habitudes alimentaires pendant ma grossesse. Entre le calcium contenu dans le lait et la vitamine C apportée par les canneberges, je commençais bien la journée.

Stone prit place en face de moi.

— Mon moment préféré ! fit-il en remplissant généreusement son assiette.

— Bonjour à tous !

La voix de Joe fit courir un frisson sur ma nuque.

— Je prendrais volontiers pension pendant quelques semaines, déclara Katie entre deux bouchées.

Mason s'empressa de répondre.

— Pourquoi pas ? Il y a suffisamment de chambres dans le manoir pour accueillir une colonie. Tu me prépares un café, Sophie ?

— Tout de suite. Un pour toi aussi, Joe ?

— S'il te plaît.

Mon frère ne quittait pas mon amie des yeux.

— Bien dormi ? demanda-t-il en s'installant à ses côtés.

— Merveilleusement bien.

— Votre chambre est très confortable, observa Sophie. Je l'occupais toujours avant mon mariage.

L'irruption de mon père mit fin aux joyeux bavardages.

— Adeline ? Tu veux bien venir dans la salle à manger un moment ?

Je devinais sans difficulté ce qui motivait sa requête. Instinctivement, je levai le regard sur Joe.

— Je viens aussi, dit-il en descendant de sa chaise.

— Prends ton café ! me lança Sophie en me tendant ma tasse.

Je quittai docilement la cuisine au bras de Joe.

— Ne t'inquiète pas ! murmura-t-il à mon oreille.

— Je ne suis pas inquiète, répondis-je sans beaucoup de conviction.

Je m'attendais à cette discussion depuis ma révélation de la veille, mais j'avais espéré qu'ils attendraient un peu pour me mettre sur la sellette.

— Fais-moi juste un signe si tu veux que je me retire !

Le ton conspirateur de Joe m'amusa.

— Tu veux que je me touche le nez ou que je me mette les cheveux derrière l'oreille ?

— Par exemple.

Nous avions le sourire aux lèvres lorsque nous pénétrâmes dans la salle à manger. À l'invitation de mon oncle, nous nous assîmes autour de la table ronde. Je posai ma tasse sur la nappe blanche brodée aux initiales de la famille.

— Adeline attend un bébé, souligna Joe en guise d'introduction. Elle doit être traitée avec ménagement.

Braxton parut offensé.

— Qui a dit que nous allions la malmener ?

— Nous voulons simplement qu'elle se montre raisonnable, déclara mon père.

Je décidai de prendre les devants.

— Raisonnable, je le suis. Je n'ai pas mis plus d'un mois à trouver un emploi après l'obtention de mon diplôme. La mission qui m'a été confiée à Windward me passionne, et j'ai bien l'intention de m'y consacrer pendant les deux prochaines années.

Mon père plissa le front.

— Tu n'oublierais pas un détail ? As-tu l'intention de faire passer l'éducation de ton enfant au second plan ?

— Ce n'est pas ce que j'ai voulu dire.

Je lançai un regard en direction de Joe.

— Je sais ce que vous attendez de moi. Ne vous faites pas d'illusions ! La vie de couple ne fait pas partie de mes priorités.

— Tu parles sans savoir, objecta Braxton. La vie de couple peut être une force.

— Bien sûr, concédai-je. À condition de l'avoir choisie. Ma relation avec Joe est trop récente pour que nous imaginions de fonder une famille.

Il en fallait plus pour décourager mon père.

— Il existe toutes sortes de relations, ma chérie.

Je fis glisser mon regard du visage de mon oncle à celui de mon père.

— Vous avez répété pendant la nuit, tous les deux ?

— N'essaye pas de détourner la conversation ! dit l'un.

— Nous cherchons seulement à te faire entendre raison, ajouta l'autre.

— Tu as besoin de stabilité…

Je l'interrompis aussitôt.

— Je mène une existence tout à fait équilibrée.

— Pour ton enfant, insista mon père.

— Dis plutôt qu'une mère célibataire ternirait l'image des Cambridge !

Mon père poussa un cri indigné.

— C'est à ton bonheur que je pense, ma chérie.

— Nous nous moquons bien de la réputation de la famille, renchérit Braxton.

— Vous êtes sûrs ?

Un lourd silence s'abattit sur la pièce.

— Notre désir de te voir épouser Joe n'est un secret pour personne, reprit plus posément mon père.

— Votre désir ? répétai-je avec dépit. Je parlerais plutôt d'une injonction.

Les deux hommes échangèrent un regard offusqué.

— Le terme est un peu fort, observa Braxton.

— Vous n'avez pas le droit de me jeter dans les bras de Joe.

Une gêne tangible s'installa autour de la table. Je savais ce qui trottait dans l'esprit de chacun. Ne m'étais-je pas allègrement jetée dans les bras de Joe ? Braxton tenta de redonner un tour plus convenable à la conversation.

— Un mariage entre vous deux serait un atout pour nos deux familles.

Nous avions atteint le cœur du sujet. Mon bonheur était le cadet de leurs soucis.

— Je ne suis pas une monnaie d'échange. Un pion que vous pouvez déplacer à votre aise.

Mon père posa une main sur la mienne.

— Sois raisonnable, Adeline ! Tu as tout à gagner à cette union. Tu expliquais toi-même hier soir que le gouverneur avait retiré son soutien à votre projet.

Je le regardai sans comprendre.

— Malheureusement pour vous, si la sénatrice suit l'avis du gouverneur, ce qui est probable, votre centre culturel ne pourra jamais voir le jour.

Il me disait sans détour que mon beau projet était

mort-né. Je détestais l'admettre, mais il avait sans doute raison. Cependant, je ne voyais toujours pas ce que venait faire l'échec ou la réussite de mon projet avec ma relation avec Joe.

— Si nous devions annoncer vos fiançailles…

Je levai la main pour l'arrêter, mais il refusa de se taire.

— Si nous organisions le plus beau des mariages, la sénatrice pourrait bien étudier l'échiquier de plus près.

— Je ne comprends toujours pas.

Joe se racla la gorge pour attirer l'attention sur lui.

— Mon intention de me présenter au poste de gouverneur ne ferait plus aucun doute. Connaissant ma position sur la construction du centre culturel, elle aurait tout intérêt à se ranger de mon côté pour ménager ses arrières.

Je lui lançai un regard plein de reproches.

— Tu es avec eux, n'est-ce pas ?

Il secoua la tête.

— Je suis avec toi, Adeline.

J'essayai de mettre un peu d'ordre dans mes pensées.

— Vous pensez que la sénatrice Scanlon reverrait sa position, de crainte de voir Joe battre le gouverneur aux prochaines élections ?

— Exactement, approuva Braxton. Tu as tout compris. En t'épousant, Joe s'alliera à la famille la plus puissante du pays et il sera promis aux plus hautes fonctions de l'État.

Comme je l'avais soupçonné, j'étais la pièce maîtresse du dispositif.

— Il prend la dame et il fait échec et mat. Le gouverneur n'aura plus qu'à prendre sa retraite.

— Et puis, Adeline, cette alliance servira aussi ta

carrière, renchérit mon oncle. Entre nous, rien ne vous empêchera de divorcer par la suite. Ce mariage n'est pas obligé de durer éternellement.

— Mais il arrangerait tout le monde, conclut mon père.

Je me surpris moi-même à peser les avantages et les inconvénients de l'union que tous me pressaient d'accepter. Je m'étais investie corps et âme dans la mission que m'avait confiée William. Plutôt mourir que d'y renoncer. Je devais aussi penser à mon enfant. Avais-je le droit de le priver d'un père à la carrière aussi prometteuse ?

— Je vis à Washington la plupart du temps, souligna Joe. Toi, tu resteras à Windward. Nous ne nous verrons que très rarement.

— Un mariage de façade ? C'est cela que tu me proposes ?

— Si tu tiens à ton travail, tu n'as pas le choix.

En acceptant la proposition de William, j'avais mis le doigt dans un engrenage dont je ne connaissais ni les tenants ni les aboutissants. J'avais pénétré dans un monde où la politique dominait toute autre considération.

— Vous avez gagné, soupirai-je après un temps.

Ces mots sortaient-ils vraiment de ma bouche ? Ma voix résonnait à mon oreille comme celle d'une étrangère.

— Tout est clair, maintenant. Je dois épouser Joe.

— Épouser Joe ? répéta Katie, incrédule.

— Tu as enfin accepté ? s'étonna ma cousine dans un sourire.

Nous marchions le long de l'enclos où trottaient les juments et leurs poulains. Je marquai une halte et posai les coudes sur la balustrade. Le spectacle des chevaux m'avait toujours apaisée. Mon amie s'arrêta à mes côtés.

— J'ai l'impression d'avoir raté une marche, dit-elle.

— Joe est un type formidable, lui dit Sophie en dégageant son visage de ses mèches dorées soulevées par la brise matinale. Je l'ai rencontré très souvent ces derniers mois. Je l'aime vraiment beaucoup.

— Je l'aime bien, moi aussi.

Mes paroles suscitèrent l'indignation de Katie.

— Dois-je te rappeler que tu as changé la couleur et la coupe de tes cheveux en espérant qu'il ne te trouve pas ?

— Quel rapport entre Joe et ta coiffure ? s'étonna Sophie.

— Je comptais rester incognito. Vivre en Alaska sans être repérée par ma famille ou mon entourage.

Sophie éclata de rire.

— Attends, tu es sérieuse ? Et ça a marché avec Joe ?

— Pas plus de cinq secondes.

— Cet homme ne pense qu'à toi depuis près de dix ans. Seule une chirurgie esthétique majeure aurait pu le tromper.

— Tu veux bien m'expliquer ce qui t'a fait changer d'avis ? demanda Katie. La dernière fois que nous avons abordé le sujet, tu étais radicalement opposée à ce mariage.

Une jument hennissait à l'autre extrémité de l'enclos. Les autres se mirent à galoper dans sa direction.

— Avec le bébé qui arrive…

— Nous sommes au XXIe siècle ! Les femmes ne sont plus obligées de se marier parce qu'elles attendent un enfant.

— Ce n'est pas si simple, glissa Sophie. Le député Breckenridge est un homme public.

— Je vois. Un enfant illégitime pourrait lui coûter des voix aux prochaines élections.

Je me devais de dire à mes amies toute la vérité.

— La carrière de Joe n'est pas la seule raison. Il est aussi dans mon intérêt de me marier. À l'annonce de notre union, la sénatrice qui a retiré son soutien à la construction du centre culturel pourrait revenir sur sa décision.

Splendor, mon cheval préféré, avançait dans notre direction.

— Cette fois, je ne comprends plus rien, avoua Katie.

Il n'y avait là rien de surprenant. Moi-même, j'avais mis un peu de temps à saisir la complexité de la situation.

— Mon père et mon oncle, les deux grands stratèges de la famille, affirment que la sénatrice verra dans nos fiançailles la volonté de Joe de se présenter au poste de gouverneur. Soucieuse de préserver son avenir, elle retournera sa veste.

— C'est un peu tiré par les cheveux ! soupira Katie.

— Au contraire, c'est logique, dit Sophie.

— Clair comme de l'eau de roche, approuvai-je.

Splendor s'était rapproché. Je regrettai de ne pas avoir apporté de pommes ou de carottes.

— L'Alaska est comme une petite ville, expliqua Sophie. Ici, tout le monde connaît tout le monde. Soutenu par le clan Cambridge, Joe a toutes les chances de devenir gouverneur.

— Tu vas donc sacrifier ta vie privée pour conserver ton emploi, observa tristement Katie.

— En résumé, c'est cela. Ou bien je retourne en Californie, sans travail et avec un bébé sur les bras.

Mon amie se trouvait dos à la clôture. Je la tirai doucement vers moi de peur que Splendor ne la fasse sursauter d'un coup de museau.

— J'aimerais beaucoup faire partie des demoiselles d'honneur, déclara ma cousine.

— J'en serais ravie. Et toi, Katie ?

— Évidemment, Tu ne crois tout de même pas que je vais t'abandonner dans un moment aussi important !

— Il ne faudrait pas trop tarder à organiser la cérémonie, dit Sophie en posant la main sur son ventre. Sinon, je ne rentrerai plus dans ma robe, et toi non plus.

— Ce sera un grand mariage ? demanda Katie. Comme dans les contes de fées ?

La perspective semblait maintenant la réjouir.

— J'aurais préféré une simple cérémonie à la mairie.

— Oh ! non, ce serait dommage ! soupira Sophie.

Katie se tourna dans sa direction.

— Comment était votre mariage ?

— Plutôt simple et intime. Comme nous le voulions. Mais les noces d'une fille de grande famille et d'un député méritent une grande célébration.

— Tu as raison. Le public s'attendra à une fête somptueuse.

Katie hocha la tête d'un air songeur.

— Les préparatifs seront exigeants. Tu auras besoin de notre aide.

— Je suis d'accord, renchérit ma cousine. Tu ne pourras jamais te charger de tout. Il faudra veiller au moindre détail. Vous allez faire les gros titres de la presse.

— Une idée du budget ? me demanda Katie.

Sophie répondit à ma place.

— Illimité. Xavier et Braxton ne lésineront pas à la

dépense. Si nous leur proposons une navette spatiale pour votre départ en voyage de noces, ils signeront les yeux fermés.

— Pas de problème, dit Katie. J'ai quelques relations à la NASA.

L'imagination de ces deux-là était sans limite. Je m'empressai de calmer leur enthousiasme.

— Pas de navette spatiale, fis-je dans un éclat de rire. Pas de fusée, et pas d'hélicoptère. Une limousine suffira à mon bonheur.

- 6 -

Mes fiançailles avec Joe avaient inondé la une des journaux. Très investie dans mon travail, j'avais laissé à Sophie et à Katie le soin d'organiser mon mariage. Conformément aux calculs de mon père et de mon oncle, le soutien de la sénatrice nous était acquis. Rien désormais ne s'opposait plus au développement de notre projet. Pour faire face à l'ampleur de la tâche, nous nous étions associés à un deuxième cabinet d'architecture. Les ingénieurs travaillaient d'arrache-pied. Soucieux de rester impliqués dans le processus, les bénévoles avaient constitué des comités de conseil associant des représentants des secteurs culturels et touristiques.

Les plans prévoyaient notamment un théâtre, une galerie d'art, un espace dédié aux expositions temporaires, des salles de conférences et, au dernier étage, un restaurant gastronomique. La structure était constituée de matériaux exclusivement naturels. Les teintes choisies pour les murs extérieurs se fondaient avec la palette de couleurs offerte par les montagnes et l'océan. Le parking à plusieurs niveaux était masqué par une paroi végétale. Une esplanade était prévue pour l'accueil de spectacles et de festivals.

Sophie et Katie s'affairaient aux préparatifs de la cérémonie. En quelques semaines, mon amie avait rencontré la plupart des membres de ma famille, jusqu'à des cousins éloignés dont j'ignorais l'existence. L'accomplissement de ma mission occupait tout mon temps et, hormis la bague de fiançailles qui brillait à l'annulaire de ma main gauche, rien dans mon quotidien ne venait me rappeler l'imminence de mon union avec Joe. La date du grand événement approchait cependant à grands pas. Le dernier essayage de ma robe était prévu pour le jeudi suivant. Jusqu'alors, Sophie avait servi de modèle. Les photos qu'elle m'envoyait à l'issue de chacune des séances montraient une parure éblouissante. Le corsage de la robe et son décolleté en forme de cœur étaient recouverts d'une dentelle perlée et scintillante. Le jupon, formé de plusieurs couches de mousseline, conférait à l'ensemble une apparence délicate et vaporeuse.

Une répétition générale était prévue la veille de la cérémonie. Nous avions choisi de passer notre lune de miel dans le ranch familial de Joe, une somptueuse maison d'hôtes située au bord d'un lac dans la péninsule de Kenai. J'attendais avec impatience le séjour reposant qui suivrait le grand jour, mais j'avais la curieuse impression d'être une actrice invitée à figurer dans le mariage de quelqu'un d'autre.

Le jeudi matin, je pris l'avion pour Anchorage. Le soir venu, la styliste débarqua au manoir avec tout son attirail. Nous nous retirâmes dans ma chambre avec Katie et Sophie pour l'ultime essayage. Enfilant pour la première fois la tenue somptueuse, je restai muette d'admiration devant le miroir, peinant à me reconnaître dans la créature toute vêtue de blanc qui me faisait face. Après quelques retouches, Karie-Ann se concentra sur ma coiffure. Trois possibilités s'offraient à moi : un peigne en cristal, un diadème de petites fleurs blanches ou un voile. Je procédai par élimination.

— Je ne raffole pas du voile, ni du diadème. Vous pensez que le peigne tiendra correctement dans mes cheveux ?

Elle paraissait dubitative.

— Nous allons faire un essai.

Mes cheveux avaient un peu repoussé, mais ils restaient encore très courts.

— Tu es ravissante ! s'exclama Sophie en me rejoignant devant le miroir. De quoi rendre jalouses toutes les jeunes femmes de l'assemblée…

— Moi la première ! ajouta Katie. J'ai hâte de te voir au bras de Joe.

Leurs compliments visaient à me rassurer. Je n'étais pourtant pas inquiète. Ce mariage était pour moi une formalité. Une parenthèse de quelques jours qui ne changerait en rien le cours de mon existence. Une fois ma coiffure achevée, la styliste invita les demoiselles d'honneur à passer leur tenue. Là encore, le résultat était splendide. Leur décolleté dessinait un cœur faisant écho au style de ma propre robe. Leurs jupons en mousseline bleu pâle étaient habilement arrangés pour former un nœud sur le devant.

En observant notre reflet dans le miroir, j'esquissai un sourire.

— On est canon, déclara Katie.

— Vous avez fait un travail remarquable, dis-je pour remercier Karie-Ann. Avez-vous pensé au bouquet ?

Mes deux comparses échangèrent un regard complice.

— Attends de voir ! déclara Sophie avant de s'esquiver hors de la pièce.

La styliste lui emboîta le pas. Restée seule avec moi, Katie posa sur moi un regard inquiet.

— Tu es sûre d'avoir pris la bonne décision ?

— Pas le moins du monde.

Ma réponse pouvait paraître désinvolte, mais elle exprimait le fond de ma pensée. Je n'avais pas le choix, les dés étaient jetés.

— Sérieusement, Adeline. Tu vas te marier.

— À ce qu'il paraît.

Elle me prit la main avec sollicitude et sentit le tremblement de mes doigts.

— Il n'est pas trop tard pour faire machine arrière.

— J'ai pris une décision raisonnable, Katie. Je ne vais pas changer d'avis sur un coup de tête.

J'avais beau essayer de me voiler la face, les conséquences de mon mariage commençaient à me tourmenter. Quelle serait l'attitude de Joe après la cérémonie ? Ne m'étais-je pas jetée dans la gueule du loup ?

— Je te sens très nerveuse, aujourd'hui.

— Quoi de plus normal ? Les mariées connaissent toujours un moment de panique.

Quand elle nous rejoignit dans la chambre, Sophie remarqua aussitôt notre changement d'humeur.

— Vous en faites une tête ! s'exclama-t-elle en fronçant les sourcils. Que se passe-t-il ?

— Adeline est un peu nerveuse.

— Je vais bien, assurai-je sans beaucoup de conviction.

La température semblait avoir soudain grimpé dans la pièce. Un drôle de bourdonnement grondait dans mes oreilles.

— Elle est pâle comme un linge, soupira Katie.

— Je vais chercher Joe, déclara Sophie.

— Non !

Je ne voulais pas qu'il me voie dans cet état. J'avais juste besoin de quelques instants pour reprendre mes esprits. Mais ma cousine refusa de m'écouter et elle s'éloigna à nouveau. En même temps, Katie me prenait le bras pour m'accompagner jusqu'au siège de ma coiffeuse.

— Assieds-toi ! Voilà ! Et maintenant, essaye de respirer profondément !

J'aspirai une longue bouffée d'air et tentai de me raisonner. Ce mariage n'était qu'une mise en scène destinée au grand public. Comme une actrice prête à monter sur les planches, j'étais gagnée par un trac bien naturel. Le jour venu, il me suffirait de jouer le rôle qui m'était imparti.

— Adeline ?

Quand Joe pénétra dans la pièce, mon amie s'éclipsa discrètement. Il s'agenouilla près de moi.

— Tu ne t'es pas évanouie ? On dit que cela porte malheur.

— Je ne me suis pas évanouie.

— Sophie a dit que tu étais devenue blafarde.

Il me prit une main, puis l'autre.

— Tu es frigorifiée.

— Nous sommes en Alaska.

— En plein été, observa-t-il dans un sourire.

— Je suis nerveuse. Pas toi ? Me montrer devant tous ces invités… As-tu idée de leur nombre ?

— Autour de cinq cents, je crois.

— Cela fait beaucoup de monde.

J'avalai ma salive avec difficulté.

— Beaucoup de monde à qui mentir.

— Nous ne mentons à personne, Adeline. Nous nous marions pour de bon.

— Ta famille connaît-elle les vraies raisons de cette union ?

Je me demandais si nous devions donner le change devant ses parents et ses deux sœurs.

— Ils savent que tu es enceinte, mais ils ne connaissent pas vraiment nos motivations.

Je cherchai à décrypter ses pensées.

— Tu n'as aucun doute ?

— Aucun. Tout va bien se passer.

— Tu n'en sais rien.

— Cela ne dépend que de nous. Pour ma part, je respecterai le moindre de tes désirs. Ce mariage ne va pas bouleverser ta vie, Adeline.

— Le bébé s'en chargera.

Je retirai mes doigts de sa main pour les poser sur mon ventre.

— Pour le meilleur, dit-il. Cet enfant nous apportera le bonheur.

Je me levai en m'appuyant sur son bras pour ne pas perdre l'équilibre.

— Tu es vraiment magnifique ! s'exclama-t-il. J'espère qu'ils prendront plein de photos.

— Sophie a embauché trois photographes.

— Cela ne m'étonne pas ! Elle fait toujours les choses en grand.

Il parcourut mon visage avec sollicitude.

— Tu vas bien ?

— Oui, beaucoup mieux.

La température de la pièce était redevenue normale. Le bourdonnement étrange qui m'avait assaillie s'était dissipé. Pour la première fois, je remarquai le bouquet posé sur la table basse, une composition de roses couleur crème et rose pâle, parsemée de jasmin. Seule avec Joe, j'osai enfin exprimer la pensée qui me tourmentait le plus.

— Pour quelle raison as-tu décidé de m'épouser ?

— Pour l'avenir de notre enfant, répondit-il sans l'ombre d'une hésitation.

— N'est-ce pas plutôt pour servir ta carrière politique ?

— Je mentirais en affirmant le contraire. Mais ta carrière y trouve aussi un intérêt.

Je ne pouvais pas le nier.

— C'est vrai.

— Notre mariage est un pari gagnant-gagnant.

Ainsi posés, les termes de notre arrangement paraissaient clairs, nos motivations limpides. J'avais pourtant besoin d'un peu de solitude pour remettre de l'ordre dans mes idées.

— Rendez-vous devant l'autel ?

— Rendez-vous devant l'autel !

J'avais prononcé mes vœux sans quitter du regard le front de Joe. Il avait déposé un baiser furtif sur mes lèvres, et l'affaire était conclue. La séance de photographie, interminable, avait commencé à la sortie de l'église pour se prolonger dans le parc, puis dans le pavillon où était organisée la réception. J'étais lasse de sourire et d'afficher le regard béat de la jeune mariée.

Le dîner, orchestré de main de maître par Sebastian, me parut durer une éternité. Après le septième plat, nous passâmes enfin au dessert. Un tonnerre d'applaudissements accueillit l'arrivée du gâteau, un chef-d'œuvre de pâtisserie, glacé d'une crème blanche immaculée et parsemé de feuilles dorées. Au même instant, des plateaux chargés de mignardises apparaissaient sur les tables. Je me postai aux côtés de Joe près du chariot, et un serveur en livrée nous plaça un couteau entre les mains.

— Prête ? me demanda Joe.

Conscient de se trouver au centre de l'attention, il procéda à la coupe traditionnelle et déposa une bouchée de gâteau dans ma bouche. Quand je lui rendis la pareille, il me sourit en simulant le plaisir, puis il appliqua un tendre baiser sur mes lèvres. Nous nous acquittions de notre rôle à la perfection. Dieu merci, ces démonstrations d'affection en public pourraient cesser à la fin de la soirée.

Cependant, les conversations avaient repris parmi les invités, ponctuées çà et là par le cliquetis des coupes de champagne. L'atmosphère était joyeuse, les convives semblaient s'amuser, et cela me rendait heureuse. Installé à la table d'honneur, Stone coulait des mots doux à l'oreille de Sophie tandis que Mason, Kyle et Katie conversaient joyeusement avec les sœurs du marié.

Une jeune femme très élégante vint s'asseoir près de Joe. Ses yeux turquoise perçaient un visage encadré de cheveux noirs comme le jais.

— Bonsoir, Charmaine. Adeline, je te présente Charmaine Tan, mon assistante média.

— Enchantée, répondis-je.

Je n'avais pas consulté la liste des invités, mais il me paraissait naturel que le personnel politique de Joe ait été convié à la fête.

— Vous remportez un franc succès tous les deux, fit-elle en consultant son portable.

— Vraiment ? fit Joe.

— Adeline surtout. Elle totalise un nombre de commentaires invraisemblable.

Il enroula sa main autour de la mienne.

— Qui pourrait résister à son charme ?

— Il faut que vous lisiez ça, insista-t-elle en lui plaçant son appareil sous le nez. Un panel impressionnant de femmes âgées de vingt à quarante ans. Vous allez faire un bond dans les sondages d'opinion.

— Charmaine ! Ce n'est vraiment pas le moment…

— Et je ne parle pas des hommes. Ils trouvent Adeline terriblement sexy.

— Vous ne voudriez pas poser ce satané téléphone et manger votre gâteau comme tout le monde ?

— Des chiffres comme ceux-ci ne se présentent pas tous les jours. Vous avez des milliers de followers.

— Vous faites un reportage en direct ? demandai-je avec angoisse.

— Bien sûr ! C'est une occasion en or. Votre baiser devant l'autel bat tous les records d'appréciation.

Joe la regarda d'un air incrédule.

— Vous voulez dire que vous avez organisé la diffusion de notre mariage sur les réseaux sociaux ?

— Évidemment !

— Vous auriez pu nous avertir !

Charmaine était interloquée par les critiques que lui adressait son patron.

— J'ai même créé un mot-clé spécial pour l'événement. Hashtag JoeAdelineBliss.

J'étais consternée devant tant d'enthousiasme, mais je n'osais pas la blâmer. Après tout, elle ne faisait que son travail.

— Où avez-vous choisi de passer votre lune de miel ? demanda-t-elle encore.

Manifestement, elle n'avait pas l'intention d'abandonner la partie.

— Ne lui dis pas ! répondis-je en suppliant Joe du regard.

Je n'imaginais pas un instant qu'elle oserait nous suivre dans le Kenai. J'avais prévu de corriger mes plans d'architecture, certainement pas de me prêter plus longtemps à cette pénible mascarade.

Charmaine parut offensée.

— Je me ferai très discrète, promit-elle. Je prendrai juste quelques photos. Le public ne comprendrait pas…

— Non, coupa Joe d'une voix ferme.

Je poussai un soupir de soulagement.

— Tu as vu ça ?

Katie venait de surgir derrière mon épaule, son téléphone à la main.

— Vous êtes célèbres ! s'écria-t-elle avec ravissement.

— Un peu trop, répondis-je.

— Ne fais pas cette tête ! Vous avez des milliers d'admirateurs.

Charmaine était heureuse d'avoir trouvé une alliée.

— Je suis d'accord. C'est une excellente publicité.

Elle avait raison, bien sûr. La couverture de l'événement rapporterait sans doute à Joe de nombreux électeurs. Mais je n'étais pas prête à me sacrifier corps et âme pour le seul bien de sa carrière politique.

Mason arriva à point pour mettre un terme à la discussion.

— Nous allons faire un tour au bar de la terrasse, fit-il à l'intention de Katie. Tu nous accompagnes ?

— J'arrive ! répondit l'intéressée dans un sourire éclatant.

Puis elle se pencha au-dessus de moi.

— Tout va bien ? me souffla-t-elle à l'oreille.

Joe devina le sens de ses paroles.

— Ne vous inquiétez pas, Katie ! Je veille sur elle.

Elle me serra l'épaule avant de prendre congé. À peine s'était-elle éloignée que Charmaine revenait à la charge.

— Ce serait vraiment dommage de manquer une si belle occasion, reprit-elle. Quelques clichés, tout au plus.

L'idée avait cheminé dans l'esprit de Joe.

— Elle n'a pas tort, observa-t-il après un temps. Qu'en penses-tu, Adeline ?

Je commençais à me dire qu'en acceptant ce mariage je n'avais pas mesuré toutes les conséquences de ma décision. Épouser un homme public comportait des obligations. Je n'étais pas tout à fait prête à m'y soumettre.

— Elle pourrait s'installer dans un des bungalows de la plage, ajouta-t-il. Ils sont situés à plusieurs kilomètres de la résidence.

Dans ces conditions, sa présence dans le Kenai devenait plus acceptable.

— Comme tu voudras, murmurai-je de guerre lasse.

Qui étais-je pour refuser à mon député de mari une modeste couverture médiatique ?

Munie de son appareil-photo et de son objectif, Charmaine avait officialisé à plusieurs reprises notre départ en limousine pour le Blue Bowhead Hotel où la suite nuptiale nous avait été réservée. Nous devions y passer la nuit avant de nous envoler pour le Kenai, le lendemain matin. J'avais hâte d'ôter mes escarpins, et de poser les pieds sur la moquette épaisse du salon. Je m'installai sur l'un des canapés, étirai paresseusement les jambes sur les coussins et fermai les yeux.

— Comment te sens-tu ? me demanda Joe.

— Honnêtement, je suis soulagée que la journée soit terminée. Depuis le début de la soirée, j'avais peur que mon sourire commence à se craqueler sur mon visage.

— Tu veux boire quelque chose ?

J'étais assoiffée.

— Avec plaisir. Une grande margarita au citron vert.

Il retira sa veste de smoking et la posa sur une chaise.

— Malheureusement, tu devras encore une fois te contenter d'un jus de fruit.

Il se plaça derrière le bar, me servit un jus d'orange et s'en tint pour lui à un verre d'eau.

— Tu n'as pas besoin de rester sobre à cause de moi, dis-je.

— Assez d'alcool pour aujourd'hui.

Installé dans un fauteuil en face de moi, il m'observa en silence.

— Eh bien…, dit-il après un long moment.

— Eh bien ? répétai-je en retour.

— Nous voilà mariés, maintenant.

Je levai mon verre pour porter un toast à notre union.

— Mission accomplie. Je dois dire que je ne m'attendais pas à provoquer autant d'engouement.

— Moi non plus.

— Tu penses qu'on a bien fait ?

— Mille fois oui.

Il enleva sa cravate, déboutonna le col de sa chemise, puis vint s'asseoir près de moi et posa mes chevilles endolories sur ses genoux.

— À quoi penses-tu ?

J'essayai de mettre des mots sur les sentiments contradictoires qui me traversaient.

— Je suis un peu déconcertée.

— Je comprends. Ce mariage ne faisait pas partie de tes projets.

— J'ai toujours souhaité être indépendante. Mon appartenance à la famille Cambridge a rendu mon combat difficile. Mon père et mon oncle se sont appliqués à placer toujours plus d'obstacles sur mon chemin.

— Tu parles comme si tu avais grandi sur un champ de mines.

— Je me suis battue pour imposer mes choix. Ils me voulaient avocate au barreau de Washington. J'ai préféré l'architecture. Ma plus grande victoire a été mon inscription à l'université de Californie. Loin du manoir, j'ai échappé un temps à leurs exigences pour vivre l'existence normale d'une jeune fille de mon âge.

Je bus une gorgée de jus de fruit, tout en méditant sur l'adolescence contrainte qu'ils m'avaient imposée. J'étais sur le point de me lancer dans une nouvelle complainte quand je réalisai mon égotisme.

— Et toi ? demandais-je, en détournant les projecteurs de ma petite personne. Tu as toujours rêvé de te lancer en politique ?

Il posa son verre d'eau sur la table d'appoint et enroula sa main autour d'un de mes pieds.

— Tu me permets ?

Je sursautai à ce contact inattendu mais, lorsqu'il commença à masser ma voûte plantaire, je dus retenir un gémissement de plaisir.

— Bien sûr, dis-je. Quelle femme refuserait ?

Ses doigts s'enfonçaient dans la plante de mon pied. La sensation était incroyable. Pendant un long moment, il garda le silence.

— J'ai toujours voulu jouer un rôle dans la société, commença-t-il d'une voix posée. Quand j'étais au lycée, mon professeur d'histoire m'avait chargé d'un exposé sur les différents régimes politiques en place à travers le monde. C'était la première fois que je réfléchissais à la manière dont les règles sont établies. À la manière dont elles changent la vie des citoyens. Pour le meilleur et pour le pire.

— Changer la vie des citoyens, c'est ce que peut faire un député ?

— Il doit s'y appliquer, en tout cas.

Comme il passait à mon autre pied, je commençai à penser que la vie de couple présentait finalement quelques avantages.

— Malheureusement, reprit-il, la réalité est plus complexe. En coulisses, il y a des intérêts, les agendas des uns et des autres, les alliances et les trahisons. Chacun doit veiller à sa carrière et soigner ses électeurs pour conserver son mandat ou gravir les échelons.

— Tu penses que la fonction de gouverneur te donnerait plus de pouvoir pour transformer la société ?

— À certains égards, oui. Mais il me reste encore beaucoup de choses à accomplir en tant que député.

— J'imagine que Charmaine connaît tout cela par cœur.

Il acquiesça d'un signe de tête.

— Elle a acquis une belle expérience dans le milieu et elle sait mieux que personne comment soigner l'image d'un homme public.

— Y compris en le poursuivant pendant sa lune de miel. J'espère qu'elle ne sera pas en permanence derrière notre dos. J'ai l'intention de travailler pendant ce séjour à Kenai.

— Travailler ? J'envisageais d'aller voir les baleines ou de pêcher le saumon avec toi.

— Vraiment ?

— Ou bien de partir en randonnée, si tes pieds te font moins souffrir.

Imperceptiblement, son massage avait migré sur l'arrière de mon mollet. Je m'efforçai d'ignorer la sensation des doigts puissants qui desserraient la tension de mes muscles.

— Tu veux que nous mettions en scène notre bonheur conjugal devant l'objectif de ton assistante ?

La main de Joe s'immobilisa.

— Il ne s'agit pas de mise en scène, Adeline. Je suis heureux de passer ces quelques jours avec toi.

Je redressai la tête et rencontrai son regard chaleureux. De petites rides attendrissantes plissaient le coin de ses yeux couleur café. Ma bouche s'était asséchée. Je portai mon verre à mes lèvres pour avaler une longue gorgée de jus de fruit. Ses effleurements s'aventuraient maintenant à l'arrière de mes genoux, lançant des ondes d'excitation jusqu'à mes cuisses. Peu à peu, je m'abandonnai aux sensations délicieuses de ses caresses. Quand il passa le bout de ses doigts sur ma chair de poule, je mordis ma lèvre inférieure. Mes paupières s'abaissèrent, et je laissai le désir monter en moi. Je poussai un soupir d'anticipation, et me recroquevillai sur moi-même.

— Adeline ?

Sa voix était chaude et profonde. Incapable de prononcer un mot, je lui signifiai mon consentement en attirant sa main un peu plus haut. Impatient, il remonta mon jupon, puis dessina d'un doigt tremblant la courbure de mes hanches et la bordure échancrée de mon slip en dentelle.

— Adeline ? murmura-t-il encore.

Ses yeux étaient dévorés de désir.

— Tu as envie de connaître une vraie nuit de noces ?

— Je crois que nous l'avons bien méritée.

Il me prit la main pour m'entraîner dans la chambre voisine. À moitié nue, je m'allongeai sur le grand lit. Joe me rejoignit, me débarrassa de mes derniers vêtements et m'examina longuement.

— Je n'ai jamais rien vu d'aussi beau, souffla-t-il avant de déposer un baiser sur mon front.

— Surtout ne le dis pas à Sophie, ni à Katie !

— Pourquoi ?

— Elles ont dépensé des milliers de dollars pour ma tenue de mariée.

— Ta robe était splendide, mais je te préfère ainsi.

Sa paume descendit jusqu'à mon bassin et s'immobilisa.

— Il n'y a toujours rien de perceptible de ce côté-là, lui dis-je dans un sourire.

— Je suis si impatient de sentir notre enfant grandir au fond de toi.

Il couvrit mon ventre de baisers avant de s'allonger au-dessus de moi. Puis, le regard fixé sur le mien, il abaissa ses lèvres sur ma bouche. L'ardeur de son étreinte enfiévra tous mes sens. J'inhalai l'odeur fraîche de ses cheveux, me moulant contre lui, enroulant mon corps autour de lui, savourant chaque contact, chaque parfum, anticipant le moment glorieux où nous ne serions plus qu'un.

Quand enfin il me pénétra, je m'offris à lui sans réserve. Mon dos se cambra pour mieux le recevoir, mais je devinai chez lui une hésitation.

— Je ne voudrais pas te faire mal…

— Tu ne me fais que du bien, répondis-je en l'invitant à se glisser en moi plus profondément encore.

L'union de nos corps était totale. Le doux balancement de nos hanches s'accéléra peu à peu pour atteindre le rythme d'une danse effrénée, échappant à nos consciences. La passion nous emporta vers des contrées que je n'avais jamais visitées. Au plus haut de la jouissance, je criai son nom d'une voix presque sauvage. Il me rejoignit dans une ultime poussée, gémit et se mit à trembler de tous ses membres.

— Oh ! Adeline…

Il me murmurait à l'oreille, ses doigts s'emmêlant dans mes cheveux, sa bouche caressant mes lèvres gonflées.

Comme nous reprenions lentement contact avec le réel, il roula sur le dos et m'entraîna au-dessus de lui. Dans le silence de la chambre, nos respirations s'apaisèrent. Tandis que ses mains se promenaient avec douceur sur mon dos, je sentais ralentir les battements de son cœur.

— Comment te sens-tu ? me demanda-t-il, soudain inquiet. As-tu bien mangé au dîner ?

— Pas grand-chose. J'étais un peu tendue.

— Moi, je meurs de faim. Quelques petits toasts de caviar et de saumon fumé te feraient envie ?

— Pourquoi pas ?

Il déposa un baiser sur mon front et me fit rouler sur le côté pour prendre son téléphone. Alors qu'il passait la commande, je m'enveloppai dans un peignoir et m'installai sur un canapé du salon pour consulter mon portable. Les messages s'étaient accumulés pendant la soirée. Leurs auteurs étaient des amis, des connaissances, des personnes que j'avais à peine rencontrées au lycée et des camarades d'université. Tous m'adressaient leurs félicitations.

Je m'installai confortablement au milieu des coussins et fis défiler les innombrables compliments. Pour une raison qui m'échappait, tous ces gens prétendaient bien me connaître.

— Quelque chose ne va pas ? demanda Joe en me rejoignant.

— Je n'en reviens pas, soupirai-je en secouant la tête. Des centaines de petits mots.

Je commençai à les lire à voix haute.

— Félicitations, meilleurs vœux de bonheur, appelle-moi vite, j'aimerais tant avoir de tes nouvelles…

Je m'interrompis en ouvrant de grands yeux.

— En voilà un qui me fait une offre d'emploi !

Joe vint s'asseoir près de moi.

— Tu es surprise ?

— Plutôt ! Je ne suis jamais l'objet de tant d'attentions.

Il passa un bras autour de mon épaule.

— J'espère que cela ne te dérange pas. La femme d'un homme public est souvent exposée à ce genre de choses.

— J'avoue que je ne sais pas qu'en penser.

Il consulta son propre téléphone.

— Habituellement, j'ai droit à une litanie de revendications. Ce soir, c'est bien différent. La plupart de ces messages disent que j'ai de la chance. Je ne vais pas dire le contraire. Beaucoup de compliments sur toi, sur ta robe.

Il fit défiler les messages avec son pouce.

— Une demande d'interview. Certainement pas pendant ma lune de miel…

— Pas même avec Charmaine ?

— Elle devra se contenter de prendre des photos. Tiens, voilà justement un petit mot de sa part !

Il se concentra un moment sur sa lecture.

— Voilà qui est intéressant ! Un célèbre comité de Caroline du Sud réclame ma présence à son prochain séminaire de Charleston.

— Tu en as de la chance !

Notre dialogue fut interrompu par la livraison de notre repas. Un serveur pénétra dans la suite en poussant un chariot devant lui. Joe se leva pour lui donner un pourboire et le reconduire jusqu'à la porte. Puis il me composa une assiette et me la tendit.

— C'est une occasion en or, reprit-il.

— De quoi parles-tu ?

— De l'invitation de ce comité. Il réunit des gens très influents dont le soutien pourrait m'être précieux.

Trop occupée à mordre dans mes blinis, je l'écoutais d'une oreille très distraite.

— Le cadre est agréable, poursuivit-il. Plage, accès à la thalasso, cocktails, un peu de tourisme et des dîners. Qu'en penses-tu ?

— Oh ! je… Tu devrais sans doute accepter.

Je ne savais pas pourquoi il se souciait de mon avis.

— Charmaine pense que tu devrais m'accompagner.

Je manquai de m'étrangler.

— Pardon ?

— Les membres du comité ont très envie de faire ta connaissance.

Mon cœur se serra.

— J'ai du travail.

Joe hocha la tête d'un air compréhensif.

— Je sais.

— Je ne peux pas me permettre d'abandonner mon équipe pour aller siroter des cocktails sur la plage de Charleston.

J'avais espéré qu'il ne m'imposerait pas ce genre de sacrifices.

— C'est l'affaire de deux ou trois jours.

— Avec le voyage, cela signifie une semaine entière.

Il avala une gorgée de champagne et tenta de dissimuler sa déception.

— Joe, je ne vais pas renoncer à mon travail pour te suivre dans des séminaires organisés aux quatre coins du pays.

Il releva lentement la tête.

— Personne n'exige cela de toi.

Je me recroquevillai au fond du canapé. N'était-ce pas précisément ce qu'il venait de suggérer ?

- 7 -

Notre lune de miel s'était déroulée sans encombre. Sans s'immiscer démesurément dans notre vie privée, Charmaine avait réalisé quelques superbes clichés. Dîners aux chandelles, pistes de danse au clair de lune, promenades en forêt, sorties en mer, tous donnaient l'image d'un parfait bonheur conjugal. Joe adorait l'équitation. Il partait souvent en balade avec son père, et je profitais de ces moments de solitude pour travailler.

Chacun de nous était ensuite retourné à ses occupations. Joe passait l'essentiel de son temps au Congrès, tandis que je me consacrais à l'élaboration des plans du centre culturel. Ma grossesse n'était pas encore visible. Nous attendions la fin du troisième mois pour la rendre publique.

Je partageais mes journées entre le bureau d'études et le chantier. Mes cheveux retrouvaient peu à peu leur couleur naturelle, et leur longueur me permit bientôt de les remonter en queue-de-cheval. J'étais généralement vêtue d'un jean et d'une chemise en coton. Pour mes sorties sur le terrain, j'enfilais un gilet orange, un casque et des bottes à embout d'acier.

Ce matin-là, je travaillais dans un des préfabriqués du chantier quand la sonnerie de mon portable m'interrompit.

— Adeline ?

La voix féminine à l'autre bout du fil m'était vaguement familière, mais je ne parvins pas à l'identifier.

— Qui est à l'appareil ?

— Bonjour, Adeline, c'est Charmaine. J'espère que je ne vous dérange pas.

— Non, pas du tout.

— Je travaille sur l'annonce officielle de votre grossesse. Joe m'a demandé de vous consulter avant de la publier. La photo a été prise au bord du lac, le dernier jour de votre lune de miel. J'aime beaucoup la couleur orangée du soleil couchant. Vous voulez bien y jeter un coup d'œil ?

— Oui, bien sûr.

Soumettre le cliché à mon approbation était de la part de Joe une attention délicate.

— Parfait. Je vous l'envoie. Vous la recevrez d'une seconde à l'autre.

Elle marqua une pause.

— Je profite de vous avoir en ligne pour…

Elle hésita un instant.

— Oui ?

— Je sais que vous n'étiez pas disponible pour le séminaire de Charleston. Joe nous a expliqué à quel point vous étiez absorbée par ce projet de construction. Mais je me demandais si vous pouviez envisager de vous joindre à nous samedi prochain ? La Commission des lois se réunit pour procéder à l'élection de son nouveau président. J'imagine que vous êtes au courant.

— Oui, bien sûr.

Je mentais. Mon député de mari ne m'avait pas informée de ce nouvel événement. Il me parlait très peu de son agenda. Nos seuls échanges se concentraient sur ma santé et sur celle du bébé.

— Joe fait partie des favoris, reprit Charmaine. S'il remporte les suffrages, il deviendra le plus jeune président de la commission. Je sais qu'il s'efforce d'ignorer les commérages, et vous aussi probablement, mais…

— Les commérages ? demandai-je, soudain inquiète.

— Oh ! rien de très nouveau. C'est juste que… Comment dire… Le fait que vous ne viviez pas dans la même ville a tendance à éveiller la curiosité. Quelques rumeurs ont commencé à circuler à ce sujet.

— Vous en connaissez l'origine ?

À cet instant, un des ingénieurs ouvrit la porte du baraquement. Le vacarme des camions-citernes et des bétonnières s'engouffra à l'intérieur. Je lui adressai un signe de la main pour lui demander de m'attendre un instant. Il acquiesça et referma le battant derrière lui.

— Tout va bien ? s'inquiéta Charmaine. J'ai entendu un bruit épouvantable.

— Des bruits de moteurs. Je suis sur un chantier.

— Oh ! je vous dérange…

— Ce n'est pas grave. Parlez-moi de ces commérages ! À votre avis, qui les répand ?

— Oh ! vous savez, Joe n'a pas que des amis. La réussite de sa carrière suscite des jalousies et des rancœurs.

— Je l'ignorais.

— Tous les hommes politiques de son envergure sont confrontés à ce genre de problèmes.

Un sentiment de culpabilité, inconnu jusqu'alors, commença à m'envahir. Je n'avais pas l'intention de devenir un accessoire dans la vie politique de Joe, mais je ne voulais pas non plus lui causer du tort. Jusqu'à présent, notre mariage avait joué en faveur de ma carrière. Comme mon père et mon oncle l'avaient deviné, le gouverneur s'était prononcé en faveur de notre projet. Joe méritait lui aussi d'en retirer des avantages.

— Ma présence à la réunion de la commission pourrait faire taire ces ragots ?

— Sans aucun doute. Vous pourriez nous rejoindre ?

— Je peux essayer.

— Joe va être ravi, déclara Charmaine.

— Pouvez-vous attendre un peu avant de lui annoncer ma décision ? Je ne voudrais pas lui donner de faux espoirs.

N'étant pas certaine de pouvoir me libérer, je n'avais pas pris la peine de réserver un jet privé. Par chance, j'arrivai juste à temps à l'aéroport pour embarquer sur le dernier vol à destination de Washington, avec l'intention d'appeler Joe pendant le voyage. Malheureusement, la faiblesse du réseau wi-fi ne me permit pas de le joindre pour lui annoncer mon arrivée.

Je n'étais pas au bout de mes contrariétés. Après un trajet tumultueux, ponctué de turbulences et de trous d'air impressionnants, je découvris à l'atterrissage que mes bagages avaient disparu. Épuisée, je descendis dans un hôtel du centre-ville où je dormis à poings fermés pendant plus de dix heures. À mon réveil, les astres ne m'étaient guère plus favorables. La batterie de mon téléphone était à plat et, comme de bien entendu, mon chargeur était rangé dans ma valise égarée. Il me fallait trouver une robe convenable, des bijoux, passer chez le coiffeur et confier mon visage fatigué aux bons soins d'une maquilleuse. Par chance, l'hôtel offrait de nombreux services à sa clientèle, et le personnel se mit en quatre pour satisfaire mes besoins. La directrice de l'établissement fit monter dans ma chambre un portant chargé de tenues de soirée. J'y trouvai facilement mon bonheur. Pour atténuer l'aspect bicolore et disgracieux de mes cheveux, le coiffeur improvisa un chignon recouvert d'un tulle brodé noir assorti à ma robe. Après une longue séance de maquillage, j'avais retrouvé une apparence présentable.

Une heure plus tard, un taxi me déposait devant le palais des Congrès. Une hôtesse s'avança dans ma direction, une tablette à la main.

— Votre nom, s'il vous plaît, madame ?

— Adeline Cambridge, répondis-je. Mais je ne figure sans doute pas sur votre liste.

— Vous avez une invitation ?

— Inutile, je suis attendue.

— Je suis désolée, mais je ne peux laisser entrer que les personnes inscrites sur ma liste. Pour des raisons de sécurité.

— Mon mari m'attend, je vous assure…

— Désolée, je ne peux faire aucune exception.

Alerté par la file d'attente qui se formait derrière moi, un agent de sécurité vint se poster à la hauteur de l'hôtesse.

— Un problème ? demanda-t-il en se penchant vers la jeune femme.

— Malheureusement, cette dame ne figure pas sur ma liste.

L'agent fronça les sourcils et me considéra d'un œil suspicieux.

— Pourriez-vous appeler Charmaine Tan ? demandai-je.

Il devait bien y avoir un moyen de régler la situation.

— Elle travaille pour le député Breckenridge.

— Tous les invités doivent figurer sur la liste, insista-t-il.

— Et le député lui-même ? Pourriez-vous aller le chercher ?

Les lèvres de l'homme étaient désormais pincées. De toute évidence, il n'irait pas ennuyer un membre du Congrès pour une femme qui, en tout cas le pensait-il, tentait de s'introduire frauduleusement dans le palais. Je m'approchai de lui pour lui parler plus discrètement.

— Je suis Mme Breckenridge, murmurai-je à voix basse.

Il regarda l'hôtesse d'un air hésitant.

— Vous voulez bien attendre sur le côté ? me demanda-t-il d'un ton plus aimable.

Manifestement, il redoutait de commettre un impair. Je le vis disparaître dans la foule et attendis sagement de voir le sort qui me serait finalement réservé. Peu après, Joe apparaissait à l'autre extrémité du hall. Il me repéra et se fraya rapidement un chemin jusqu'à moi.

— Adeline ?

Tout à la fois surpris et ravi de me trouver là, il m'enlaça aussitôt dans ses bras. Instantanément, nous fûmes éblouis par la lueur des flashs. Soucieuse de me montrer à la hauteur de l'événement, j'adressai aux photographes les plus beaux de mes sourires. Après quelques minutes, Joe me prit la main pour me conduire à l'intérieur de la salle de bal.

— Je ne m'attendais vraiment pas à te voir ici. Tu aurais dû m'appeler pour me prévenir.

— Je me suis décidée au dernier moment, et mon téléphone était hors d'usage.

— C'est Charmaine qui t'a suggéré de venir ?

— Qui d'autre ? Mais comme je n'étais pas sûre de pouvoir me libérer, nous avons choisi de ne rien te dire.

— Félicitations pour le bébé, Breckenridge !

Un homme aux cheveux gris venait de s'approcher pour lui serrer chaleureusement la main.

— Merci, monsieur Renfrew.

— Appelez-moi Seth, je vous en prie !

— Merci, Seth. Voici mon épouse, Adeline.

La femme qui accompagnait Renfrew s'approcha de moi.

— J'ai vu vos photos dans les journaux, dit-elle. Très chère, vous étiez ravissante dans votre robe de mariée. J'avais hâte de vous rencontrer.

— Les Renfrew sont les principaux mécènes de la Bernadette Theatre Organization, expliqua Joe.

— Une cause très louable, dis-je.

J'avais entendu parler du travail réalisé par l'association en faveur des jeunes artistes.

— Seth m'a dit que vous attendiez un bébé, reprit Mme Renfrew. Quelle merveilleuse nouvelle ! Nous, nous avons fait six beaux enfants.

Mes yeux s'agrandirent.

— Six ?

— J'avoue que nous nous sommes un peu emportés, glissa son mari d'un air malicieux. Dans l'idéal, je conseillerais de s'arrêter à deux ou trois.

— Excellent conseil, répondis-je.

— C'est un plaisir de vous avoir parmi nous, fit Joe en leur serrant à nouveau la main. J'espère que vous profiterez bien de la soirée.

Du coin de l'œil, j'avais repéré un autre couple qui attendait pour parler au député. Un homme et une femme plus jeunes, qui nous adressèrent eux aussi leurs félicitations. Joe m'expliqua qu'ils étaient responsables de la préservation de l'habitat des grizzlis. Nous échangeâmes quelques mots au sujet des espèces animales qui vivaient dans les belles forêts d'Alaska, et j'évoquai l'épisode mémorable de ma confrontation avec un gigantesque ours brun.

Comme nous avancions en direction de notre table, nous fûmes abordés à chaque pas par quantité de collègues et de vagues connaissances. Tous voulaient profiter de la manifestation pour saluer Joe.

— C'est toujours comme ça ? lui demandai-je avec lassitude.

Ma mâchoire commençait à souffrir des sourires polis que j'affichais bravement.

— Hélas oui, soupira-t-il. Mais je ne vais pas m'en plaindre. Pour un homme politique, ce genre d'événement est l'occasion d'entretenir des relations qui peuvent se révéler utiles pour l'avenir.

La salle de bal avait été transformée en un immense réfectoire. Les tables étaient recouvertes de lin blanc et décorées de somptueux bouquets de fleurs. Une tribune était installée sur la scène habituellement réservée à l'orchestre. Le couple que nous formions avec Joe était l'objet de toutes les attentions.

Je me penchai plus près de lui.

— Tous les regards sont braqués sur nous, murmurai-je.

— Sur toi, tu veux dire…

— C'est bien ce qui me rend nerveuse.

— Nerveuse ? Une femme capable d'affronter un grizzli ?

Cette fois, mon sourire fut sincère.

— Mes frères étaient avec moi, et Mason braquait sur l'animal un fusil de chasse.

Il me serra légèrement la main.

— Tu n'as rien à craindre. Aujourd'hui, c'est moi qui suis à tes côtés.

— Tu es armé ?

— De mon esprit et de mon charme. Bonjour, juge Palomino.

Les bavardages et les présentations recommencèrent de plus belle jusqu'au moment où nous atteignîmes enfin la table qui nous était réservée. Trois autres députés, accompagnés de leurs épouses, y avaient déjà pris place.

— Vous avez réussi à vous libérer, me glissa Charmaine à l'oreille en passant derrière moi.

Joe se retourna pour lui adresser un regard furibond.

— J'étais donc le seul à ne pas être au courant de la venue de ma femme ?

Je pris aussitôt la défense de son assistante.

— C'est moi qui lui ai demandé de rester discrète.

— Vous suscitez encore des milliers de commentaires sur les réseaux sociaux, reprit la jeune femme sans s'émouvoir des reproches de son patron. Vous avez vu ?

— Malheureusement, je ne peux plus consulter mon téléphone, répondis-je. La batterie est déchargée.

— Donne-le à Charmaine ! glissa Joe. Elle va s'en occuper.

— Vraiment ?

L'intéressée hocha la tête dans un sourire.

— Pas de problème. Je trouverai un chargeur à la réception. À propos, j'ai du nouveau au sujet de l'émission télé de demain. Simone Sackett vous veut en direct.

Le magazine en question était très populaire. Il était diffusé tous les dimanches matin sur les ondes nationales.

— Qu'en penses-tu ? me demanda Joe.

— C'est une excellente publicité.

Je ne me sentais pas directement concernée, mais mon commentaire fut mal interprété.

— Vous acceptez de le faire ? s'étonna Charmaine.

Je les regardai avec effarement.

— Quoi, moi ?

— Vous deux, dit-elle.

— Je pensais que vous parliez de Joe. Personne ne veut de moi pour une émission télévisée.

— Détrompez-vous ! Les médias ne parlent que de vous.

— Mais je ne connais rien à la politique…

— Ne vous inquiétez pas, l'interview portera sur des questions de la vie quotidienne. Simone vous interrogera sur la venue du bébé et sur la couleur du papier peint que vous avez choisi pour sa chambre.

Ses paroles furent impuissantes à me rassurer. L'idée de m'exprimer en direct à la télévision me terrorisait. Conscient de mon désarroi, Joe me prit tendrement la main.

— Je serai à tes côtés, dit-il.

Je hochai la tête sans beaucoup de conviction.

— Comme tu voudras.

Je m'étais résignée à m'acquitter au mieux de mon rôle d'épouse. Il fallait bien que mon mari trouve un intérêt à notre mariage. La soirée me parut durer une éternité. Quand enfin nous arrivâmes dans l'appartement de Joe, j'étais épuisée.

— La chambre est à l'étage, me dit-il en m'indiquant l'escalier. J'ai un canapé-lit dans mon bureau. Il est un peu encombré de dossiers, mais je devrais pouvoir les déplacer sans trop de difficultés.

Cela me semblait compliqué. Nous avions un vol le lendemain matin pour Manhattan.

— À quelle heure devons-nous nous lever ?

— 5 heures.

— Allons juste nous écrouler dans ton lit !

— Cela ne te dérange pas ?

— Nous sommes mariés, à ce qu'il paraît.

Un sourire espiègle éclaira son visage.

— C'est vrai.

Il me prit la main pour m'attirer contre lui.

— Je pensais simplement à dormir, protestai-je.

— Comme tu voudras. La salle de bains est en haut. As-tu besoin de quelque chose ?

— Une brosse à dents et un pyjama.

Il fronça les sourcils.

— Tu trouveras une brosse à dents dans l'armoire à pharmacie, mais je n'ai pas de pyjama.

— Un T-shirt fera l'affaire.

Il m'escorta à l'étage et m'invita à me servir dans le dressing de sa chambre. Comme le reste de l'appartement, la pièce était meublée d'éléments très design et confortables. Une grande peinture à l'huile représentant le ranch de Kenai était suspendue au-dessus du lit. J'avais conservé de mon séjour dans la résidence des Breckenridge un excellent souvenir et je caressais l'espoir d'y retourner bientôt. Malheureusement, nos agendas respectifs ne nous laissaient que bien peu de loisirs. Il s'écoulerait des mois avant nos prochaines vacances. Je réalisai alors que notre famille se serait agrandie. Je posai ma main sur mon ventre plat. J'étais impatiente de le voir s'arrondir.

Après un rapide brin de toilette, je regagnai la chambre. Joe était assis sur le matelas, torse nu, le drap remonté jusqu'à la taille. Il me regarda m'avancer près du lit.

— Je suis bien décidé à rester sage, mais vous ne me rendez pas la tâche très facile, madame Breckenridge. Ce T-shirt est vraiment très sexy.

— Mme Breckenridge ? répétai-je en riant.

— C'est ainsi que les gens vont t'appeler désormais. Cela te dérange ?

— Pas vraiment. Ce que je redoute, ce sont les questions sur ma vie privée.

— Tu penses à l'émission de demain, je suppose ?

Je m'installai à ses côtés et lissai le drap sur mes jambes.

— Nous n'avons rien préparé. Tu ne crois pas que nous devrions accorder nos violons ? Si l'on m'interroge sur les circonstances de notre rencontre, je ne saurai que répondre.

— Tu n'as qu'à t'en tenir à la vérité.

Je fouillai un instant dans mes souvenirs.

— Si je ne me trompe pas, je t'ai vu pour la première fois au pique-nique annuel de Kodiak.

Il me regarda d'un air perplexe.

— Vraiment ?

— J'avais onze ans, et tu étais à la veille de ton départ à Harvard. Tu avais remporté la course d'obstacles et la partie de polo. Mon frère Mason était furieux.

— Tu n'étais qu'une enfant.

— Je t'avais trouvé drôle.

— J'étais un crâneur et, toi, tu portais un appareil dentaire. Pas très flatteur. Nous devons trouver une meilleure histoire que celle-ci.

— Tu as une idée ?

Joe réfléchit un instant.

— J'ai le souvenir d'une soirée délicieuse dans le parc du manoir de ta famille. C'était le début de l'été, et tu rentrais d'une première année à l'université. À l'époque, j'étais l'assistant du gouverneur Walmsley. J'essayais d'obtenir le soutien de ton oncle pour sa réélection. Tu étais splendide dans ta petite robe blanche. Je ne te dirai pas les sensations que tu as éveillées en moi ce soir-là.

J'étais certaine qu'il plaisantait. Comment aurait-il pu

se souvenir de la tenue que je portais un jour d'été aussi éloigné dans le temps ?

— Je buvais un cognac de vingt ans d'âge en compagnie de ton père. Il t'a appelée et nous a présentés.

— Je ne me rappelle pas.

Les visiteurs étaient nombreux au manoir. Des hommes d'affaires, des avocats soucieux d'obtenir les bonnes grâces de la famille.

— Moi, j'ai un souvenir très précis de ton décolleté et de ton bronzage. Tu étais magnifique et tu l'es toujours.

Il contempla un instant ma chemise de nuit improvisée, et une lueur de désir scintilla dans son regard. Je m'éclaircis la gorge et tentai de repousser les sensations qu'elle éveillait en moi.

— On s'accorde sur ce scénario ?

Il secoua la tête.

— Tu veux dire celui d'un homme mûr qui convoite une jeune fille en fleur ? Non, ce n'est pas une bonne idée.

— Disons alors que tu étais un vieil ami de ma famille et que nous sommes incapables de nous rappeler le moment exact de notre rencontre !

— C'est plutôt ennuyeux. Ne t'inquiète pas ! J'inventerai une histoire un peu plus amusante.

Je décidai de lui faire confiance et j'étouffai un bâillement. Plus les jours s'écoulaient, plus la fatigue de ma grossesse se faisait ressentir. Il me sourit avec bienveillance.

— Rassure-toi, tout va bien se passer !

Épuisée, je me blottis sous les couvertures. Quand le réveil sonna, le lendemain matin, j'émergeai d'un doux et profond sommeil. Les bras de Joe étaient enroulés autour de mes hanches, son visage niché dans le creux de mon cou.

— Bonjour, murmura-t-il à mon oreille.

J'étais un peu embarrassée d'éprouver autant de bien-être dans son étreinte et je réprimai l'envie de me retourner pour l'embrasser.

— Je te prépare un café ? proposa-t-il en s'asseyant sur le lit.

— Je vais d'abord faire ma toilette.

Si je devais passer à la télévision, ma priorité était de prendre une bonne douche et de me laver les cheveux.

Les premières questions de Simone Sackett portèrent sur notre enfance. Elle nous interrogea sur le lieu où nous avions grandi et nous encouragea à parler de l'Alaska. Quand elle nous demanda d'évoquer les circonstances de notre première rencontre, Joe inventa sans s'émouvoir le mariage d'un ami commun où nous étions tous les deux invités.

— Et plus récemment ? demanda Simone en se tournant vers moi. Vous avez passé plusieurs années en Californie pendant que le député Breckenridge vivait à Washington.

— Eh bien…

Un petit rire nerveux s'échappa de mes lèvres.

— Nous… Euh, je rentrais très souvent à Anchorage pour voir ma famille. Le député nous rendait fréquemment visite au manoir.

— Nous nous sommes très vite rapprochés, glissa Joe.

Il me couva d'un regard amoureux et très éloquent qui sembla ravir la journaliste. L'entretien se concentra ensuite sur des sujets plus politiques. Soulagée, je restai sagement en retrait, écoutant non sans admiration l'aisance et la faconde éblouissante de mon époux.

L'interview se conclut sur l'annonce de ma grossesse et sur nos projets d'avenir. Là encore, Joe s'exprima avec un talent remarquable.

— Nous sommes très heureux de vous avoir accueillis sur ce plateau. Merci infiniment de nous avoir accordé un peu de votre temps.

Joe me prit la main, tandis que l'ingénieur du son détachait nos micros. Charmaine jaillit des coulisses avec un enthousiasme presque frénétique.

— Vous avez été parfaits tous les deux ! J'ai déjà enregistré des milliers de…

La sonnerie du téléphone de Joe l'interrompit.

— C'est Bellamy, fit-il à l'intention de son assistante.

Je ne connaissais pas grand-chose à la politique, mais je savais qu'il s'agissait d'un chef de groupe parlementaire.

— Ravi de vous entendre, fit Joe en marquant une pause dans le couloir. Oui, avec plaisir.

Les deux hommes échangèrent un court instant avant de mettre fin à l'appel.

— Alors ? s'enquit immédiatement Charmaine. Il veut vous rencontrer ?

— Ce soir même. Pour le dîner.

— Génial ! Il n'aurait pas pris la peine de vous appeler s'il…

— Ne nous emballons pas ! déclara Joe.

— Si quoi ? demandai-je avec curiosité.

— Votre mari est candidat à la présidence du comité. On dirait que les choses se précisent.

Joe m'adressa un regard coupable.

— Je lui ai dit qu'on viendrait.

Une vague d'inquiétude me saisit.

— On ?

J'avais fait le voyage depuis Windward pour assister

à la soirée précédente. J'avais consenti à participer à l'émission télévisée. Et voilà qu'il acceptait pour moi une invitation à dîner sans même me consulter. Je trouvais qu'il commençait à pousser le bouchon un peu loin.

— Personne ne refuse jamais rien au grand chef, glissa Charmaine, ennuyée par ma réaction.

— Il ne s'agit pas de mon chef, répondis-je un peu sèchement. Mais de mon mari.

Son visage se décomposa, et elle chercha désespérément du regard le soutien de Joe.

— Bellamy a vu l'interview, dit-il. Il t'a adorée.

Je secouai la tête avec détermination.

— William m'attend à Windward demain matin. Je ne peux pas lui faire faux bond une fois de plus.

— Et moi, je ne peux pas te forcer.

— Tu viens pourtant d'accepter une invitation en mon nom.

— Je ne pouvais pas me permettre de différer ma réponse. C'est un homme important.

— J'ai des tonnes de dossiers sur mon bureau, Joe. Et mon travail est tout aussi important que le tien.

— Je sais, Adeline. Je suis navré, crois-moi ! Je te promets que tu seras à Windward en temps et en heure.

Il se tourna vers son assistante.

— Réservez un jet pour la fin de la soirée !

Elle hocha docilement la tête.

— Tout de suite.

Puis elle ajouta à mon intention :

— Je vous conduirai moi-même à l'aéroport après le dîner.

— Tu pourras dormir confortablement dans l'avion, renchérit Joe. Et tu arriveras en pleine forme à destination.

Présentée en ces termes, la proposition paraissait

acceptable. Je pouvais difficilement refuser. Néanmoins, l'idée de faire mon entrée dans l'univers politique de Joe me terrorisait.

— Je ne peux pas assister à ce dîner sans préparation. Il faut que tu m'expliques les tenants et les aboutissants de cette élection.

— Bien sûr.

Une lueur de joie illuminait son regard.

— Nous prendrons le temps qu'il faudra.

— N'oubliez pas votre déjeuner avec les jeunes représentants ! glissa Charmaine. D'ailleurs, l'avion nous attend. Il ne faut pas tarder.

Joe me prit la main pour m'entraîner vers la sortie.

— Je te promets de te consacrer du temps cet après-midi.

Je n'eus pas même la possibilité de lui répondre.

— L'association des botanistes d'Alaska compte sur votre présence à 15 h 30, reprit son assistante. Une séance photo est prévue dans le parc.

— Je n'aurai donc pas une minute à passer avec ma femme ? s'indigna Joe.

— Eh bien…

Elle consulta encore une fois l'agenda très chargé de son patron.

— Je vais repousser la réunion du personnel pour vous dégager du temps avant le dîner.

Une limousine nous attendait le long du trottoir. Le chauffeur descendit pour nous ouvrir la portière arrière. Joe paraissait ennuyé par la tournure que prenaient les événements.

— Ne t'inquiète pas pour moi ! fis-je pour le rassurer. Il faut que je fasse un peu de shopping. Je n'ai rien à me mettre pour le dîner.

— Vous voulez que je vous trouve une robe de cocktail ? suggéra Charmaine.

— Non, c'est inutile. Je suis encore capable de me procurer mes propres vêtements.

— Désolée. La force de l'habitude.

- 8 -

J'étais rentrée à Windward depuis cinq jours quand la compagnie aérienne que j'avais empruntée m'annonça enfin la livraison de la valise égarée lors de mon premier vol. Lorsque la sonnette de ma porte retentit, je sortis un billet de vingt dollars de mon porte-monnaie et me précipitai dans l'entrée. J'aurais pu continuer à vivre sans ma chemise de nuit, mes sous-vêtements et mon maquillage, mais j'étais heureuse de retrouver ma petite robe noire et mes boucles d'oreilles préférées.

— Surprise !

Ce ne fut pas la silhouette du livreur que je découvris sur le perron, mais celle de ma cousine.

— Sophie ?

Je m'attendais à voir son mari arriver derrière elle, mais il n'en fut rien.

— Stone n'est pas avec toi ?

— Je suis venue toute seule, comme une grande !

Mon regard se posa sur son ventre légèrement arrondi.

— Tu commences à ressembler à une femme enceinte.

Elle éclata de rire.

— Tu comptes me laisser entrer ? demanda-t-elle comme je tardais à l'y inviter.

— Oui. Oui, bien sûr.

Je reculai d'un pas pour la laisser pénétrer dans le vestibule. Elle posa son sac sur le parquet ciré.

— J'avais besoin de te parler en privé.

Ses paroles éveillèrent aussitôt ma méfiance.

— Il y a un problème ?

— Non. Rassure-toi, tout va bien !

Je la précédai dans le salon.

— Laisse ton sac ici pour l'instant ! Nous le monterons plus tard à l'étage.

— J'ai entendu dire que tu étais allée à Anchorage.

Elle s'installa dans un fauteuil à bascule et retira ses chaussures.

— Oui. Joe avait besoin de ma présence à ses côtés.

— C'est ce qu'il a expliqué à Stone.

J'essayai d'imaginer ce que les deux hommes avaient pu se dire. Leur échange était-il à l'origine de la visite impromptue de Sophie ? Était-elle en service commandé ?

— Je suis heureuse de te voir à Windward, dis-je pour l'encourager à parler. C'est un long voyage.

— Je voulais venir depuis un moment.

Elle embrassa la pièce d'un regard circulaire.

— C'est charmant, ici. Très romantique.

— Je m'y sens bien. Les travaux de rénovation ont préservé l'esprit de l'époque. Mais comme la maison était entièrement meublée, je n'ai pas pu apporter toutes mes affaires.

— Tu as gardé ton appartement en Californie ?

Je secouai la tête.

— Non, c'était inutile. Katie a loué pour moi un garde-meuble.

— Tu aurais pu entreposer tes cartons et tes meubles au manoir. Ce n'est pas la place qui manque, là-bas.

Cela restait une option. La maison familiale comptait un grand nombre de dépendances.

— Je le ferai peut-être, lui répondis-je après un temps. J'ai été trop occupée pour y penser.

— J'imagine bien. Avec ton travail, ton mariage et le bébé à venir…

— En parlant de bébé, tu es magnifique.

J'abaissai le regard sur mon propre ventre.

— C'est à peine si l'on devine ma grossesse.

Elle sourit.

— Ne t'inquiète pas ! Il va pousser plus vite que tu ne le penses.

— Tu commences à sentir bouger le tien ?

— Un peu. Stone prétend avoir perçu un coup de pied il y a quelques jours. Je crois plutôt qu'il l'a imaginé.

Je me surpris à envier la relation qui les unissait. Il m'arrivait de regretter l'absence de Joe à mes côtés. J'aurais aimé partager avec lui toutes les étapes de ma grossesse. Mais ma situation était ce qu'elle était, et je devais l'accepter.

— Il paraît que vous avez remporté un succès fou à Washington, reprit Sophie.

J'eus un petit rire nerveux à l'évocation de cette expérience surréaliste.

— J'ai fait mes premiers pas dans l'univers des politiciens. Nous avons même participé à une émission télévisée.

— Je l'ai vue sur les réseaux sociaux. Tu as été formidable. Charmante, et très posée.

— Je me souviens à peine de ce que j'ai dit.

— Tu veux la revoir ?

— Pitié, non !

Je n'avais aucune envie de revivre mes hésitations sur un écran de téléphone.

— Je préfère te croire sur parole.

— Tu vas y retourner ?

Quelque chose dans le ton de Sophie éveilla ma méfiance. Sa question semblait faussement innocente.

— Pourquoi ?

Elle haussa les épaules.

— Joe paraissait vraiment heureux de t'avoir avec lui.

— C'est lui qui t'a envoyée ?

Elle parut offusquée.

— Que veux-tu dire ? Tu me prends pour l'espionne de ton mari ?

— Non, mais je ne serais pas surprise d'apprendre que tu as fait le voyage sur les conseils de Stone et de Braxton.

Son mari entretenait des relations très étroites avec mon oncle et il était entièrement dévoué à la cause de Kodiak. Les deux hommes sollicitaient souvent l'appui de Joe pour la réalisation de leurs projets. Avaient-ils envoyé Sophie pour me convaincre d'intercéder en leur faveur ?

— Jamais de la vie.

Elle paraissait sincère, et je me refusai à mettre plus longtemps sa parole en doute.

— J'avoue que je ne me plais guère dans mon rôle d'épouse de député, soupirai-je après un temps. Ces dîners entre politiciens sont ennuyeux à mourir. Charmaine compte encore sur ma présence la semaine prochaine.

— Tu vas accepter ?

— Je ne pense pas. Le travail que j'ai entrepris ici est très important pour ma carrière. Je ne veux pas le compromettre en faisant des sauts de puce à Washington chaque fois que Joe a besoin d'une potiche à ses côtés.

Mes paroles amenèrent un sourire sur les lèvres de Sophie.

— J'ai du mal à te voir comme une potiche. Je crois plutôt que Joe a besoin de toi. Ton patron a-t-il commencé à se plaindre de tes absences ?

— Non. Comme la plupart des gens, William est incapable de refuser quoi que ce soit au député Breckenridge.

— Alors, où est le problème ?

— Je n'ai pas envie de servir à plein temps les ambitions de mon mari.

— Cela ne faisait-il pas partie du contrat ?

— Si tu veux parler de notre mariage, il était censé nous profiter à tous les deux. Et surtout à notre bébé.

Elle sourit à l'évocation de l'enfant.

— Le bébé. Il sera né dans six mois. D'ici là, ton centre culturel sera sorti de terre. Il faut bien que Joe profite un peu de votre arrangement. Cette élection à la présidence du comité serait pour lui une véritable rampe de lancement.

— Je me suis déjà montrée à ses côtés la semaine dernière. Je ne vois pas ce que je peux faire de plus.

— Plus vite il sera en mesure de remporter le poste de gouverneur, plus vite tu seras libre de mener ta vie comme tu l'entends.

Ses paroles n'étaient pas dénuées de sens. Plus Joe se rapprocherait de l'échelon suprême, moins il aurait besoin de moi. Sophie était toujours de bon conseil. Je décidai de l'écouter. Le lendemain de son départ, je demandai à William de m'accorder quelques jours de congé. Notre équipe s'agrandissait de jour en jour. Entre les architectes, les ingénieurs, les décorateurs et les innombrables sous-traitants, le travail quotidien était parfaitement maîtrisé. Mon patron accepta sans difficulté ma proposition de travailler à distance.

De retour chez moi, je décrochai mon téléphone pour avertir Joe de ma venue.

— Allô ?

Je me reprochai de n'avoir pas veillé au décalage horaire. Il semblait à moitié endormi.

— Adeline ? Tout va bien ?

— Tout va bien. Désolée. Je ne voulais pas te réveiller.

— Je ne suis pas encore couché. Je lisais un rapport financier sur le canapé. J'ai dû m'assoupir.

— Les rapports financiers ont toujours un effet soporifique.

— Comment ça se passe en Alaska ?

— Très bien. Nous sommes même légèrement en avance sur le calendrier. William m'a accordé quelques jours de congé la semaine prochaine. Si tu veux, je peux te rejoindre à Washington.

— Vraiment ?

— Oui. Enfin, si je peux me rendre utile…

— Génial ! Charmaine va être aux anges.

J'étais un peu déçue par sa réaction. Ce n'était pas vraiment à Charmaine que j'avais espéré faire plaisir.

— Pour être tout à fait franche, je me moque un peu des états d'âme de ton assistante. C'est pour toi que j'envisage de faire le voyage.

Il corrigea aussitôt sa maladresse.

— J'en suis ravi, Adeline. Et je te remercie. Quel jour penses-tu arriver ?

— Je peux partir mardi de Windward.

— Parfait. Je vais réserver un jet.

— C'est inutile. Je peux très bien emprunter un vol régulier.

— Et changer deux fois d'aéroport ? Je ne laisserai pas ma femme enceinte faire escale à Anchorage et à Dallas.

Le confort d'un avion privé était tentant. Je ne résistai pas longtemps à sa proposition.

— Comme tu voudras. Merci, Joe.

Je perçus un bruit de liquide à l'autre bout du fil.

— Qu'est-ce que tu bois ?

— Du bourbon avec de la glace.

— J'avoue que tu me fais envie. Je prendrais bien un bon verre de temps en temps.

Il rit de bon cœur.

— Tu veux que je passe à l'eau plate en signe de solidarité ?

— Non. Je préfère que tu dégustes ton bourbon pour nous deux.

Un bref silence s'installa sur la ligne.

— Comment va notre bébé ? demanda-t-il après un temps.

— J'ai senti un premier coup de pied.

— Vraiment ?

— Oui, je crois.

Gagnée par l'émotion, je préférai changer de sujet.

— Sophie est passée me voir à Windward. Je ne m'attendais vraiment pas à la voir débarquer chez moi.

— Stone m'avait dit qu'elle avait l'intention de te rendre visite.

Je n'étais ni surprise ni ravie de l'apprendre.

— Tout le monde est au courant de tout dans cette famille.

— Cela te dérange ?

Je marquai une pause pour choisir mes mots avec soin.

— Eh bien, j'ai parfois l'impression que mes faits et gestes sont scrutés à la loupe. Ce n'est pas très agréable.

— Je comprends. Nous en parlerons quand tu seras là, si tu veux.

— Entre deux cocktails ?

J'avais voulu donner un ton plus léger à la conversation, mais ma remarque était un peu trop sarcastique.

— Je suis navré de t'imposer toutes ces obligations.

— Ce n'est rien. Je suis juste un peu fatiguée. Dis-moi ce qui m'attend à Washington !

Il prit le temps de la réflexion.

— Eh bien, il y a un dîner un peu formel, le vendredi soir. Mais je ne sais pas si tu pourras rester aussi longtemps…

— Si, bien sûr.

Sur les conseils de Sophie, j'avais décidé de m'acquitter au mieux de ma part du contrat. Mentalement, je commençai à composer ma garde-robe. Deux tenues de cocktail, un tailleur un peu strict pour les rendez-vous professionnels, et quelques habits décontractés. Ayant à peine grossi depuis le début de ma grossesse, tous mes vêtements m'allaient encore parfaitement.

— Il y aura aussi quelques brunchs et quelques déjeuners. Une visite est prévue dans une maison des jeunes le jeudi après-midi. Je ne connais pas le planning dans tous les détails, mais tu n'es pas obligée d'assister à tous ces événements.

— Je ferai de mon mieux.

Un silence embarrassé s'installa sur la ligne. Joe fut le premier à le rompre.

— J'ai hâte de te voir, Adeline.

— Moi aussi.

Maintenant que mon voyage était organisé, je m'imaginais dans son appartement de Washington, dans sa chambre, dans son lit. Ce qui m'était d'abord apparu comme une obligation se transformait peu à peu en une perspective des plus agréables.

À ma grande surprise, Joe m'accueillit en personne sur le tarmac de l'aéroport privé de Washington. Je ne m'attendais pas à ce qu'il interrompe une journée de travail sans doute bien chargée pour venir me chercher. Il me serra dans ses bras tandis que le steward chargeait mes bagages dans le coffre de la voiture.

— C'est toi qui conduis aujourd'hui ?

La grosse limousine était pourtant le genre de voiture qu'on imaginait difficilement sans un chauffeur en livrée. Je m'installai confortablement sur le siège du passager sans résister à l'envie de le taquiner.

— Si tu es obligé de prendre le volant, alors tu n'es pas le personnage important que je pensais avoir épousé.

— Je suis désolé de te décevoir.

— Chercher toi-même des places de parking ? Te mêler aux gens du peuple ? Je ne t'en croyais pas capable.

— Je suis très heureux de me mêler aux gens du peuple.

Le véhicule glissa sans bruit jusqu'au portail de sécurité.

— Où allons-nous, député Breckenridge ?

— À l'appartement. J'ai pensé que tu voudrais déposer tes valises et te rafraîchir.

— Bonne idée, mais tu n'as pas besoin de jouer à la nounou si tu as d'autres choses à faire cet après-midi.

— Quel homme indigne ne bousculerait pas son emploi du temps pour s'occuper un peu de la mère de son enfant ?

— Comme tu voudras.

La circulation se densifiait le long de Massachusetts Avenue. Le contraste saisissant entre le bourdonnement de la vie urbaine et le calme de Windward me donnait le vertige, et je fus soulagée d'arriver enfin à destination. À peine entré, Joe monta mes bagages à l'étage et m'invita à le suivre.

— J'ai fait un peu de place pour tes affaires dans le dressing, et il y a quelques tiroirs vides dans la salle de bains. Si nécessaire, tu peux aussi utiliser ma commode.

— Le dressing suffira amplement. Je n'ai pas déménagé toute ma garde-robe. À propos, comment dois-je m'habiller aujourd'hui ?

— Une tenue simple fera l'affaire. J'ai l'intention de passer au bureau. Charmaine ne tarit pas d'éloges à ton sujet, et tous mes collaborateurs sont impatients de te rencontrer.

— J'espère me montrer à la hauteur de leurs attentes.

Il me sourit avec indulgence.

— Je ne suis pas inquiet. Ton éducation t'a largement préparée à ce genre d'exercice.

— Si les usages de la bonne société sont les mêmes à Anchorage et à Washington, alors je devrais m'en sortir.

— En dehors de l'accent, je ne vois aucune différence. Tu n'as vraiment aucune raison de t'angoisser. Oh ! j'avais oublié ! S'il nous reste un peu de courage, nous nous inviterons à un cocktail.

Son attitude amicale et chaleureuse me réchauffait le cœur. J'avais envie de l'embrasser.

— À quoi tu penses ?

Aux accents rauques de sa voix, je devinai qu'il lisait dans mes pensées comme dans un livre ouvert.

— À rien de particulier.

— Vous mentez, madame Breckenridge. Je croyais que nous devions être francs l'un envers l'autre.

Il prit ma main doucement dans la sienne.

— Dis-moi à quoi tu penses !

— Eh bien, je…

— Oui ?

— Je veux d'abord savoir ce que toi tu penses.

Un beau sourire illumina ses traits, et il me répondit sans hésitation.

— C'est simple. Je suis vraiment très heureux de te voir.

— Parce que ma présence va t'aider à décrocher la présidence du comité ?

— Pas du tout.

Il effleura le bout de mon nez avec son pouce.

— Parce que tu es drôle et adorable. À ton tour, maintenant.

Je n'osai toujours pas lui dévoiler le fond de ma pensée.

— Je me disais que tu étais un très beau membre du Congrès.

— C'est un bon début, souffla-t-il d'une voix plus basse.

J'étais prête à me blottir dans ses bras, mais il me tira brusquement de ma rêverie.

— Tu ne voulais pas te rafraîchir avant de partir ?

— Si, je vais le faire.

Mais comme je restais immobile, il fit un pas pour combler la distance qui nous séparait et me serra tout contre lui.

— Je devine ce que tu ressens. Je le ressens aussi. Le sexe n'a jamais posé de problème entre nous.

Il avait raison sur ce point, et j'étais heureuse de l'entendre aborder le sujet avec tant de facilité.

— On n'a pas le temps, murmurai-je à regret.

— Tu crois ?

Il déposa un baiser sur mon cou et glissa une main sous ma robe pour la remonter vers le haut.

— Joe, on devrait…

Le désir me coupa le souffle et, lorsqu'il prit possession de mes lèvres, je répondis ardemment à son baiser.

— J'essaye seulement de t'aider, dit-il.

— M'aider ?

— Tu dois bien te déshabiller avant de passer sous la douche.

Ma robe remontait doucement à la hauteur de ma poitrine.

— Vous êtes vraiment très serviable, député Breckenridge.

Son regard brûlant me dévisageait. Docile, je levai les bras pour l'aider à faire passer mon vêtement au-dessus de ma tête. Il recula d'un pas pour admirer la dentelle rouge de ma lingerie puis il posa délicatement la paume de sa main sur mon ventre à peine arrondi.

— Tu es terriblement sexy, murmura-t-il d'une voix enrouée.

Je tentai désespérément de retrouver mes esprits.

— Joe, nous allons être en retard…

— Tu as raison. Mais la journée va être longue. La pensée des trésors que tu caches sous tes vêtements ne va pas me laisser un moment de répit.

Comme nous devions aller directement du bureau au club le plus sélect de la ville, je choisis d'enfiler un blazer noir à manches trois-quarts sur ma robe de soirée bleu roi. La veste couvrait mes épaules nues, laissant apparaître une jupe fluide à l'ourlet festonné au-dessus du genou.

Au cours de la soirée, Joe me présenta à des dizaines de personnes dont je m'empressai d'oublier les noms. Comme je me trouvais au bar pour commander un verre de soda, une voix masculine s'éleva soudain derrière moi.

— Adeline ! Je savais bien que nos chemins se croiseraient à nouveau.

Je tournai la tête pour reconnaître le visage anguleux de Nigel. Un sourire railleur flottait sur ses lèvres.

— Bonsoir, Nigel.

Sans être grossier, mon ton n'était pas très amical.

— Vous êtes venue accompagner votre mari ?

— En effet.

Aucune autre raison ne justifiait ma présence à Washington.

— Savez-vous qu'une rencontre est prévue entre le gouverneur Harland et le vice-président ?

— Euh, non, je l'ignorais.

Un étrange malaise s'était emparé de moi. Je balayai la foule du regard à la recherche de Joe, mais il se trouvait à l'autre extrémité de la pièce, plongé dans une conversation avec un groupe d'invités.

— Je suis venu voir ce qui se passait ici, reprit Nigel avant de porter sa coupe de champagne à ses lèvres.

Sans bien comprendre l'intérêt de ses paroles, j'avalai une gorgée de soda. Le liquide glacé réconforta ma gorge sèche.

— Vous n'ignorez pas que nous sommes sur votre piste, n'est-ce pas ? Nos espions sont partout.

Je fronçai les sourcils.

— Que voulez-vous dire ?

— Ne jouez pas les ingénues avec moi ! Votre petite mascarade avec Breckenridge ne trompe personne. Les électeurs n'aiment pas la duplicité, Adeline.

— Mais de quoi parlez-vous ?

— Je parle de votre mariage, et vous le savez très bien. Une comédie honteuse et révoltante.

J'essayai de ne pas me laisser impressionner par ses affirmations péremptoires.

— Vous pensez que nous avons acheté nos témoins et nos cinq cents invités ?

Il laissa échapper un petit rire narquois.

— Combien de temps arriverez-vous à maintenir cette farce grotesque ?

Son regard se porta sur mon ventre. Me soupçonnait-il aussi de simuler ma grossesse ?

— Que voulez-vous, Nigel ?

Des dizaines de personnes plus aimables participaient à ce cocktail. Rien ne m'obligeait à rester là pour subir les allégations de cet individu.

— Moi ? Je ne veux rien. Mais vous devriez savoir que le gouverneur a des relations. Sa succession n'est encore gagnée pour personne.

— Ravie de vous avoir revu, Nigel, lui dis-je en m'éloignant d'un pas. Profitez bien de la soirée !

Il s'avança pour me barrer le chemin. Son visage était à quelques centimètres du mien.

— Je vous aurai prévenue…

— Un problème, Nigel ! grogna Joe en entrant soudain dans mon champ de vision.

Il le dépassait d'une bonne vingtaine de centimètres. Jamais je n'avais vu sur ses traits une expression aussi menaçante. L'importun recula instantanément.

— Je voulais juste la saluer.

Joe me prit la main.

— Tu vas bien ?

— Je vais bien.

J'étais plus ennuyée qu'autre chose. Nigel voulut battre en retraite.

— Je crois que je vais…

— Quitter les lieux ?

Il s'agissait plus d'une injonction que d'une interrogation.

— Euh, oui, dit Nigel. Le gouverneur m'attend. Bonne soirée.

Comme il disparaissait dans la foule, Joe me regarda avec inquiétude.

— Tu es sûre que tu vas bien ?

— Il ne m'a même pas touchée.

— J'espère bien. Qu'est-ce qu'il t'a dit ?

— Des choses étranges. Il prétend être sur notre piste et il se demande combien de temps nous serons capables de jouer cette comédie.

— Quelle comédie ?

— Tu le sais aussi bien que moi.

Nigel avait deviné que notre union n'avait rien du mariage romantique que décrivait la presse.

— Il ne sait rien, affirma Joe avec certitude.

— Il prétend avoir des espions partout.

— Il bluffe.

Je n'en étais pas si sûre.

— Qui aurait pu vendre la mèche ? demanda-t-il encore. Sophie ? Stone ? Tes frères ? Katie ?

— Aucun d'entre eux. Et encore moins mon père ou Braxton.

— Peu de gens sont dans la confidence.

— Tu as raison.

— Oublions-le !

D'autres paroles de Nigel me revinrent en mémoire.

— Il a dit aussi que les électeurs n'aimaient pas la duplicité. Cela ressemblait à une menace, à une mise en garde.

— Il était à la pêche aux informations. Il n'a rien contre nous. Allons trouver Charmaine !

— Pour quoi faire ?

— L'attaque est toujours la meilleure des défenses.

Il me prit la main avec autorité et m'entraîna dans le salon voisin. Son assistante nous repéra aussitôt et elle vint à notre rencontre. Elle était vêtue d'une robe fourreau rouge au décolleté très plongeant.

— Député, dit-elle pour saluer son patron. Madame Breckenridge.

— Prête pour un peu de communication ?

Ses yeux s'illuminèrent.

— Toujours. Vous avez une idée en tête ?

— Pourquoi pas une vidéo ?

— Je vais nous trouver un caméraman.

— Inutile. Je veux un style très improvisé. Votre portable fera l'affaire.

— Comme vous voudrez.

Je regardai avec curiosité les airs conspirateurs de mon époux.

— Il nous faut un coin tranquille, déclara-t-il en regardant autour de lui.

— Là-bas, suggéra Charmaine. Entre les plantes et l'estrade.

— Parfait !

— Qu'est-ce que tu manigances ? demandai-je tandis qu'il enroulait un bras autour de ma taille.

Plusieurs personnes essayèrent d'attirer son attention tandis que nous avancions en direction de l'endroit repéré par Charmaine. Il leur sourit poliment en poursuivant sa marche.

— Tu ne devrais pas plutôt t'arrêter pour bavarder avec eux ? Ce sont tous des électeurs potentiels.

— Ils seront toujours là quand nous aurons terminé.

— Terminé quoi ?

Je ne connaissais toujours pas ses intentions. Charmaine n'était guère plus informée, mais elle ne semblait pas s'en inquiéter.

— Le décor est parfait, dit Joe en s'arrêtant.

Il posa les mains sur mes épaules et me fit tourner légèrement sur le côté. Comme il ébouriffait un peu mes cheveux, je ne pus m'empêcher de sourire.

— Qu'est-ce que tu fais ?

— Je te donne un air plus décontracté. Pince un peu tes joues.

— Tu es sérieux ?

— Un peu de rougeur sur le visage, c'est bien, approuva Charmaine.

Elle tira l'épaule droite de ma robe légèrement de travers puis se tourna vers Joe.

— À quelle distance voulez-vous être filmé ?

— Assez près, mais sans négliger le décor.

— Compris.

Elle recula de quelques pas.

— Aie l'air heureuse, souffla-t-il à mon oreille.

Je n'eus guère à me forcer. Mon hébétude offrait sans doute l'image du bonheur parfait.

— Regarde-moi dans les yeux !

Je m'exécutai.

— Maintenant, pense au bébé !

L'évocation du petit être qui grandissait en moi adoucit encore l'expression de mon visage.

— Je vais toucher ton ventre, dit-il encore. Fais-moi le plus beau de tes sourires !

Joignant le geste à la parole, il posa la paume sur mon abdomen. L'émotion brouilla un instant ma vue, et je clignai des paupières.

— Une actrice née ! Tu es la meilleure !

Il m'attira dans ses bras et m'étreignit amoureusement.

— Sensationnel ! s'écria Charmaine en revenant vers nous. Vous méritez tous les deux un oscar.

Elle brandit son portable et nous montra la vidéo. Joe sourit de contentement.

— Une jolie pierre dans le jardin du gouverneur Harland !

— Le gouverneur est là ? demanda Charmaine en regardant autour d'elle.

— Non, mais son équipe s'applique à dénigrer notre mariage.

— Je vois.

Ses doigts se déplaçaient à toute allure sur l'écran de son téléphone.

— Dans quelques secondes, tous les réseaux sociaux seront inondés des images de votre bonheur conjugal.

Satisfait, Joe se mêla à nouveau à la foule.

- 9 -

Joe fut élu sans surprise à la présidence du comité. Sa victoire eut pour effet de réduire Nigel au silence. À Windward, les délais avaient été respectés. Le centre culturel était prêt à affronter les conditions météorologiques les plus extrêmes. Je passai une partie de l'automne à Washington et ne manquai jamais une occasion de me montrer au bras de Joe, permettant à Charmaine d'inonder sans répit les réseaux sociaux des images les plus idylliques. En vérité, je ne jouais pas la comédie. Ma plus grande joie était de dormir auprès de mon époux, et nous nous entendions si bien que nous décidâmes de passer les vacances de Noël à Anchorage.

Soucieuse de ne pas interrompre la couverture médiatique de notre parfait amour, Charmaine confia à Sophie le soin de nous photographier. Ma cousine s'acquitta à merveille de sa mission, réalisant d'innombrables clichés devant l'arbre de Noël et dans les forêts enneigées. Katie nous rejoignit pour fêter la nouvelle année, et notre séjour au manoir eût été parfait sans l'intrusion brutale de la politique dans notre quotidien.

Au retour d'une longue promenade avec mon amie, je partis à la recherche de Joe, dans l'espoir de profiter au mieux de notre dernière soirée de vacances. En approchant du grand salon, je reconnus la voix de Braxton.

— Ils ont agi dans notre dos, disait-il avec répugnance.

— Harland pourrait mentir, protesta mon père.

— Ce n'est pas du bluff, déclara Joe. Ses affirmations sont beaucoup trop précises. Je ne sais pas où il a obtenu ses informations, mais soyez sûrs qu'il ne va pas retenir ses coups.

— Il y aurait un espion dans notre entourage ? s'étonna mon père.

— Peut-être même dans notre maison, renchérit Braxton. Tu vois une autre explication ?

Je toussotai légèrement pour signaler ma présence. Joe me rejoignit aussitôt sur le pas de la porte.

— Adeline, ma chérie.

Les deux autres se tournèrent dans ma direction. Ils arboraient des mines sinistres.

— Que se passe-t-il ? demandai-je.

— Rien d'important, affirma faussement Braxton.

— Mais encore ?

Je regardai Joe, le mettant au défi de me mentir lui aussi.

— Qu'as-tu entendu, exactement ?

— Pas grand-chose. Le nom du gouverneur. Et aussi des soupçons concernant la présence d'un espion entre ces murs.

— Tu as mal entendu, dit mon père.

Je croisai les bras sur ma poitrine, déterminée à apprendre la vérité.

— Je ne sortirai pas de cette pièce avant de savoir ce qui se passe.

Joe me serra affectueusement la main.

— Je ne veux pas que tu t'inquiètes, ma chérie.

— Je ne suis pas une poupée de porcelaine.

— Tu es enceinte de six mois.

Je secouai vigoureusement la tête.

— Ma grossesse n'a pas affecté mes capacités cérébrales.

Braxton s'approcha à son tour.

— En effet, murmura-t-il à voix basse. Nous craignons la présence d'un informateur dans la maison.

— Dans la maison ? Cette maison ?

Je ne pus m'empêcher de jeter un coup d'œil par-dessus mon épaule.

— Le bureau du gouverneur dispose d'informations très personnelles sur notre famille, expliqua Joe.

— Il n'a pas pu les inventer, soupira mon père.

— Nous aurions dû nous méfier davantage de Nigel, dis-je en me remémorant la menace qu'il avait brandie devant moi.

— Nigel ? s'étonna mon oncle.

Joe hocha la tête d'un air préoccupé.

— Il y a quelques mois, il se vantait de nous avoir à l'œil, expliqua-t-il. Il prétendait aussi que notre mariage n'était qu'une mascarade destinée à tromper le public.

— La question est de savoir qui, ici, accepterait de coopérer avec lui, glissai-je avec horreur.

Je ne pouvais imaginer qu'il s'agissait d'un membre de la famille. Par ailleurs, notre personnel était tout à fait digne de confiance. Un visiteur de passage aurait-il surpris par hasard une de nos conversations ?

— Il faut absolument le découvrir, déclara mon père.

— Oui, mais comment ?

Je pensai que Joe et moi aurions dû prendre les allégations de Nigel plus au sérieux. Notre légèreté me paraissait des plus coupables.

— Il faut avertir tout le monde.

Je me sentis soudain saisie d'un sentiment d'urgence.

— Tu as raison, dit Braxton. Nous allons le faire.

Un de mes frères avait peut-être noté un comportement

étrange chez un de nos visiteurs. Katie et Sophie avaient peut-être une information à nous livrer.

— Il faut inspecter le manoir, glissa mon père. Des micros ont pu être dissimulés je ne sais où.

Le soupçon me paraissait exagéré, mais il avait sans doute raison. Mieux valait ne négliger aucune piste. Une autre pensée me traversa l'esprit.

— Et s'ils avaient piraté nos téléphones ? Nous sommes peut-être sur écoute. Et nos ordinateurs ?

— Nous allons vérifier, répondit Joe. Je vais immédiatement mobiliser mon équipe informatique sur cette affaire.

— Mais qu'est-ce qu'ils ont contre nous ? Que pouvons-nous faire pour les arrêter ?

Ma belle insouciance s'était envolée en quelques minutes.

— Il ne faut pas que cette histoire t'inquiète outre mesure, ma chérie. Fais-nous confiance pour régler le problème et retourne à tes occupations ! Où allais-tu quand tu es passée devant le salon ?

— Je… Dans la cuisine. J'avais une petite faim.

— Tu veux que j'aille te chercher quelque chose ?

— Non, c'est inutile.

Il se pencha au-dessus de moi et déposa un baiser sur mon front. Je pris une longue inspiration pour retrouver mes esprits et quittai lentement la pièce. Tout en marchant dans le couloir, je ne pus m'empêcher de lancer des regards furtifs autour de moi. Le moindre bruit faisait naître des frissons dans ma nuque. Comme j'atteignais l'office, la voix de Katie me figea sur le seuil.

— Je ne peux pas continuer à agir en douce, disait mon amie.

Ses paroles éveillèrent aussitôt ma méfiance. Se pouvait-il qu'elle fût mêlée à la conspiration ?

— Tu te fais du souci pour rien. Tout le monde s'en moque.

Je reconnus la voix de Mason. Curieuse, je m'approchai un peu plus.

— Imagine que quelqu'un nous surprenne ! reprit Katie.

— Que veux-tu faire ?

Il leva une main pour lui caresser les cheveux.

— Tu préfères que nous arrêtions de nous voir ?

— Non. Il n'en est pas question.

Il l'embrassa tendrement, et elle lui rendit son baiser. Soulagée, je reculai d'un pas en espérant m'éclipser discrètement. Mason perçut mon mouvement derrière lui. Il s'écarta aussitôt de Katie et se retourna pour me faire face.

— Je suis désolé, dit-il avec embarras.

On eût dit un adolescent surpris avec son premier flirt.

— Désolé de quoi ? D'aimer Katie ?

— Je l'aime bien, corrigea-t-il.

Mon amie se tourna vers moi à son tour. Son visage était écarlate.

— Nous… nous étions…

— Tu n'as pas à te justifier, dis-je aussitôt. Je respecte ta vie privée, et celle de mon frère.

— On ne sait pas ce qui nous arrive exactement, dit-elle.

— C'est très récent, ajouta Mason.

— J'ai su tout de suite que vous étiez attirés l'un par l'autre. Dès le premier soir. Faites-moi confiance ! Je saurai me montrer discrète.

Fatiguée par tous ces rebondissements, je me retirai dans ma chambre et m'allongeai sagement pour attendre l'heure du dîner. Il ne fallut à Braxton que quelques heures pour découvrir l'identité du coupable. Il s'agissait d'un commis de cuisine employé temporairement au manoir. Sans penser à mal, il avait rapporté quelques ragots à sa petite amie. Si la demoiselle n'avait pas travaillé au bureau du gouverneur, ses bavardages n'auraient pas prêté à conséquence. Il ne s'agissait en aucun cas d'une tentative d'espionnage ourdie par Nigel, ni d'un logiciel malveillant tapi dans nos ordinateurs. Soulagés, nous reprîmes tous le cours normal de nos existences.

De retour à Windward, je travaillai d'arrache-pied avec la décoratrice d'intérieur. Après bien des discussions, nous choisîmes la couleur des peintures et le style du mobilier. Les sièges de la salle de théâtre étaient en cours d'acheminement depuis l'Europe. Les techniciens s'affairaient à l'installation des éclairages et de la sonorisation.

La naissance du bébé de Sophie était attendue pour la semaine suivante. Nous étions tous en état d'alerte, et je gardais toujours mon téléphone à portée de main. Comme je me rendais avec William dans la salle de conférences pour surveiller la pose du faux plafond, je sentis une douleur me traverser l'estomac. Je ne m'inquiétai pas outre mesure, me reprochant seulement d'avoir avalé un déjeuner trop copieux.

— Bonjour, Adeline.

Maddy, la décoratrice, nous attendait sur le seuil de la pièce. Un deuxième élancement dans l'abdomen me fit grimacer.

— Que se passe-t-il ? s'inquiéta William.

— Pardonnez-moi, je ne me sens pas très bien.

Je songeai à Sophie et à l'imminence de son accouchement. Curieusement, je ne me souciais pas du mien.

— Tu as besoin de t'asseoir ? De boire un peu d'eau ?

— Peut-être.

Maddy me prit la main, me conduisit lentement jusqu'à une chaise et s'accroupit devant moi.

— C'est le bébé ? demanda-t-elle.

— Je ne pense pas. C'est beaucoup trop tôt.

Une nouvelle crampe me paralysa.

— Appelez une ambulance ! fit Maddy à l'intention de William.

Comme il s'exécutait, je protestai faiblement.

— Ce n'est pas la peine. Je vais demander conseil à mon médecin.

— Deux précautions valent mieux qu'une, insista mon patron.

Je sortis mon téléphone de ma poche, consultai la liste de mes contacts et choisis le numéro de ma gynécologue.

— Adeline Breckenridge. Je souhaiterais parler au Dr Reed. C'est urgent.

— Un instant, je vous prie.

Comme j'attendais d'entendre la voix rassurante de mon médecin, je levai les yeux pour constater avec embarras que mon malaise avait attiré l'attention de quelques ouvriers.

— Adeline ? fit enfin ma gynécologue. Comment allez-vous ?

— Je… En fait, j'ai des douleurs un peu étranges.

— Comment cela ?

— De drôles de crampes dans l'estomac.

— Sourdes ou plutôt aiguës ?

— Je… Tantôt sourdes, tantôt…

Une vive douleur dans le bassin m'empêcha de poursuivre. Je serrai les dents.

— Adeline ?

— Je... je suis là.

Tendue à l'extrême, je sentis des gouttes de sueur perler sur mon front.

— Vous pouvez venir au cabinet en fin d'après-midi ?

Impatiente, Maddy tendit la main pour me prendre mon téléphone. Je lui cédai volontiers.

— Maddy Schmidt à l'appareil. Je suis avec Adeline en ce moment. Nous avons appelé une ambulance.

Puis, après un bref silence, elle ajouta :

— Entendu, nous vous retrouvons à la clinique.

Comme une sirène résonnait déjà sur le parking du centre, je me levai pour rejoindre le rez-de-chaussée.

— Restez assise ! m'ordonna sévèrement Maddy.

Pendant ce temps, William était descendu pour accueillir les infirmiers. En moins d'une minute, ils débarquaient dans le couloir du premier étage. Sourds à mes protestations, ils m'installèrent sur une civière.

— Vous avez des contractions ? me demanda l'un d'eux.

— Je ne crois pas. C'est bien trop tôt.

— Quel âge avez-vous ?

— Vingt-huit ans.

— Vous êtes à combien de semaines de grossesse ?

— Trente-deux.

Il enfonça le bouton de son talkie-walkie.

— J'ai une patiente à trente-deux semaines de grossesse qui montre des signes d'accouchement prématuré.

— Mais non, je vous assure !

Je secouai la tête et attrapai son bras pour l'arrêter.

— Son médecin est en route pour la clinique, expliqua Maddy.

La réalité de mon état m'effrayait.

— Je vous assure que le travail n'a pas commencé.

— Essayez de vous détendre ! me dit encore l'infirmier. On va bien s'occuper de vous.

Quand le brancard se mit en mouvement, je fermai les yeux pour atténuer ma sensation de vertige. Je fus installée avec mille précautions dans l'ambulance et, en moins d'un quart d'heure, nous arrivions à destination. Ce fut le Dr Reed en personne qui ouvrit la porte du véhicule.

— Adeline, comment vous sentez-vous ?

— Un peu mieux. Mais j'ai laissé mon sac à main au centre culturel. Il faut que je retourne le chercher.

— Votre sac à main ? Ne vous inquiétez pas ! Quelqu'un se chargera de vous le rapporter.

Elle posa les mains sur mon ventre et m'examina rapidement.

— Tout va bien, n'est-ce pas ? On ne va pas m'hospitaliser ?

Au lieu de me répondre, elle fit un signe en direction de l'ambulancier.

— Appelez un hélicoptère !

— Un quoi ? demandai-je, totalement affolée.

— Vous êtes en train d'accoucher, dit-elle d'une voix calme et rassurante. Le protocole veut que vous alliez à l'hôpital d'Anchorage en cas d'accouchement prématuré.

— Je… je vais avoir mon bébé ?

J'avais du mal à me faire à cette idée.

— Je vais charger ma secrétaire de prévenir Joe.

— Il est à Washington.

Sans doute serait-il contrarié. Il avait prévu de me rejoindre en Alaska deux semaines avant le terme pour être certain de ne pas manquer la naissance. Tandis que nous attendions l'hélicoptère sur le parking de la clinique, les contractions se faisaient plus fréquentes et plus douloureuses. Je fus embarquée dans l'appareil dans un état de semi-conscience. Sophie m'attendait à Anchorage. Elle me suivit jusqu'à la salle d'accouchement tout en me prodiguant des conseils pour maîtriser ma respiration. Quand elle m'abandonna pour se rendre à une consultation, elle me promit l'arrivée prochaine de Joe.

Malheureusement, les événements se précipitèrent. Lorsqu'il se présenta dans la salle d'accouchement, revêtu d'une blouse blanche et d'une toque d'infirmier, je tenais déjà ma petite fille entre mes bras.

Il s'arrêta net en nous voyant toutes les deux.

— Tu as réussi à venir à temps, lui dis-je en réprimant les larmes d'émotion qui brûlaient mes paupières.

— Presque.

Il posa le regard sur Matilda. C'était le prénom que j'avais en tête, sans vraiment savoir pourquoi. Nous n'avions pas même abordé le sujet.

— Elle est magnifique, murmura-t-il d'une voix tremblante. Aussi belle que sa maman.

Il se pencha pour m'embrasser sur le front, avant de déposer les lèvres sur celui du bébé. Malheureusement, une infirmière vint troubler ce moment de douce intimité. Elle prit l'enfant.

— Je vous promets de vous la ramener très vite.

Je la regardai partir à regret.

— Elle est arrivée avec un peu d'avance, dis-je timidement, comme si j'éprouvais le besoin de m'excuser.

— Est-ce que tu vas bien ? Tu as envie de quelque chose ?

— Juste un peu d'eau.

Il me servit un verre et s'assit sur le bord du lit.

— Tu dois te sentir mieux maintenant. J'imagine que tu as passé un mauvais quart d'heure.

Je fis une grimace au souvenir encore très frais des douleurs qui m'avaient totalement coupée du monde.

— Les contractions ont commencé pendant une visite de chantier à Windward. J'ai été transportée ici en catastrophe. Sophie est restée auprès de moi un bon moment, mais elle a dû partir pour voir son médecin.

— Elle est en train d'accoucher.

— En ce moment ?

Joe hocha la tête.

— Je la plains. De mon côté, je suis soulagée que tout soit terminé.

L'infirmière reparut avec ma petite fille enveloppée dans une couverture rose et un bonnet assorti. Elle avait un visage très doux, des yeux bleus, un petit nez minuscule et une bouche arrondie.

— Vous êtes le papa ? fit la jeune femme d'un ton enjoué.

Elle lui tendit le bébé.

— Vous êtes sûre ? demanda-t-il, l'air totalement paniqué.

Je lui souris avec ravissement. J'étais si heureuse de voir cet être minuscule entre ses grandes mains.

— Elle ne pèse rien, dit-il, impressionné.

— Deux kilos et huit cent cinquante grammes, répondit l'infirmière.

Alors que Joe murmurait des mots doux à son enfant, elle m'aida à enfiler une nouvelle chemise de nuit et me borda d'une couverture chauffante avant de quitter la pièce.

— Bonjour, petite fille, disait Joe. Il va falloir te trouver un prénom maintenant.

— Je crois qu'elle s'appelle Matilda.

— Matilda ? répéta-t-il avec surprise.

— Si tu es d'accord, bien sûr. Je ne sais pas pourquoi, ce prénom m'est venu à la seconde où je l'ai vue. Je trouve qu'il lui va bien.

— Parfaitement bien. Alors, petite Matilda, tu veux aller voir ta maman ?

Il me la déposa délicatement entre les bras, et je serrai le petit corps minuscule contre mon cœur. J'observai son visage avec émerveillement et poussai un soupir de pure félicité. Avec la chaleur environnante, mes paupières devenaient lourdes. Je sentis la main de Joe se glisser sous le bébé.

— Je devrais peut-être la reprendre avec moi, dit-il doucement.

Je réussis à hocher la tête avant de sombrer dans un profond sommeil. Au loin, j'entendis la voix de mon père, puis celles de Joe et de Mason. Après un repos bien nécessaire, les cris de ma petite fille me ramenèrent soudain à la réalité. L'infirmière m'apprit patiemment à la nourrir. Quand elle fut repue, je la recouchai dans son berceau et m'assis tout près d'elle. Peu après, on frappait à la porte. Quelle ne fut pas ma surprise de voir arriver Stone dans ma chambre ! Il portait dans les bras un petit paquet bleu. Je me mis à rire aux éclats.

— Toi aussi, tu as un bébé ! Comment va Sophie ?

— Très bien. Elle est juste de l'autre côté du couloir. Elle se repose.

— Fais-moi voir ! dis-je en commençant à me lever.

— Ne bouge pas !

Il s'approcha et s'accroupit près de moi.

— Je te présente Lucas Nathaniel.

— Deux prénoms, déjà ? Nous n'en avons qu'un seul

pour l'instant. Cette petite demoiselle nous a un peu pris de court. Tu as vu Joe ?

— Il est allé prendre un café avec Xavier et Braxton. Les deux sont fous de joie. Ils ne pensaient pas devenir grands-pères le même jour.

Je m'approchai de Lucas et lui touchai la main.

— Félicitations, Stone. Il est superbe.

— Félicitations à toi aussi.

Il contempla Matilda.

— Elle est ravissante. Tu as fait du beau boulot, Adeline.

Joe reparut dans la pièce. Il arborait un sourire rayonnant.

— Que de bonheur aujourd'hui ! Tout le monde est aux anges.

— Tu as vu Lucas ? lui demandai-je.

— Oui, je l'ai vu. Il est presque aussi beau que ma fille.

Stone rit de bon cœur.

— Je ferais mieux de retourner voir Sophie, dit-il.

J'avais hâte moi aussi de partager son bonheur.

— Tu crois que je peux lui rendre visite ?

Les douleurs de mon accouchement me paraissaient déjà loin. Je me sentais suffisamment forte pour faire quelques pas dans le couloir.

— Je te préviendrai à son réveil.

Il caressa une dernière fois la joue de mon bébé avant de me laisser seule avec Joe. Émerveillés, nous admirâmes en silence notre adorable petite fille.

— Que va-t-il se passer maintenant ? demandai-je après un long silence.

La naissance prématurée avait quelque peu bousculé les événements.

— L'infirmière m'a dit que nous pourrions rentrer tous

les trois à la maison demain matin. Xavier et Braxton t'ont réservé une surprise.

— Un berceau, j'espère.

Prise de court, je n'avais pas eu le temps de songer à son trousseau.

— Un berceau, oui. Et une nouvelle suite pour toi, avec une nurserie attenante.

— Tu veux dire que je ne serai plus dans mon ancienne chambre ?

Je n'étais pas ravie qu'ils aient pris la décision sans me consulter. Me laisseraient-ils un jour le loisir d'organiser ma vie comme je l'entendais ?

— Adeline ? Tout va bien ?

Ma contrariété n'avait pas échappé à Joe. Je m'efforçai de la repousser.

— Je vais bien, Joe. Je vais très bien.

- 10 -

Les premières semaines de Matilda et de Lucas s'écoulèrent à un rythme effréné. À un peu plus de trois mois, ils souriaient, jouaient avec des hochets et commençaient à se retourner. Leur poids avait doublé depuis la naissance, et leur santé éblouissante faisait plaisir à voir. Joe s'était installé dans mon ancienne chambre, mais il passait la plupart de ses nuits auprès de moi, berçant patiemment notre petite fille pour l'aider à trouver un sommeil parfois capricieux. Son travail le réclamait souvent à Washington, l'obligeant à des allers-retours presque quotidiens. De mon côté, je mettais à profit les siestes de Matilda pour superviser à distance l'avancement des travaux à Windward.

La neige avait fondu, et de petites pousses vertes apparaissaient sur les sentiers. Souvent, après avoir confié les bébés à la garde de leur nourrice, Sophie et moi partions en promenade. Ce jour-là, nous avions décidé d'une balade à cheval. Ma cousine ignorant tout de l'équitation, je choisis les deux juments les plus tranquilles du haras. Splendor et Galahad s'entendaient à merveille, et nous avions l'habitude de les confier aux débutants. Comme nous avancions sur le chemin qui longeait la rivière, je sentis des contractures dans les muscles de mes cuisses. Trop occupée à veiller sur mon bébé, je n'avais pas fait d'exercice depuis des semaines.

— C'est tellement agréable de prendre l'air ! dit Sophie.

Elle respira à pleins poumons et me sourit.

— Est-ce que je me tiens bien sur ma selle ?

Je vérifiai sa posture.

— Redresse un peu ton dos !

Elle s'exécuta consciencieusement.

— Pas trop raide, tout de même ! Splendor va sentir ta tension. Rapproche un peu tes coudes. Voilà, c'est parfait ! Tu veux trotter un peu ?

— Si ça ne va pas trop vite, je veux bien.

Mais elle se tendit de nouveau.

— Reste souple !

— J'ai un peu peur de faire le yoyo et de dégringoler.

— Tu préfères rester au pas ?

Il n'y avait pas d'urgence. Les chevaux étaient disponibles tous les jours, et mes frères étaient toujours partants pour former les débutants.

— J'ai hâte de savoir bien monter.

— Je comprends, mais il ne sert à rien de se précipiter. Il faut d'abord que tu gagnes en confiance. Essaye d'oublier ta monture et regarde le paysage !

De minuscules bourgeons apparaissaient sur les arbres. Les jours rallongeaient peu à peu, et d'ici à quelques semaines la forêt serait à nouveau verdoyante. L'arrivée de la belle saison me ravissait. Nous fîmes tranquillement le tour de la propriété avant de regagner les écuries.

— Drapeau bleu levé ! s'écria Sophie, les yeux levés sur la fenêtre de sa chambre.

Nous avions convenu d'un code avec la nourrice. Quand Lucas avait besoin de sa maman, elle hissait un drapeau bleu au balcon. Quand Matilda me réclamait, elle accrochait un drapeau rose.

Sophie descendit de cheval et me confia les rênes de Splendor.

— On se retrouve là-haut, cria-t-elle en se mettant à courir vers l'entrée du manoir.

Je sautai à terre et menai les deux juments jusqu'à leurs boxes. Comme je sortais des écuries, je perçus le son d'une conversation à l'angle du bâtiment.

— Nous avons tout fait pour qu'elle soit heureuse ici, disait mon père.

— Il n'empêche qu'elle veut rentrer à Windward, répondit Joe.

— Tout avait bien marché jusqu'ici. Il serait dommage de compromettre la suite.

Je plissai le front. De quoi parlaient-ils exactement ?

— Il reste encore six mois, glissa Joe.

— Le vrai compte à rebours a commencé en janvier.

— Nous formons une famille parfaite aux yeux du public.

— Jusqu'ici, nous n'avons rien à redire, assura mon père d'un ton apaisant.

Un étrange malaise m'étreignit la poitrine.

— Nous devrions faire un point avec ton équipe, déclara Braxton. J'aime bien ton assistante. Charmaine, c'est cela ? Elle a vraiment l'œil sur tout.

— Je ne voudrais pas imposer trop de contraintes à Adeline. C'est ma campagne, après tout, pas la sienne.

Le ton de Joe était poli mais ferme.

— Qui parle de contraintes ? s'étonna mon père. Elle n'est pas bien ici ? C'est plus simple pour toi de l'avoir à Anchorage. Il faut mettre William dans la combine. Ils ont l'air de très bien se débrouiller sans elle à Windward.

— Ce n'est pas comme si les subventions allaient disparaître, renchérit mon oncle.

— C'est vrai, admit Joe. Nigel est concentré sur la course au poste de gouverneur. Il ne touchera pas au financement du projet.

Choquée, je me bouchai les oreilles pour ne pas en entendre davantage et contournai les écuries pour regagner discrètement le manoir. Je me précipitai dans la nurserie et retrouvai mon calme dans la contemplation de ma petite fille qui dormait à poings fermés. Après un long moment, je passai dans la salle de bains pour détendre mes muscles tendus sous le jet brûlant de la douche. Je tentai en vain d'oublier la conversation que je venais de surprendre. Comme je séchais mes cheveux, je fus submergée par les vieux démons de la trahison et de la manipulation que je connaissais trop bien. Un piège insidieux s'était refermé sur moi, et j'en étais en partie responsable.

En prolongeant mon séjour au manoir, j'avais dans les faits concrétisé mon mariage avec Joe. Depuis des mois, nous vivions comme mari et femme, élevions ensemble notre bébé et faisions l'amour chaque jour. Sur le plan professionnel, mon contrat à Windward touchait à sa fin, et j'espérais me tourner très vite vers une nouvelle mission. J'ignorais dans quel État ou dans quelle ville me mènerait la poursuite de ma carrière, mais j'entendais m'y établir avec Matilda.

Déterminée à mener à bien mes projets, je décidai de créer ma propre entreprise et de proposer mes services aux quatre coins du pays. Je composai une carte de visite, en commandai un millier d'exemplaires et décidai d'écrire à William pour lui annoncer mon retour imminent à Windward. Je commençais la rédaction de mon message quand Joe me rejoignit dans la chambre.

— Ah ! te voilà ! s'exclama-t-il. Je te croyais partie en balade avec Sophie.

Je ne levai pas les yeux de mon écran.

— Je suis rentrée, comme tu peux le voir.

Il baissa la voix en apercevant sa fille au milieu du grand lit. Je l'avais installée près de moi pour guetter son réveil. Sa présence me rassurait. Le ton revêche de ma réponse le surprit.

— Qu'est-ce qui se passe ?

— Je suis en train d'écrire à William.

— Oh.

— J'ai besoin de me remettre au travail. Je vais engager une nourrice à Windward.

Comme il restait silencieux, je poursuivis.

— C'est la meilleure solution. Mes horaires sont irréguliers, et j'aime assez l'idée que Matilda s'habitue à une seule personne en mon absence.

Il se racla la gorge avec embarras.

— Nous n'avons pas abordé le sujet ensemble.

— Pour quoi faire ? Je n'ai jamais eu l'intention de rester éternellement au manoir. Tu le sais très bien.

— C'est que…

Il marqua une pause pour choisir ses mots avec soin.

— Tu semblais très heureuse ici.

Il disait vrai, et je mesurai plus vivement mon erreur.

— Eh bien, désormais, je serai heureuse à Windward.

— Adeline, cette décision nous concerne tous les deux.

— C'est de ma vie qu'il s'agit.

Il tourna le regard vers le lit.

— Matilda est aussi ma fille.

Je refusai de me laisser attendrir.

— Tu pourras la voir quand tu voudras.

— À Windward ?

Une expression de reproche et de trahison se peignit sur ses traits. Je ne faisais pourtant que respecter notre accord initial.

— Regarde ce que j'ai fait ! lui dis-je fièrement en désignant mon écran d'ordinateur.

En concevant mes cartes de visite, j'avais eu le sentiment de reprendre les rênes de mon existence.

— Ces logiciels sont fantastiques. N'importe qui peut se transformer en graphiste avec ces nouveaux outils.

Sa réaction doucha aussitôt mon enthousiasme.

— William t'a demandé de rentrer, c'est ça ?

Sans me laisser le temps de répondre, il saisit son téléphone.

— Ne t'avise pas de l'appeler !

Il leva les yeux, clairement déconcerté par les accents autoritaires de ma voix.

— C'est mon travail, Joe. Ma vie, ma carrière. Je suis restée absente trop longtemps.

Comme Matilda commençait à se tortiller et à gémir, il la souleva dans ses bras et la blottit contre son épaule.

— Tu ne peux pas me quitter, Adeline.

Ma gorge se serra douloureusement.

— Je ne te quitte pas, Joe. J'ai rempli ma part du contrat. Il est temps pour moi de passer à l'étape suivante.

— Je conteste les termes de ce contrat.

— Tu veux que je reste auprès de toi pour continuer à jouer la femme du député et devenir bientôt la parfaite épouse du gouverneur Breckenridge ?

— Je ne…

Il s'interrompit, n'osant avouer que tel était précisément son souhait.

— Cela n'a jamais fait partie de mes projets. Mon père

et mon oncle en rêvaient. Toi aussi. Moi, j'ai toujours voulu être indépendante et libre de mes choix.

Il hocha lentement la tête.

— On dirait que ta décision est prise.

Sa mâchoire s'était contractée, et son regard s'était durci.

— Je ne ferai rien pour contrarier tes projets.

Il se dirigea vers la porte en gardant le bébé serré contre lui.

— Joe !

J'étais soudain terrifiée à l'idée qu'il l'emmène loin de moi.

— Qu'y a-t-il ?

Je secouai la tête en comprenant que ma peur était injustifiée. Devinant l'appréhension qui m'avait traversée, il me fixa d'un air accusateur.

— Tu imagines ce que l'on peut ressentir à l'idée d'être privé de son enfant ?

J'en étais incapable. Quand la porte se fut refermée derrière eux, je m'effondrai sur mon lit et éclatai en sanglots.

— Adeline ?

Je n'aurais su dire combien de temps s'était écoulé depuis le départ de Joe quand la voix de Sophie s'éleva derrière ma porte. Comme je ne répondais pas, elle s'introduisit lentement dans la chambre. J'aurais aimé lui dire de s'en aller, mais aucun son ne parvenait à sortir de ma gorge serrée.

Elle s'assit sur le lit et posa la main sur mon épaule.

— Je viens de croiser Joe dans le salon. Il semblait…

Une expression confuse traversa son visage.

— Que s'est-il passé ?

— Je n’y arriverai pas, dis-je avec amertume.

— Qu’est-ce que tu veux dire ?

— Je ne peux pas rester ici. J’étais si heureuse avec Matilda que je ne me suis pas méfiée du piège qui se refermait sur moi. Ils n’ont pas cessé de comploter dans mon dos. Ils veulent que je reste aux côtés de Joe et ils me voient déjà emménager dans la résidence du nouveau gouverneur.

— Tu es surprise ?

Je me redressai et m’adossai contre mes oreillers.

— Je ne devrais pas, tu as raison. Je suis trop naïve.

— Tu n’es pas naïve. Mais tu avais l’air si bien ici avec Joe qu’ils ont pris leurs désirs pour des réalités.

Je soupirai avec amertume.

— Je n’aurais pas dû baisser la garde. C’était si difficile de lui dire…

— Qu’est-ce que tu lui as dit ?

— Que je partais.

— Oh.

La nouvelle parut l’attrister, elle aussi. En quittant le manoir, je ne m’éloignais pas seulement du père de mon enfant. Mes yeux se brouillèrent.

— Tout est ma faute. Je me suis laissé déborder par mes sentiments.

Elle me prit la main et la serra entre les siennes.

— Adeline.

Je fermai les yeux en souhaitant de tout mon cœur revenir en arrière de quelques heures. Je revis les rayons du soleil pénétrer dans la chambre, je me remémorai les roucoulements de Matilda et le bras de Joe posé sur ma poitrine.

— Tu es tombée amoureuse, murmura Sophie.

Il me fallut un instant pour assimiler ses paroles.

— Et aujourd'hui, c'est dur pour toi de le quitter.

Je secouai la tête avec véhémence. Je n'étais pas aussi stupide. Ils m'avaient convaincue de l'épouser, mais ils ne pouvaient pas me convaincre de l'aimer. Sophie avait pourtant raison. Je m'étais attachée à Joe. Au fil du temps, mes sentiments pour lui n'avaient fait que grandir.

— Tu crois qu'il le sait ?

— Non, je ne crois pas.

— Surtout, ne lui dis rien !

— C'est toi qui dois le faire, Adeline.

— Pourquoi ?

Elle me regarda intensément.

— Et s'il t'aimait, lui aussi ?

J'étais persuadée du contraire.

— Je ne suis qu'un vulgaire outil pour lui.

— Un outil ? Tu le crois vraiment ?

— Tu aurais dû les entendre, Sophie. J'ai surpris une conversation près des écuries. Leurs intentions ne faisaient aucun doute. Ils ont des projets pour moi et ils se moquent bien de ce que j'en pense.

— Joe n'est pas obligé de renoncer à ses ambitions pour t'aimer.

— Je ne suis qu'une pièce sur un échiquier. Un moyen d'arriver à ses fins.

Elle me regarda longuement.

— À ta place, je lui poserais franchement la question.

Le soir venu, je me rendis dans la salle à manger. Je restai silencieuse pendant tout le dîner, ne sachant quelle attitude adopter. Le repas terminé, je m'apprêtais à rejoindre la nurserie quand mon père m'arrêta au bas de l'escalier.

— Adeline ?

Je m'armai de courage pour l'affronter. Je n'avais rien perdu de l'audace qui m'avait permis de m'opposer à ma famille pour choisir ma carrière d'architecte et m'envoler pour la Californie.

— Joe m'a dit que tu avais l'intention de retourner à Windward.

— Décidément, il ne peut rien te cacher.

J'étais persuadée qu'ils avaient longuement discuté de ma décision et que déjà ils avaient préparé leur prochain coup.

— Tu es sûre que ce n'est pas trop tôt ? Matilda est encore un bébé.

Je préférai aller droit au but.

— J'ai rempli ma part du contrat. Maintenant, je dois m'intéresser à mon avenir.

— Tu ne devrais pas agir sur un coup de tête.

— C'est tout réfléchi. J'ai accepté les fiançailles et le mariage. Joe a été élu à la présidence du comité. Ma fille est née. Je suis à bout de souffle, papa.

— Mais il y a tellement plus à…

— Vous devrez vous passer de moi.

— Xavier !

Joe vint soudain s'interposer entre nous.

— Pouvez-vous nous laisser seuls, je vous prie ? Je voudrais parler à ma femme.

Mon père haussa les épaules.

— Tu crois qu'elle t'écoutera plus que moi ?

Joe l'ignora et se tourna vers moi.

— Allons faire un tour dans le parc !

— Je ne t'écouterai pas davantage que mon père, mais je veux bien t'accorder un moment.

Le soleil couchant inondait le ciel d'une couleur flamboyante. Nous marchâmes sans mot dire jusqu'au bord de la rivière et, quand le silence me devint insupportable, je me tournai vers Joe.

— Tu n'as pas pu t'empêcher de leur parler.

— Je ne leur ai pas dit grand-chose.

Un mouvement furtif agita un buisson sur le bord du chemin. Je me rapprochai instinctivement de Joe tandis qu'un lièvre bondissait devant nous. Il passa un bras autour de mon épaule.

— N'aie pas peur ! Ce n'est qu'un…

— Je n'ai pas peur.

Je m'écartai prestement, et nous reprîmes notre marche. Après quelques pas, Joe rompit le silence.

— Alors, ta décision est prise ? Tu penses vraiment faire le bon choix en privilégiant ta carrière ?

— Je ne veux pas renoncer à mes rêves.

Le fracas d'une cascade couvrit en partie mes paroles. Je m'avançai sur la plate-forme aménagée au-dessus du bassin et posai les mains sur la rampe. Une fine brume nous enveloppa.

— Je veux que tu sois heureuse, Adeline.

— Alors nous voulons tous les deux la même chose.

— Mais je ne veux pas te perdre.

Des gouttes d'eau perlaient sur mon visage et mes bras nus.

— Tu ne me perdras pas. Tu sauras toujours où me trouver. Et je ne…

Ma voix se mit à trembler.

— Je ne t'enlèverai pas Matilda. Jamais. Tu la verras autant que tu voudras.

— Je veux la voir tous les jours.

— Tu vivras loin de nous. À Washington. Tu as ta carrière, toi aussi.

Je ne voulais pas le frustrer de ses ambitions. Je voulais qu'il se présente au poste de gouverneur, et je voulais qu'il soit élu.

— Que signifie ma carrière si je dois être privé de ma femme et de mon enfant ?

Il m'étreignit tendrement dans ses bras.

— Je t'aime, Adeline. Je suis incapable de vivre loin de toi.

Le temps parut soudain s'arrêter.

— Ne pars pas ! Donne-moi une chance ! Je vais trouver un moyen d'organiser notre vie.

— Je t'aime aussi, dis-je en plongeant mon regard embué de larmes dans le sien.

Un beau sourire se dessina sur son visage. Il se pencha au-dessus de moi et effleura doucement mes lèvres.

— Je vais venir avec toi, déclara-t-il soudain.

Je secouai la tête.

— Tu ne peux pas abandonner ta campagne. Si tu t'installes à Windward, tu seras loin de tout.

— Et toi, tu ne peux pas compromettre ta carrière. Si elle t'envoie à l'autre bout du pays, je m'en accommoderai.

Je ressentis le besoin urgent de faire des concessions. Je ne voulais pas le perdre, moi non plus.

— Je peux sans doute trouver une nouvelle mission ici, à Anchorage. Ou peut-être même à Washington.

— Tu ferais cela ? Tu ne dois pas te sacrifier pour…

— Oh ! cela n'a rien d'un sacrifice. J'ai pris goût aux vidéos et aux interviews télévisées.

Il éclata de rire.

— Je ne te crois pas. Tu veux vraiment m'aider à remporter cette élection ?

— Nous méritons tous les deux de réaliser nos rêves.

Avec un peu d'ingéniosité, nous arriverions à concilier travail et vie de famille.

— Tu peux dire à ton assistante de convoquer ses cameramen. Je suis prête pour la célébrité.

Un grand sourire illuminait les traits de Joe.

— Tu vas devenir la coqueluche de tous les réseaux sociaux.

Une chose était certaine. Je n'aurais aucun mal à jouer le rôle de la femme amoureuse. Tout mon être soupira de joie et de soulagement quand Joe prit à nouveau possession de mes lèvres.

Épilogue

L'inauguration du centre culturel fut l'événement marquant de l'automne à Windward. Après le discours du maire, prononcé dans la salle de théâtre, les invités se regroupèrent dans le grand hall. Le champagne coulait à flots, et le brouhaha de la foule se mêlait aux mélodies joyeuses d'un orchestre local engagé pour l'occasion. Confortablement installée dans les bras de son père, la petite Matilda ouvrait des yeux étonnés sur tant d'effervescence, tandis que son cousin Lucas rampait dangereusement entre les jambes des invités, sur les dalles en béton ciré. Katie déambulait fièrement au bras de Mason. Elle avait passé l'été en Alaska, partageant son temps entre ma maison et le manoir de ma famille. Nul n'aurait su dire si sa relation avec mon frère était promise à un bel avenir, mais ils semblaient très amoureux pour l'instant.

Malheureusement, la manifestation n'avait pas attiré que des amis. L'horrible Nigel Long était présent, lui aussi. Il suivait le gouverneur comme un petit chien.

— Ne fais pas attention à lui ! me souffla Joe à l'oreille.

— Je vais essayer.

Il m'était difficile de ne pas songer aux ignobles manœuvres de l'individu.

— Ne t'occupe pas de leurs petits jeux stupides ! Nous les battrons dans les urnes.

À deux mois du scrutin, les sondages plaçaient Joe en tête de l'élection. Des politiciens de premier plan s'étaient ralliés à sa candidature. La fête battait son plein quand l'arrivée de la sénatrice Scanlon suscita un moment d'agitation à l'entrée du bâtiment. Les journalistes se pressèrent autour d'elle. Comme je m'étonnai de sa présence, Joe m'affirma qu'il n'avait pas été lui non plus averti de sa venue. Du coin de l'œil, je vis le gouverneur Harland lisser les pans de sa veste et se précipiter vers l'arrivante. Il lui sourit et lui serra longuement la main, dans l'espoir sans doute de voir les photographes immortaliser l'instant.

— Ces politiciens, ils ne manquent pas une occasion de se faire mousser ! soupirai-je.

Joe me sourit, tandis que sa fille lui ébouriffait les cheveux avec application.

— Tu veux que je la prenne ?

Il secoua la tête.

— L'image d'un père attentif à sa progéniture est excellente pour les électeurs.

Après quelques brèves politesses à l'intention de Harland, la sénatrice reprit sa progression à travers la foule. Très vite, elle dirigea ses pas jusqu'à nous.

— Député Breckenridge ! fit-elle d'une voix chaleureuse.

— Ravi de vous revoir, répondit Joe.

Au même instant, je vis mon père approcher, suivi de près par Braxton. Ces deux-là aimaient graviter autour des gens de pouvoir. Je me plaçai aux côtés de mon mari.

— Bonsoir, sénatrice.

— Appelez-moi Rachel, je vous en prie.

Elle promena autour d'elle un regard approbateur.

— Félicitations, Adeline. Grâce à vous, la ville est dotée d'un équipement culturel remarquable.

— J'étais accompagnée de toute une équipe, soulignai-je humblement.

— Adeline est toujours très modeste, glissa Joe. En vérité, elle était à la barre avec William depuis le début.

— Je vois que vous avez fait la connaissance de ma petite-fille !

La voix de mon père débordait de fierté.

Le sourire de la sénatrice se réchauffa encore, et elle effleura la main de Matilda.

— Elle est ravissante. Vous avez de la chance, monsieur Cambridge.

Un peu intimidée, l'enfant blottit son visage contre la poitrine de son père. L'attention de la sénatrice se reporta sur Joe.

— Comment se passe votre campagne ? demanda-t-elle.

— Plutôt bien, d'après les sondages.

— Brillamment, corrigea Braxton.

Elle acquiesça.

— C'est vrai. Les enquêtes d'opinion vous sont très favorables. Les journalistes me harcèlent pour connaître ma position. Je pense l'annoncer en début de semaine.

Joe releva les sourcils avec intérêt.

— Ne soyez pas inquiet, député Breckenridge ! Je vous réserve une bonne surprise.

Je soulevai doucement Matilda des bras de Joe.

— Merci, madame la Sénatrice, fit-il avec gratitude. Votre appui me sera précieux.

Elle embrassa du regard la petite famille regroupée devant elle.

— Vous avez tout pour être heureux, cher ami.

Joe glissa un bras autour de ma taille.

— Vous avez raison. Je suis un homme comblé.

— Je vous souhaite bonne chance pour le poste de

gouverneur. Et je compte sur vous pour apporter un nouveau souffle à l'Alaska.

Alors qu'elle s'éloignait, Joe me serra fort contre lui. Le ralliement de la sénatrice était un atout majeur pour sa campagne.

— J'ai pris de superbes photos ! annonça Katie en brandissant son portable.

— Pas aussi belles que les miennes ! protesta Sophie.

Je regardai mes deux complices avec tendresse.

— Je vois que Charmaine a fait des émules. Joe, tu as une équipe formidable !

Il me prit la main pour m'éloigner un instant de notre petit groupe.

— La seule équipe qui compte pour moi, c'est celle que nous formons tous les trois. Toi, Matilda et moi. Je vous aime tellement toutes les deux.

— Je sais. Et nous t'aimons aussi.

Ce moment d'intimité partagé au beau milieu du brouhaha de la foule devait rester à jamais gravé dans ma mémoire comme une parenthèse enchantée. Nous nous aimions. Tellement fort.

Vous avez aimé *Mariage de façade* ?
Retrouvez sur Harlequin.fr les autres romans
de Barbara Dunlop !

1. *Coup de foudre à Las Vegas*
2. *Un défi si séduisant*
3. *Une héritière si secrète*
4. *Mariage de façade*

RACHAEL JOHNS

Une idylle inattendue

Traduction française de
FLORENCE MOREAU

PASSIONS

HARLEQUIN

Titre original :
A DOG AND A DIAMOND

- 1 -

— « Vous êtes arrivé à destination », annonça le GPS d'une voix monocorde.

À ces mots, Chelsea Porter ralentit puis fronça les sourcils en découvrant la pancarte suspendue au-dessus du pont privé, à sa droite : « Distillerie McKinnel – Meilleur whisky de l'Oregon depuis 1977 ».

Tiens donc ! Ce n'était pas du tout un lieu résidentiel, pensa-t-elle, confuse. Avait-elle mal lu le nom et l'adresse sur sa fiche client ? Avant de franchir le pont, elle vérifia sur son portable les informations que Mlle Bailey Sawyer lui avait envoyées par mail.

Non, elle ne s'était pas trompée. M. Callum McKinnel, tel était bien le nom, et ce qu'elle avait pris pour une adresse résidentielle dans la petite ville huppée de Jewell Rock était en réalité celle de la distillerie renommée des McKinnel. Elle ne buvait pas d'alcool, mais son grand-père avait toujours juré que le whisky des McKinnel était le meilleur du monde. Et comme tous les autres membres de sa famille, il en consommait suffisamment pour que son avis soit fiable !

Il était impossible de vivre dans la région sans avoir entendu parler de la famille McKinnel. Selon la rumeur, l'arrière-arrière-grand-père des actuels McKinnel – et ils étaient nombreux ! – avait autrefois versé dans la contrebande d'alcool. C'était d'ailleurs son visage qui figurait sur l'étiquette de la fameuse bouteille. Criminel ou pas, il avait la beauté du diable et, d'après ce qu'elle savait, ses descendants avaient hérité de ses traits.

Comment avait-elle pu ne pas faire le rapprochement ?

Un mois plus tôt, un avis de décès concernant Conall McKinnel avait paru dans le journal. Celui qui avait été le grand patron de la distillerie pendant près de quarante ans avait succombé à une crise cardiaque. Dans le communiqué figurait le nom de Lachlan McKinnel, un chef cuisinier qui avait remporté de nombreuses récompenses ; il était aussi invité de temps à autre à des émissions sur des chaînes régionales et tenait un blog où il communiquait ses recettes originales, le tout en élevant seul son fils handicapé. Il y avait également le nom de Callum – selon toute vraisemblance un frère de Lachlan et qui était la personne la plus célèbre qu'elle ait encore jamais rencontrée de sa vie.

Un coup de klaxon la fit sursauter, et elle se rendit compte qu'elle était garée au beau milieu de la route. Levant la main en signe d'excuse à l'intention du conducteur derrière elle, elle tourna à droite pour emprunter le pont au bout duquel se trouvait un ensemble de bâtisses d'apparence rustique. Le lac scintillait de part et d'autre, et elle frissonna à l'idée qu'à cette période de l'année il devait être glacial. Arrivée de l'autre côté du pont, elle découvrit une vue à couper le souffle ! Les bâtiments s'étendaient quasiment le long de toute la largeur du lac, et le mot « pittoresque » lui vint tout de suite à l'esprit. Bien que peints dans des tons marron, ils comportaient tant de fenêtres que l'ensemble n'avait pas du tout l'air sombre. Avec les sapins en arrière-plan et les parterres immaculés et bordés de pierre sur le devant, la distillerie des McKinnel évoquait la carte postale d'un lieu de plaisance. Quand la neige tomberait, dans un mois ou à peu près, le tableau serait magique.

Hélas, elle n'aurait aucun motif pour y revenir.

Déconcertée qu'un endroit où l'on fabriquait du whisky soit aussi beau et élégant, elle suivit la pancarte qui menait au parking. Il est vrai qu'elle avait toujours associé l'alcool à des concours de hurlements, des paroles bégayées d'une voix pâteuse, une haleine qui lui donnait la nausée et des prières pour que ses parents ne s'entre-tuent pas.

Au lieu des bandes blanches que l'on trouvait habituellement sur un parking, des fûts bien vernis servaient à délimiter les emplacements, ce qui la fit sourire. Quelqu'un, ou plus sûrement toute une famille, avait apporté énormément de soin pour que cette vieille bâtisse soit accueillante.

Quand elle descendit de voiture, elle fut frappée par l'air vif mêlé à un soupçon d'alcool et elle faillit oublier la boîte de chocolats sur son siège arrière. Résolue néanmoins à ne pas se laisser distraire par ce qui l'entourait, elle se dirigea d'un bon pas vers le bâtiment principal qui abritait visiblement un café, puisque des clients étaient assis à des tables, en terrasse. Sous peu, il ferait bien trop froid pour s'installer à l'extérieur, songea-t-elle en passant près de la table de touristes qui faisaient des selfies. Et si elle leur proposait de les prendre en photo ? se demanda-t-elle avant de se ressaisir bien vite et de se focaliser sur la raison qui l'avait conduite ici.

En dépit du contexte qui lui donnait envie de flâner, de dîner ou d'admirer le paysage, elle n'en demeurait pas moins la messagère d'une très mauvaise nouvelle pour l'un des célèbres McKinnel. À cette pensée, elle sentit l'appréhension la gagner.

Allons ! Ce n'était pas la première fois qu'elle était chargée d'une telle mission. D'ailleurs, même avant de lancer son affaire, elle était très douée pour annoncer le genre de nouvelles qu'elle s'apprêtait à révéler.

Déterminée néanmoins à repartir au plus vite de ce magnifique endroit qui, paradoxalement, suscitait un malaise chez elle, elle accéléra le pas et ouvrit la porte.

Si l'extérieur lui avait coupé le souffle par sa beauté imposante, l'intérieur était en revanche fort chaleureux, et elle eut l'impression d'entrer dans un doux cocon. Outre les décorations liées à l'automne – cucurbitacées, potirons et feuillages mordorés –, les murs étaient tapissés de centaines de bouteilles de whisky, de photos de famille en noir et blanc, et de vieilles affiches illustrant la dégustation du whisky. Comme elle s'y attendait, un feu brûlait dans l'âtre d'une immense cheminée, et elle eut l'impression d'avoir franchi le seuil d'un foyer accueillant plutôt que celui d'un commerce.

Dénouant son écharpe, elle se dirigea vers le comptoir, où elle prit son tour dans la file d'attente ; elle en profita pour lire les petites phrases écrites à la craie sur un tableau noir par de nombreux clients et qui étaient souvent drôles.

— Bonjour ! Que puis-je faire pour vous ?

Au son de cette voix de baryton, elle se retourna vivement, sa main se crispant sur la boîte de chocolats quand son regard se heurta à un torse imposant. Elle leva les yeux et se retrouva face à un homme d'une beauté des plus troublantes. De haute stature et brun, il avait les yeux vert émeraude, couleur qui se trouvait être sa préférée. Même s'il portait un pantalon anthracite et une chemise gris clair frappée du logo de la distillerie, il était évident, au vu de son corps vigoureux et musclé, et de sa cicatrice juste au-dessus de sa paupière droite, qu'il ne passait pas toutes ses journées derrière un bureau.

— Recherchez-vous un cadeau ou bien êtes-vous là pour une dégustation ? lui demanda-t-il.

Elle sursauta et s'aperçut qu'elle était littéralement restée bouche bée devant cette apparition. Ignorant le curieux vertige qui venait de la saisir – avait-elle pivoté trop vite sur elle-même ? –, elle redressa les épaules et déclara d'une voix aussi professionnelle que possible :

— Bonjour. Je cherche Callum McKinnel.

Et ce ne pouvait pas être lui, car aucune femme en possession de toutes ses facultés mentales n'aurait pu laisser tomber un homme comme lui.

— Dans ce cas, ne cherchez plus, vous m'avez trouvé.

Sur ces mots, il lui adressa un sourire sexy d'une illégalité avérée avant de lui tendre la main.

— En quoi puis-je vous aider ?

C'était *lui*, Callum ? Oh non… Elle sentit le rouge lui monter aux joues et, passant fébrilement la boîte de chocolats de sa main droite à la gauche, elle lui serra la main. Elle était ici pour des raisons professionnelles, pas pour se rincer l'œil !

— Peut-on aller dans un endroit un peu plus privé ? s'enquit-elle en espérant que sa voix ne semblerait pas trop tendue.

Callum haussa un sourcil de façon adorable, un air amusé au coin des lèvres.

— Avons-nous rendez-vous ?

Elle secoua la tête, s'efforçant de ne pas regarder sa bouche, qui était peut-être encore plus exquise que ses sourcils. Une bouche à baisers, en fait.

— Non, mais j'ai besoin de vous parler, répondit-elle. Je dois vous transmettre un message de la part de

Bailey, et je préférerais que nous soyons seuls quand vous l'entendrez.

À la mention de ce prénom, son sourire s'effaça et il fronça les sourcils.

— Venez par ici, dit-il.

Et il posa la main sur le bas de son dos pour la guider, tandis qu'elle se mordait la lèvre afin de retenir un gémissement de plaisir. Que lui arrivait-il, bon sang ? Elle n'osait pas imaginer comment son corps aurait réagi si cette paume était entrée directement en contact avec sa peau…

Tandis que Callum l'entraînait vers un endroit plus privé, elle reprit sa respiration et s'efforça de se ressaisir. C'était sans doute la distillerie qui déclenchait ces impressions étranges en elle, les vapeurs d'alcool.

— Nous pourrons discuter tranquillement ici, dit-il.

Et il ouvrit une porte portant un écriteau flambant neuf sur lequel elle lut : « Callum McKinnel, directeur ».

L'ameublement du bureau ne convenait pas du tout à son occupant ! Telle fut la première pensée qui lui traversa l'esprit quand elle entra.

Ah bon ? Et comment connaissait-elle ses goûts ?

— Asseyez-vous, lui proposa Callum en désignant un fauteuil en cuir noir et brillant.

— C'est bon, je vais rester debout, répondit-elle précipitamment. En revanche, je pense que vous devriez vous asseoir.

— Ce que vous allez m'annoncer est donc si terrible ?

Elle n'aurait su interpréter son ton, mais elle fut rassurée de le voir obtempérer et prendre place derrière son bureau dans son grand fauteuil luxueux. Puis il la regarda d'un air impatient.

Prenant une inspiration, elle se lança.

— Je viens de la part de Bailey Sawyer.

S'efforçant de soutenir le regard de Callum, qui la décontenançait, elle s'éclaircit la gorge et poursuivit :

— Vous sortez ensemble depuis cinq ans, et elle est tout à fait consciente que vous avez tous deux consacré beaucoup de temps et d'énergie à cette relation. Elle a vécu une période merveilleuse avec vous, mais je suis au regret de vous informer qu'elle n'a plus envie d'avoir l'honneur d'être votre fiancée. Elle vous considère davantage comme un frère ou son meilleur ami et, même si vous avez passé de très bons moments ensemble, en matière de sexe, son attirance pour vous s'est étiolée.

Il écarquilla les yeux, et cette fois elle détourna les siens, se sentant rougir. Problème récurrent dans sa profession, l'incompatibilité physique représentait l'une des premières causes qui conduisaient une personne à rompre avec son partenaire, et elle s'enorgueillissait de toujours l'annoncer avec tact. En outre, elle n'avait rien d'une prude. Aujourd'hui toutefois, en prononçant le mot « sexe » devant Callum McKinnel, elle s'était sentie redevenir l'adolescente qui lisait en cachette *Les Joies du sexe* dans la chambre de ses parents…

Bon sang, mais quelle chaleur, dans ce bureau ! Elle s'efforça de s'imaginer sous une douche froide tout en essayant de se rappeler la seconde partie de son speech… Bailey Sawyer ne l'avait pas largement rétribuée pour qu'elle rate sa rupture avec son petit ami de longue date.

Ah ! cela lui revenait !

— Vous êtes une personne formidable, mais Bailey s'est rendu compte que vous n'étiez pas son type d'homme. Elle ne pense pas que vous ayez les mêmes aspirations qu'elle et vous souhaite le meilleur pour l'avenir. Elle est certaine qu'un jour vous rencontrerez une femme pour qui vous serez le mari idéal, mais pour sa part elle ne veut plus être votre deuxième priorité, après le travail.

Le cœur battant maintenant à tout rompre, elle fit un pas en avant et posa la boîte de chocolats belges sur le bureau.

— De la part de Bailey. Ce sont apparemment vos favoris.

Callum McKinnel considéra les chocolats d'un air dégoûté, comme s'il s'agissait d'un animal écrasé.

— Plus maintenant, marmonna-t-il.

Il passa la main dans son épaisse chevelure brune et ajouta :

— Excusez-moi, c'est une blague, n'est-ce pas ?

Callum regardait fixement la femme qui se tenait debout devant lui, s'attendant à ce qu'elle dise : « Souriez, c'était pour *Candid Camera* » ou quel que soit le dernier nom de cette émission idiote. Elle était presque aussi grande que lui et délicieusement féminine, en dépit du message dont elle était porteuse. Sous son manteau d'hiver, il devinait aisément des formes placées aux bons endroits. Elle avait attaché ses cheveux blond caramel en un chignon haut, sans doute pour se donner un air professionnel, mais il l'imaginait sans peine avec les cheveux détachés. Lui avait-elle seulement dit son nom ?

— Je suis désolée, mais non, répondit-elle au bout de quelques instants qui lui parurent une éternité.

Il haussa les sourcils, un peu surpris tout de même par le caractère étrange de la situation et, pour être honnête, très agacé.

— Pouvez-vous me dire ce que ma relation avec Mlle Sawyer a à voir avec vous ?

À nouveau, elle toussota, puis jeta un coup d'œil vers la porte, comme si elle envisageait de fuir. Qu'elle ne compte pas là-dessus ! Il la retiendrait jusqu'à ce qu'elle lui fournisse une explication valable.

— Je suis experte en rupture, déclara-t-elle comme s'il était familier de cette profession.

— Experte en *quoi* ?

Au fond, il s'agissait peut-être bel et bien d'une plaisanterie. Bailey ne se considérait-elle pas un peu comme une comédienne ? Néanmoins, il doutait qu'elle l'aurait interrompu dans son travail « pour rire », connaissant l'importance que la distillerie occupait dans son emploi du temps, surtout depuis la mort de son père et sa nomination au poste de directeur.

— Je suis experte en rupture, répéta-t-elle. J'ai pour tâche difficile de mettre fin à une relation à la place des personnes qui ne se sentent pas capables de s'en charger elles-mêmes.

— Vous voulez dire des lâches qui recherchent une solution de facilité ? Je n'arrive pas à croire que notre société en soit arrivée là. Mais quel genre de personnes fait cela ?

— Celles qui se soucient profondément de leur partenaire et ont le sentiment qu'elles risquent de finir dans une relation insatisfaisante par égard pour l'autre, pour ne pas le blesser. Bailey a eu à cœur de servir vos intérêts en s'adressant à moi.

— Non, je voulais dire qui exerce une telle profession ?

— Oh…

Elle rougit puis baissa les yeux, examinant le bout de ses chaussures avant de relever la tête et de croiser les bras.

— Les raisons qui ont motivé mon choix professionnel ne vous regardent pas, monsieur McKinnel. Et maintenant, veuillez m'excuser, j'ai un autre rendez-vous. Bonne journée !

Sur ces mots, elle tourna les talons et s'éclipsa avant qu'il ait le temps de répliquer.

Gagnait-elle réellement sa vie avec ce genre de numéros ?

Se levant, il fonça derrière elle, zigzaguant entre les clients, nombreux au moment du déjeuner, mais elle avait été si rapide qu'il perdit sa trace. Jurant, il arriva dehors juste à temps pour apercevoir une petite voiture rouge sortant du parking.

— Bon sang !

Il fouilla ses poches en quête de ses clés de voiture, et fila derrière la bâtisse où était garé son SUV. Conscient d'agir sur une impulsion, il était malgré tout incapable de se ressaisir. Il démarra et s'élança à la poursuite de cette femme étrange, manquant presque, dans sa hâte, de renverser un tonneau sur le parking. Il la rattrapa au moment où elle tournait pour prendre la direction de Bend, la ville la plus proche de Jewell Rock.

Sans quitter la route des yeux, il appela sa sœur.

— Distillerie McKinnel, bonjour ! Sophie à l'appareil. Que puis-je faire pour vous ?

— C'est moi, répondit-il d'un ton brusque. Écoute, j'ai dû sortir. Tu peux prendre mes appels pendant une heure environ ?

— Sorti ? Pour aller où ?

Il était évident que Sophie avait du mal à le croire.

— Il s'est passé un truc. Appelle-moi en cas d'urgence.

— Je suis sans doute jeune et qui plus est une femme, répondit-elle avec ironie, mais je pense pouvoir gérer la distillerie pendant une heure ou deux. Profite bien de ton rendez-vous mystérieux.

Il se retint de hurler. Si elle savait ce qu'il était en train de faire…

— Merci, Soph. Je te revaudrai ça, marmonna-t-il alors que le feu passait à l'orange.

Déterminé à ne pas perdre de vue le bolide rouge qu'il poursuivait, il accéléra avant que le feu passe au rouge, tout en vérifiant dans son rétroviseur qu'il n'y avait pas de policiers derrière lui.

Quand ils sortirent de la ville et prirent la nationale en direction de Bend, il jeta cette fois un coup d'œil sur la jauge d'essence. Par chance, elle était presque pleine.

Il décida d'appeler Bailey, juste pour s'assurer que la femme qu'il pourchassait n'était pas une détraquée, même si son assurance attestait d'une certaine légitimité.

Bailey, qui répondait *toujours* au téléphone, ne décrocha pas, et il tomba directement sur sa messagerie : « Bonjour, ici Bailey Sawyer. Laissez-moi un message et je vous rappellerai sous peu. À bientôt. »

— Bailey, mais qu'est-ce que tu fiches, enfin ? Rappelle-moi.

Il suivit, tel un automate, la petite voiture rouge et soudain il envisagea la possibilité que tout cela ne soit pas un canular. Que dirait-il à sa mère si Bailey avait réellement rompu avec lui ? Sa mère qui avait été si heureuse quand il s'était fiancé avec la fille de sa meilleure amie. Puis contrariée de constater qu'il leur fallait autant de temps pour aller plus loin en officialisant leur relation par le mariage. Cette rupture, alors qu'elle avait perdu son mari il y a peu, la dévasterait. Il sentit une colère contre Bailey monter en lui et il en manqua presque le moment où la voiture rouge bifurqua à gauche, avant Bend.

Il freina brutalement et fit une embardée pour la suivre, conscient qu'il était encore adolescent et venait juste d'obtenir son permis la dernière fois qu'il avait conduit aussi imprudemment.

Trois minutes plus tard, l'experte en rupture s'engageait dans une allée qui menait à une maison modeste, nécessitant visiblement une bonne rénovation.

Il se gara dans la rue, au bout de l'allée. Devait-il l'aborder tout de suite, ou attendre qu'elle en ait terminé avec le chanceux « client » suivant ? Mais quand il la vit ouvrir la porte d'entrée avec ses clés, et pénétrer à l'intérieur, il comprit qu'elle vivait ici.

Dans ce cas…

Bondissant de son SUV, il se prépara mentalement à affronter cette femme. Il allait exiger une solide explication et lui dire ce qu'il pensait de son choix de carrière !

La porte étant restée ouverte, il entra dans le vestibule, et sa fureur se calma aussitôt. Soit cette femme était désordonnée de façon quasi pathologique, soit elle avait été victime d'un cambriolage. Les carreaux cassés qu'il aperçut alors lui confirmèrent la seconde hypothèse.

Au milieu du désastre, elle se pencha pour ramasser un vase qui gisait sur le sol, puis pivota brusquement sur elle-même, comme si elle s'apprêtait à se ruer sur lui.

— Ne bougez pas ! s'écria-t-elle.

Il se figea, levant les mains en signe de paix.

— Vous ici ? Mais qu'est-ce que vous faites chez moi ? demanda-t-elle.

— Je… Euh…

Pour la première fois de sa vie, il resta sans voix. Le moment n'était de toute évidence pas propice au règlement de comptes.

— Peu importe, marmonna-t-elle.

Elle jeta le vase sur son canapé, puis se dirigea vers le fond du corridor en hurlant :

— Muffin ! Muffin !

Sourcils froncés, Callum lui emboîta le pas tout en constatant les dégâts. Tout avait été retourné ! Une violation de domicile caractérisée. Au moment où il sortait son portable de sa poche pour appeler la police, elle se retourna.

— Muffin n'est plus là, dit-elle d'une petite voix.

— Pardon ?

— Mon chien, précisa-t-elle en éclatant en sanglots.

Puis elle passa devant lui pour se précipiter vers la porte.

— Muffin ! Muffin ! appela-t-elle tout en parcourant la cour de devant.

Il sortit à son tour sur le porche. Dans quel pétrin venait-il de se fourrer ? S'il avait été plus raisonnable, il serait tout de suite remonté dans son SUV, aurait appelé la police et serait rentré à la distillerie. Sauf qu'il n'était pas homme à abandonner une femme en détresse.

— Hé ! dit-il, ignorant toujours son nom. À quoi ressemble Muffin ? Je vais vous aider à le trouver.

Elle se figea et le considéra un instant avec attention, se demandant de toute évidence si elle pouvait ou non lui faire confiance. Puis elle répondit :

— C'est un cocker anglais roux, de cette hauteur environ…

Et elle indiqua le niveau de ses genoux avant de poursuivre :

— Il porte un collier rouge avec un cœur en or dans lequel il y a son numéro d'identification. Il a un pelage abondant.

— OK, je vois. Je vais faire le tour du quartier. Pendant ce temps, vous pourriez peut-être interroger le voisinage ? Il se peut que certaines personnes l'aient vu.

Elle semblait plus inquiète pour son chien que sa

maison, nota-t-il. Cela dit, le coupable devait être loin, à présent. Autant se préoccuper de son chien.

— Merci, répondit-elle d'une voix étranglée.

Il s'élança vers son SUV en soupirant.

Quand il s'était réveillé ce matin, il était fiancé et devait se marier, et à présent il était de toute évidence célibataire et recherchait le chien d'une étrangère. Quelle prochaine folie l'attendait au tournant ?

- 2 -

— Vous l'avez trouvé ? s'enquit Chelsea une demi-heure plus tard quand Callum McKinnel descendit de son SUV qu'il avait cette fois garé dans son allée, derrière sa voiture.

— Non, je suis désolé.

Il paraissait si sincère qu'elle se sentit presque coupable d'avoir quasiment fui de son bureau, tout à l'heure, sans lui avoir offert la moindre consolation après l'annonce fracassante de la fin de ses fiançailles. Ses services comprenaient normalement le réconfort apporté à la personne abandonnée, et il lui arrivait souvent de passer une heure avec celui ou celle qui avait le cœur brisé par cette rupture. Les ex de ses clients ou clientes s'ouvraient alors à elle et, à la fin de cette petite séance, la plupart lui avouaient que c'était finalement ce qui avait pu leur arriver de mieux. Comme sa vieille amie Rosie le disait, certaines personnes pouvaient confectionner des soufflés qui ne s'effondraient pas au milieu, d'autres étaient capables de jouer d'un instrument de musique, et puis il y avait son talent à elle, Chelsea, qui résidait dans l'art d'annoncer les ruptures. Force était de constater que, concernant Callum McKinnel, elle avait lamentablement échoué, ayant été totalement déstabilisée par le personnage.

Et voilà qu'à présent c'était lui qui lui proposait son aide !

— J'imagine que vous non plus ? ajouta-t-il.

Elle secoua la tête en reniflant, car ses larmes menaçaient de couler à nouveau. Elle détestait pleurer, qui plus est devant quelqu'un ; elle avait la sensation d'être fragilisée. Mais en l'occurrence, Muffin étant la seule chose qui comptait vraiment pour elle, les circonstances étaient exceptionnelles. Comment allait-elle survivre, si son chien ne revenait pas ?

— Rentrons, suggéra Callum.

Et il passa un bras autour de ses épaules, la prenant au dépourvu. Cet homme était si chaleureux, si solide… Et elle avait tellement besoin d'une épaule sur laquelle se reposer… Malgré tout elle se dégagea et se dirigea vers la porte, tandis qu'il lui emboîtait le pas. Pourquoi s'attardait-il chez elle ? Elle l'ignorait et n'avait pas non plus l'énergie de trouver une réponse.

Tout à l'heure, en entrant, obnubilée par Muffin, elle n'avait pas prêté attention au désordre. Oh ! Seigneur ! C'était à peine si elle reconnaissait sa maison ! En tant que célibataire, il lui était facile d'avoir un intérieur toujours rangé. Mais là… Une tornade n'aurait pas fait pire ! Il lui faudrait de longues heures pour tout remettre en ordre, mais sa priorité actuelle, c'était de retrouver Muffin.

— Je ne comprends pas très bien ce qu'ils recherchaient, murmura-t-elle en contemplant le capharnaüm, consternée.

— Peut-être que c'étaient des adolescents en mal de sensations fortes. Vous devriez appeler la police avant de toucher à quoi que ce soit.

— Je vais d'abord taper et imprimer en grand nombre

un avis de recherche que j'afficherai un peu partout dans le quartier. Mon chien ne s'est pas volatilisé.

Sur ces mots, elle se dirigea vers son bureau et éclata en sanglots. La table était renversée, son ordinateur semblait cassé et son imprimante était en pièces.

Elle entendit Callum jurer, et deux secondes plus tard il lui tendait un mouchoir en tissu d'un blanc éclatant.

— Tenez, dit-il.

Elle le prit, surprise. Tiens, les hommes possédaient encore de tels mouchoirs ?

— Merci, murmura-t-elle en s'essuyant les yeux.

— C'est ma mère qui insiste pour que j'en aie toujours un sur moi, expliqua-t-il, comme s'il avait deviné ses pensées. Elle dit que l'on ne sait pas ce qui peut arriver. Même si je ne lui avouerais jamais, je dois reconnaître qu'il m'est de temps en temps utile.

Elle en sourit presque.

— À propos, je m'appelle Chelsea Porter. Et remerciez votre mère de ma part.

— Entendu. Je crois qu'il n'est pas nécessaire que je me présente. Vous voulez boire quelque chose ? Je peux vous faire un café ou bien vous servir un réconfortant plus fort, si vous en avez. Je vous aurais volontiers proposé du whisky, mais j'ai quitté un peu précipitamment la distillerie, et je n'en ai pas pris.

Elle le regarda d'un air étonné. N'était-ce pas elle qui était censée lui offrir à boire ?

— Merci, mais ma seule préoccupation, c'est de retrouver Muffin, répondit-elle.

Et puis elle ne buvait jamais d'alcool, ce qu'il n'avait pas besoin de savoir.

— Je sais que vous vous inquiétez pour votre chien,

dit-il avec douceur. Laissez-moi appeler la police, et ensuite je vous aiderai à faire les avis de recherche pour Muffin.

Elle renifla puis le regarda droit dans les yeux. Bon sang, il était adorable et serviable alors qu'ils ne se connaissaient même pas !

— Vous êtes vraiment très gentil avec moi étant donné… ce que je viens de vous annoncer.

Il haussa les épaules, visiblement peu ébranlé par ce *détail*.

— J'ai deux sœurs, plus jeunes, qui sont coutumières des crises de larmes, expliqua-t-il.

— Je peux vous assurer que je ne m'effondre pas ainsi, en temps normal.

À cet instant, elle vit le coin de ses lèvres frémir et elle ne put s'empêcher de sourire, elle aussi.

— En outre, enchaîna-t-il, ma mère ne me le pardonnerait pas si je vous abandonnais dans une situation pareille.

— Votre mère a l'air d'être une personne fort sensée.

— Je dois reconnaître qu'il y a pire, comme mère. Cela dit, si vous préférez, je peux appeler une de vos amies qui vous soutiendra.

Elle aurait dû lui dire de partir et contacter elle-même une amie mais, à dire vrai, elle ne s'était pas fait de vraies amies depuis son arrivée à Bend. Des connaissances, assurément, mais personne à joindre en cas d'urgence. Par ailleurs, même si c'était pathétique, elle ne voulait pas rester seule après ce cambriolage qui lui rappelait qu'elle avait beau lutter avec énergie pour mener à bien les entreprises qui lui tenaient à cœur, elle ne détenait pas encore totalement le contrôle de sa vie.

— Il n'y a pas très longtemps que je me suis installée à Bend, je n'ai pas encore eu le temps de nouer de véritables amitiés, ici, avoua-t-elle. Mais vous n'avez pas à jouer les baby-sitters, je suis une grande fille, vous savez.

— Grande, vous l'êtes effectivement. Vous m'arrivez au menton. Et sans talons, fit-il remarquer d'un air amusé.

Il avait donc vu qu'elle n'en portait pas ? Malgré elle, elle se sentit impressionnée et, ma foi, un peu flattée aussi. Ce qui était ridicule. Mais jusqu'ici, elle n'avait rencontré que des hommes qui ne remarquaient rien, sauf quand elle était nue. Callum, lui, était... différent.

Elle se ressaisit. Sa priorité était de retrouver Muffin.

À cette pensée, son pouls s'accéléra à nouveau, et elle s'efforça de retenir un nouveau flot de larmes.

— Malgré tout, reprit Callum, il serait préférable que vous ne gériez pas ce cambriolage seule. Laissez-moi appeler la police, et nous aviserons ensuite de la marche à suivre.

Sur ces mots, il sortit sur la terrasse et, quelques instants plus tard, sa voix d'une sensualité sans égale s'éleva.

Dans un soupir, elle s'écroula sur le canapé, incapable de croire à ce qui lui arrivait. Tout semblait si irréel ! Callum, qu'elle venait juste de rencontrer, lui apportait une aide précieuse dans un moment difficile.

D'abord, la disparation de Muffin la chamboulait profondément. Depuis qu'elle l'avait sauvé d'un chenil, trois ans plus tôt, il était toujours venu l'accueillir à la porte, lui faisant fête quand elle rentrait. Ce que l'on racontait sur la loyauté d'un chien était absolument fondé, et elle se sentait bien plus proche de lui que de n'importe quel être humain.

Et puis sa maison, qu'elle avait tenté de rendre gaie en la remplissant de coussins aux couleurs vives, de décorations originales et de citations joyeuses sur la beauté de la vie, dans cet état... Et si vide, sans Muffin.

— La police ne va pas tarder, déclara Callum en revenant dans le salon.

— Très bien, merci.

Il prit place à l'autre bout du canapé, et son ventre se contracta légèrement en raison de cette proximité. Aucun homme n'était venu chez elle depuis qu'elle s'était installée ici.

— En attendant, reprit-il sans paraître le moins du monde troublé par sa proximité à elle, la police vous suggère de noter ce qui vous manque pour pouvoir leur donner une liste. Ils préféreraient aussi que vous ne déplaciez rien et ne touchiez à rien, dans la mesure du possible. Pendant ce temps, je vais appeler les vétérinaires et les chenils des environs, et leur décrire Muffin. Avez-vous une photo de lui ?

Elle hocha la tête puis chercha des yeux, dans le désordre indescriptible, une photo encadrée de son chien avant de renoncer et de sortir son portable.

Elle fit alors défiler ses photos, en quête de celle qui ne serait pas un selfie d'elle et de Muffin, et elle finit par en trouver une où il se tenait sur la terrasse, aux aguets, ce qui était rare chez lui.

— Il est très mignon, dit Callum en lui prenant son téléphone des mains.

Leurs doigts s'effleurèrent, et à cet instant elle ressentit de curieux picotements tout chauds au fond de son ventre. Elle s'efforça de demeurer impassible.

— N'est-ce pas ?

Là-dessus, elle soupira et ajouta :

— Je vais répertorier ce qui manque.

Pour commencer, Callum appela une entreprise de sécurité locale et lui demanda de venir dès que possible chez Chelsea afin de réparer les carreaux et de changer les serrures. Il espérait qu'elle avait une assurance qui couvrirait le sinistre ; faute de quoi, il réglerait la facture, ce serait sa BA de la journée. Puis il téléphona à tous les chenils et cliniques vétérinaires qu'il trouva sur Internet à proximité de Bend, en leur laissant son numéro de portable, s'étant rendu compte dès son premier appel qu'il ne connaissait pas celui de Chelsea. En outre, il supposait que ses coordonnées personnelles figuraient sur le collier de Muffin et que, par conséquent, si quelqu'un le trouvait, elle serait la première informée.

Il venait juste de passer son dernier coup de fil quand une voiture de police se gara le long du trottoir.

— Vous avez appelé pour un cambriolage ? demanda le premier policier pendant que son collègue sortait de voiture.

— Exact, répondit-il.

Et il réprima un sourire face au couple contrasté que formaient les nouveaux venus : l'un était petit et grassouillet, et l'autre grand et filiforme.

— C'est chez vous, ici ? demanda ce dernier.

— Non, répondit-il en les conduisant vers l'entrée. C'est Chelsea Porter qui habite ici. C'est…

Bon sang, qui était-elle à part une femme qui était entrée dans son bureau pour déposer une bombe qui avait fait exploser son monde ? Ou du moins ce qui lui avait alors paru comme tel car, passé le choc initial, il ne ressentait rien d'autre en réalité que de l'agacement. Contre Bailey, pas Chelsea.

— C'est une amie.

Après tout, la nature exacte de leur relation ne regardait pas la police.

Munie d'un carnet et d'un stylo qu'elle mordillait, Chelsea se trouvait au milieu du salon. Même avec les sourcils froncés, elle était magnifique, remarqua-t-il tout en se demandant si, eu égard aux pensées qui lui traversaient l'esprit, Bailey ne lui avait finalement pas accordé une faveur, en rompant… Il l'aimait, bien sûr – ils s'étaient connus alors qu'ils portaient encore des couches-culottes et s'étaient beaucoup amusés ensemble –, mais il devait aussi admettre qu'il s'était fiancé avec elle pour montrer à son père qu'il était capable de se mettre en ménage. Il souhaitait bien sûr fonder une famille, un jour, et, comme Bailey et lui se connaissaient depuis toujours, cela lui avait semblé aller de soi.

— Waouh ! Quel chantier ! s'exclama le plus jeune des policiers. C'est impressionnant.

À cet instant, Chelsea se retourna et ôta son stylo de sa bouche.

— Bonjour, je suis le brigadier Moore et voici l'agent Fernandez, dit le plus âgé des deux. Je suppose que vous êtes Chelsea Porter. Je suis désolé pour ce qui vous est arrivé, et j'imagine que vous avez envie de tout ranger au plus vite, donc nous…

— Je me fiche de toute cette pagaille, l'interrompit Chelsea. Dites-moi juste les informations qui vous sont nécessaires pour m'aider à retrouver mon chien.

— Votre chien a disparu ? demanda le brigadier Moore.

Elle hocha la tête.

À cet instant, l'agent Fernandez désigna le carnet qu'elle tenait à la main.

— Est-ce la liste de ce qui vous manque ? demanda-t-il.

— Oui, et j'ai l'impression que l'on ne m'a rien pris du tout, répondit-elle.

L'agent Fernandez fronça les sourcils.

— À part votre chien, dit-il.

Chelsea le regarda un instant avant de pâlir brusquement.

— Vous pensez qu'ils ont *volé* Muffin ? murmura-t-elle. Je croyais qu'il s'était enfui car il avait eu peur.

Et sur ces mots, elle s'écroula sur le canapé.

Aussitôt, Callum traversa la pièce pour venir s'asseoir à ses côtés avant de jeter un regard furieux au jeune policier.

Adressant un sourire sympathique à Chelsea, le plus âgé reprit :

— Ne tirons pas de conclusions hâtives, madame. Je vais vous poser quelques questions qui vont nous permettre d'orienter l'enquête.

— Entendu, répondit-elle d'une voix tremblante.

Le brigadier commença par les questions usuelles. Combien de temps s'était-elle absentée ? À quelle heure était-elle rentrée ? Avait-elle touché à quelque chose ?

Callum voyait clairement la nervosité gagner Chelsea au fur et à mesure de l'interrogatoire.

— Pensez-vous qu'ils auraient pu rechercher quelque chose de précis, chez vous ?

Elle haussa un sourcil.

— Je gagne ma vie honnêtement, et je n'ai pas de bijoux de famille cachés dans ma maison, si c'est ce que vous insinuez, répliqua-t-elle sèchement.

Callum sourit. Elle ne manquait pas de caractère !

— Très bien. Et quelle profession exercez-vous ? demanda le jeune policier.

Callum lutta contre son envie de lui faire remarquer qu'à son ton on aurait cru que c'était Chelsea qui avait commis un crime.

— Je suis experte en rupture, répondit-elle de la même façon qu'elle aurait dit « coiffeuse » ou « infirmière ».

Comme Callum un peu plus tôt dans la journée, les deux policiers parurent étonnés et confus.

— J'annonce au partenaire de mes clients par téléphone, e-mail ou en me présentant en personne que ceux-ci veulent rompre, précisa-t-elle. Mais je ne vois vraiment pas le rapport avec ce qui vient de se passer.

— Hum, au vu de votre… *métier*, pensez-vous qu'un de ces hommes à qui vous avez annoncé une rupture aurait pu vous en vouloir ? demanda le brigadier Moore. Peut-être l'un d'entre eux a-t-il voulu vous faire souffrir comme vous l'avez lui-même fait souffrir ? Une vengeance, en quelque sorte.

— Tout d'abord, il n'y a pas qu'aux hommes que j'annonce des ruptures, rétorqua-t-elle, les yeux brillants. D'autre part, ce n'est pas moi qui les fais souffrir mais leur partenaire. Et pour terminer, je suis douée pour ce que je fais. Par conséquent, je pense que votre idée de vengeance ne tient pas. Bon, vous avez fini ? Parce que, pendant que l'on est en train de discuter, on ne cherche pas mon chien. Qu'allez-vous faire précisément pour le retrouver ? Signaler sa disparition ? Envoyer vos collègues le chercher ?

Un petit sourire méprisant aux lèvres, l'agent Fernandez répondit d'un ton condescendant :

— Les disparitions de chiens ne relèvent pas de notre domaine de compétences. Je vous suggère donc…

— Cependant, l'interrompit son supérieur, comme votre chien a sans doute été volé, cela relève de notre responsabilité. Je vous assure que nous allons tout mettre en œuvre pour le retrouver, vous le ramener et éclaircir cette affaire.

— Merci, répondit-elle en se levant.

Elle raccompagna les deux hommes puis saisit une casquette accrochée au portemanteau, s'en coiffa et allait sortir quand elle se ravisa, comme si elle se souvenait soudain de quelque chose. En l'occurrence… de sa présence.

— Merci à vous aussi, Callum. Pour tout. Vous avez fait preuve d'une grande générosité envers moi, et si je peux faire quoi que ce soit pour vous dédommager…

— Il n'en est pas question. Vous sortez chercher Muffin, n'est-ce pas ?

— Oui, je veux passer les environs au peigne fin avant la tombée de la nuit.

— Dans ce cas, je vous propose mon aide. Il faut que quelqu'un reste ici pour attendre l'entreprise de sécurité.

Elle fronça les sourcils. De toute évidence, elle n'avait pas pensé un seul instant que sa maison était ouverte à tous les vents. Détail qui ne sembla pas la traumatiser outre mesure.

— Non, ce n'est pas la peine, vous en avez déjà fait beaucoup, répondit-elle.

Exact. Et il était incapable de comprendre pourquoi, pas plus qu'il n'était en mesure de la laisser seule régler ses problèmes. Elle paraissait si désemparée par la disparition de son chien ! Et puis cette maison ne pouvait pas rester sans surveillance alors que n'importe qui pouvait y pénétrer.

— Ma conscience me dicte de vous aider, Chelsea. Maintenant, filez et tentez de trouver Muffin. Je reste ici. Sauf si vous ne me faites pas confiance, bien sûr !

— Je ne fais confiance à personne mais, pour tout vous dire, je me fiche pas mal de ce qu'il y a dans cette maison.

Et sur ces mots, elle tourna les talons et sortit.

Il ne put s'empêcher de poser le regard sur son joli postérieur, et il sentit un élancement du côté du bas-ventre.

Réprimant un juron, il appela sa sœur pour lui dire qu'il serait absent plus longtemps que prévu. Cette dernière eut la sagesse de s'abstenir de le questionner.

Sa vie avait subitement pris un tournant très compliqué, et il n'était pas certain d'être capable d'expliquer tout ce qui lui était arrivé aujourd'hui. Encore moins de le comprendre !

- 3 -

Callum regarda sa montre, espérant que l'entreprise de sécurité n'allait pas tarder, puis il se mit à inspecter à nouveau le désordre qui régnait dans ce petit pavillon. Les policiers avaient fait leur travail – même s'il n'était pas certain qu'ils aient réellement pris l'affaire au sérieux –, de sorte qu'il pouvait commencer à ranger un peu sans craindre d'effacer des preuves. Ce n'était pas sa maison, bien sûr, mais il n'était pas du genre à s'asseoir et à se tourner les pouces.

Posant son téléphone sur le comptoir de la cuisine, il releva ses manches. Par où devait-il commencer ? Peu désireux d'être indiscret en tombant sur des choses privées, il rassembla tout d'abord le verre cassé et les objets endommagés.

Il trouva des sacs-poubelle dans un tiroir de la cuisine, et un aspirateur dans un des placards de l'entrée. Puis il tenta de s'y retrouver parmi les monceaux de débris. Il découvrit des pièces de puzzle éparpillées un peu partout, jusque sous le bureau de Chelsea, et une photo encadrée qui semblait miraculeusement avoir été épargnée par le carnage.

C'était celle d'un vieil homme dans un fauteuil usé ; une adolescente se tenait derrière lui et l'enlaçait par le cou. La jeune fille aux cheveux blonds détachés devait être Chelsea ; elle arborait un grand sourire, qui n'atteignait pourtant pas son regard.

Il chercha d'autres photos mais n'en trouva pas. Peut-être dans les autres pièces ou dans des albums.

Il regarda de nouveau la photo. Chelsea avait l'air anxieuse, tracassée, exactement comme aujourd'hui. Quelle pouvait bien être son histoire ? Cet homme était-il son unique famille ?

Et puis cette série de citations sur les murs : « Tout ce que je cherche est déjà en moi », ou encore « Laisse ton âme s'épanouir », ou bien « On n'est jamais trop âgé pour faire un souhait sous une étoile ». Cela donnait l'impression qu'elle avait tenté de créer un havre de paix, ici, mais l'ensemble sonnait creux. Il manquait quelque chose…

Soudain il sursauta. On venait de frapper à la porte.

— Ohé ! Il y a quelqu'un ? demanda une voix d'homme.

Callum soupira. Franchement, les gens laissaient-ils leur porte ouverte quand ils n'étaient pas chez eux ?

— Oui, j'arrive ! répondit-il.

Reposant la photo sur le bureau, il se dirigea vers l'entrée.

Un homme de petite taille mais bien musclé le salua et, après une rapide inspection des lieux, laissa échapper un long sifflement.

— Eh bien, quelqu'un s'en est donné à cœur joie, chez vous !

Callum ne fit aucun commentaire, se contentant de hocher la tête et d'enchaîner :

— Il faut remplacer les serrures de toutes les portes et réparer les carreaux. Pouvez-vous aussi changer les loquets des fenêtres ? ajouta-t-il après une courte hésitation.

Les clenches actuelles étaient en effet si peu solides

qu'un coup d'épaule aurait suffi à les faire céder. Étant donné la profession que Chelsea exerçait, elle devait habiter dans une maison bien sécurisée. Si même lui, d'un tempérament plutôt équilibré, avait éprouvé de la colère envers elle une fois qu'elle lui eut délivré le message de rupture de Bailey, il imaginait aisément la réaction de personnes plus impulsives que lui ! Et cette idée le mettait mal à l'aise.

— *No problemo*, répondit l'ouvrier, en posant sa boîte à outils pour l'ouvrir.

Il se mit aussitôt au travail et, même s'il sifflait constamment, il était d'une efficacité redoutable, ce dont Callum se réjouit.

Pendant ce temps, il continua à ranger et fut satisfait de constater que ses progrès étaient visibles, contrairement à ce qu'il aurait cru au départ. Sa mère aurait été fière de lui, elle qui se vantait d'avoir élevé des héros. Quant à Bailey, elle ne savait pas ce qu'elle avait perdu !

Bailey… Il commençait à se demander si elle ne lui avait pas fait une faveur en rompant. Elle avait raison : il n'avait pas de temps à lui consacrer en ce moment étant donné qu'il était entièrement accaparé par la distillerie qu'il tenait à redynamiser.

Il soupira en pensant à la somme de travail qui l'attendait, d'ailleurs, et sans certitude de résultats immédiats.

Son père n'avait pas vraiment aidé la famille en prétendant que tout allait bien alors que l'entreprise battait quelque peu de l'aile. Callum avait appris la vérité en consultant les livres de comptes, après son décès. Certes, ils n'étaient pas au bord de la faillite, mais l'entreprise vivotait, et pour cause : son père avait toujours refusé d'évoluer avec son temps alors qu'autour d'eux le nombre de distilleries et de brasseries explosait. Et ce n'était pas faute de l'avoir averti, mais son père était têtu et mettait toujours un terme à la discussion en lui rappelant qu'il n'y avait qu'un seul patron : lui, Conall McKinnel.

Il se demandait encore parfois pourquoi il n'avait pas coupé les liens avec l'entreprise familiale des années auparavant, mais en vérité il adorait la distillerie, presque autant que son père en son temps. D'ailleurs, le déclin de l'entreprise familiale ne devait pas être étranger à l'attaque cardiaque qui avait été fatale à son père. Il avait subi une trop grosse pression. Si seulement il avait accepté l'aide de ses fils…

Mais Conall McKinnel n'était pas un homme au caractère facile, il demeurait impénétrable à tous, sauf à sa femme qui mettait son attitude sur le compte de la disparition tragique de son jumeau, Hamish, peu après que tous deux eurent ouvert la distillerie.

— J'ai terminé, déclara l'ouvrier, l'arrachant à ses pensées.

Et il lui tendit de nouvelles clés.

— Je vois que, vous aussi, vous avez fait du bon boulot ici, ajouta-t-il.

— Merci, dit-il en sortant son portefeuille. Combien vous dois-je ?

L'homme lui annonça un montant qui lui parut exorbitant, mais il lui tendit les billets sans un mot.

— Vous pouvez me faire une facture, pour la compagnie d'assurances ? demanda-t-il.

— Bien sûr, mon vieux.

Callum se mordit la langue devant tant de familiarité mais, comme sa mère et ses sœurs lui reprochaient parfois d'être trop rigide, il s'abstint de tout commentaire, même s'il n'appréciait pas du tout ce relâchement dans les relations humaines.

L'ouvrier comprit bien vite qu'il n'allait pas lui faire la conversation, ni lui offrir un verre, aussi ne s'attarda-t-il pas, et quelques instants plus tard il quittait l'allée de Chelsea après un petit coup de klaxon.

Callum contempla le ciel qui s'obscurcissait, puis regarda sa montre. Chelsea était partie depuis au moins deux heures, maintenant, ce qui signifiait sans doute qu'elle n'avait toujours pas retrouvé son chien. Seulement elle ne pouvait pas le rechercher toute la nuit. Il avait appelé les chenils ; la police et les voisins étaient au courant de la disparition. Que pouvait-il faire de plus ?

Partir à sa recherche !

Griffonnant son numéro de portable sur un papier, il le scotcha sur la porte, au cas où elle reviendrait avant lui puisqu'elle n'avait pas les nouvelles clés et ne pourrait donc pas rentrer chez elle.

Au volant de sa voiture, il sillonna lentement des rues qu'il ne connaissait pas, ce qui lui valut de temps à autre des regards étranges du voisinage. La seule qu'il recherchait, la mystérieuse Chelsea Porter, restait invisible.

Enfin il l'aperçut et poussa un grand soupir de soulagement. Il se gara le long du trottoir et baissa sa vitre.

— Chelsea !

Elle se retourna et cligna des yeux, comme s'il était la dernière personne qu'elle s'attendait à voir. Elle avait les yeux rouges, et son mascara avait coulé. En la voyant dans cet état, il sentit son cœur se serrer.

— Tu as de nouvelles serrures, lui dit-il, espérant que cela lui redonnerait un peu de baume au cœur.

Tiens, le tutoiement lui était venu spontanément.

À nouveau, elle lui adressa un regard étonné, mais il ne se laissa pas décourager.

— La nuit est tombée, je vais te reconduire chez

toi, poursuivit-il, sans préciser qu'elle ne pourrait pas retrouver son chien à cette heure-ci.

— Non. Je ne peux pas. Muffin est quelque part ici, tout seul. Il a besoin de moi.

Il serra le volant plus fort, s'efforçant de réprimer sa frustration. Qu'était-il censé faire, maintenant ? L'abandonner à ses recherches, dans l'état où elle était ?

— Et si tu montais ? suggéra-t-il en ouvrant la porte passager. On continuera à patrouiller un peu dans le quartier.

Une fois qu'elle serait dans la voiture, il parviendrait peut-être à la convaincre de rentrer chez elle.

Elle lui adressa un regard sceptique, hésita, puis finit par monter.

— Pourquoi es-tu si gentil avec moi après ce que je t'ai fait aujourd'hui ? demanda-t-elle en attachant sa ceinture.

— Ta démarche était d'ordre professionnel. Et puis je suis un type bien, c'est ainsi.

Même si les pensées que lui inspiraient actuellement ses seins contredisaient quelque peu ses propos…

Elle haussa les épaules, comme si elle ne croyait qu'à moitié à ce qu'il affirmait – intelligente, avec ça ! –, mais au moins elle était dans sa voiture. Il ne lui restait plus qu'à la reconduire chez elle, lui donner ses nouvelles clés et retourner chez lui, la conscience tranquille.

— Une fois qu'on sera chez moi, je prendrai ma voiture. Je pourrai couvrir plus de terrain, ainsi, dit-elle.

Il soupira. S'il la ramenait chez elle, ce n'était pas pour qu'elle reparte à la recherche de son chien.

— On peut le faire tout de suite, proposa-t-il. Deux paires d'yeux valent mieux qu'une.

— Merci, murmura-t-elle d'une voix à peine perceptible en s'adossant à son siège.

— Depuis combien de temps habites-tu à Bend ? demanda-t-il alors qu'ils circulaient dans les rues de la ville les plus éloignées de sa maison.

Pour l'instant, ils n'avaient croisé que deux gros chats et un adolescent qui, au volant d'une voiture, s'exerçait à avancer et à reculer dans son allée. Pas la moindre trace d'un cocker anglais.

— Un an, répondit-elle, presque à contrecœur.

Il lui servait de chauffeur, il avait tout de même droit à un peu plus d'informations sur elle, non ? D'ailleurs, comme le répétait sa mère, quand il avait une idée en tête, il ne l'avait pas ailleurs ; et il ne tenait pas en place jusqu'à ce qu'il ait obtenu gain de cause.

— Et avant, où habitais-tu ?

Elle marmonna le nom d'une banlieue de Portland, le regard rivé à la vitre.

— Et qu'est-ce qui t'a amenée à Bend ? La famille ? Un petit ami ?

Il n'avait pas vu de traces d'un petit ami, chez elle, et il espérait d'ailleurs que ce dernier n'existait pas… Ce qui était ridicule, car il ne convoitait pas du tout le titre.

Soudain elle tourna la tête vers lui, les narines légèrement dilatées.

— On joue à quoi, au juste ? demanda-t-elle d'un ton sec. Au jeu des vingt questions ?

Même avec ses yeux rougis et le mascara qui avait coulé sur son visage, elle était d'une beauté remarquable. De fait, l'une des plus belles femmes qu'il ait rencontrées.

— Désolé, dit-il avec un petit sourire contrit. Tu n'es pas obligée de me répondre.

Elle soupira et croisa les bras.

— Mon grand-père, la seule famille qui comptait pour moi, est décédé il y a quatorze mois, alors j'ai décidé de changer d'air, dit-elle, comme si elle récitait une leçon. Je n'avais pas de petit ami, pas de famille, mon boulot ne m'offrait aucune perspective d'évolution, bref, rien ne me retenait à Portland, où j'habitais. J'ai pris le volant et j'ai roulé jusqu'à ce qu'une petite voix intérieure me dise que j'étais arrivée. Et c'était à Bend. Je comptais aller bien plus loin, mais finalement quarante-neuf pour cent des habitants de cette ville possèdent un chien, donc, cela a peut-être un rapport. Et puis j'ai découvert que Muffin n'aimait pas trop les voyages en voiture.

Il se mit à rire. En dépit de sa détresse évidente, elle avait le sens de l'humour.

— Et toi, j'imagine que tu vis par ici depuis ta naissance ? s'enquit-elle.

Ce qui était une façon de lui indiquer qu'elle n'avait pas l'intention de parler davantage d'elle.

— Exact. Je suis né et j'ai grandi à Jewell Rock. Dernièrement, j'ai pensé que je pouvais tout de même déployer mes ailes pour aller un peu plus loin, et puis mon père est décédé brusquement, et maintenant on a besoin de moi à la distillerie.

Ce dont il avait toujours rêvé, d'ailleurs, mais il n'avait pas voulu pousser son père vers la sortie.

— Est-ce que tu envisageais de déménager, une fois marié avec Bailey Sawyer ?

— Nous étions en discussion, mentit-il.

Le silence s'installa quelques instants entre eux, chacun scrutant les environs. Ce fut alors qu'il aperçut un fast-food réputé pour ses poulets rôtis, et aussitôt son estomac se mit à gargouiller. Il n'avait rien avalé depuis le petit déjeuner. Sans un mot, il entra dans le drive-in.

— Hé ! s'écria-t-elle. Qu'est-ce que tu fais ?

— On va commander à dîner. Qu'est-ce que tu veux ?

Tout ce que Chelsea voulait, c'était qu'on lui ramène Muffin et elle pensait avoir été tout à fait claire là-dessus mais, à présent qu'il parlait de nourriture, elle se rendit compte que la tête lui tournait un peu. Peut-être était-ce à cause de la faim. À moins que ce ne soit la proximité de Callum, aussi imposant que sexy, dans cet espace confiné… Malgré elle, elle répondit qu'elle prendrait un sandwich au poulet rôti et un cornet de frites. Il commanda la même chose, avec du coleslaw.

— Ta mère t'a dit qu'il fallait manger des légumes à tous les repas, c'est ça ? lui demanda-t-elle alors qu'ils attendaient leur commande.

Il avait cité plusieurs fois sa mère, et elle avait trouvé cela plutôt mignon.

— Un truc comme ça, répondit-il avec un petit sourire.

Oh ! ce sourire sexy… Elle détourna vivement le regard.

Tiens. Pendant deux minutes, elle n'avait pas pensé à Muffin. Non qu'elle souhaite l'oublier – au contraire, elle voulait désespérément le retrouver –, mais Callum lui avait permis de trouver un petit répit.

Quand on leur tendit le sac, une bonne odeur de poulet grillé et de frites lui chatouilla les narines, et elle éprouva une incroyable satisfaction : il y avait si longtemps qu'elle n'avait pu s'offrir le luxe d'acheter un plat à emporter.

— Dis-moi combien je te dois, s'enquit-elle soudain, en revenant à la réalité.

Elle était tout de même assise dans la voiture d'un inconnu – l'ex d'une cliente, pour être précise – qui venait aussi de régler son dîner.

Il leva la main pour rejeter sa question, et redémarra.

Leur repas sur les genoux, elle résista à l'envie de grignoter quelques frites… Non. Elle ne pouvait en toute décence se restaurer alors que Callum conduisait.

— On peut s'arrêter quelque part pour manger, si tu veux, suggéra-t-elle.

— Ou revenir chez toi pour dîner ?

C'était une proposition tout à fait innocente, et elle ne pensait pas qu'il cherchait à flirter avec elle, mais l'idée d'un tête-à-tête chez elle lui était si étrange que cela la rendit nerveuse.

— Mais on n'a pas encore retrouvé Muffin, fit-elle remarquer d'un ton larmoyant dont elle eut d'ailleurs honte.

— Écoute, Chels.

Et il tourna vers elle son regard d'un vert profond qui fit monter d'un cran sa température intérieure. À moins que ce ne soit la façon dont il avait employé ce surnom pour s'adresser à elle, comme s'ils étaient amis de longue date. Et bien qu'à contrecœur force était d'admettre… que cela lui avait plu.

— Je sais que tu t'inquiètes pour Muffin, mais on a vraiment ratissé le quartier à fond, dit-il d'une voix douce. Par ailleurs, tous les chenils dans un rayon de trois cents kilomètres sont prévenus. Je pense qu'il est temps d'arrêter nos recherches pour aujourd'hui. Et si Muffin rentrait chez toi alors que tu n'y es pas ?

Cette simple éventualité eut raison de ses hésitations. L'idée que son chien retrouve son chemin mais pas sa maîtresse pour l'accueillir lui déchira le cœur.

— OK, répondit-elle. Dans ce cas, si tu veux bien me reconduire chez moi, ce serait super.

Lui adressant un sourire chaleureux, il fit demi-tour et reprit la direction de chez elle.

Plus ils se rapprochaient, plus la nervosité la gagnait à l'idée de faire entrer Callum McKinnel chez elle. Bien sûr, il y avait déjà passé un bon moment, tout à l'heure, mais maintenant cela ressemblait à un rendez-vous.

Ne sois pas ridicule. Cet homme vient juste d'être quitté par sa fiancée. Et d'ailleurs, c'est toi en personne qui le lui as annoncé.

Et puis il ne resterait que le temps d'engloutir son dîner, c'est-à-dire quelques minutes, puisqu'il était un homme, de surcroît affamé.

Dix minutes plus tard, Callum se gara dans son allée pour la troisième fois de la journée. Elle sortit du SUV, le sac de leur repas à la main, tout en s'efforçant de paraître le plus détendue possible. Callum se tenait à quelques pas derrière elle, et ce ne fut qu'après avoir lu le mot sur sa porte qu'elle se rappela que c'était lui qui avait les nouvelles clés. Se retournant vivement, elle manqua de le bousculer.

— Désolée, marmonna-t-elle tandis qu'il tendait les mains pour l'aider à garder l'équilibre.

— Ce n'est rien.

Et de nouveau, il lui adressa son fameux sourire. Outre le fait que Callum était l'ex d'une cliente, en tant que McKinnel, il n'appartenait pas à la même classe sociale qu'elle. Elle se situait bien en dessous ! Donc, elle devait cesser de rêver.

Il sortit un trousseau de clés flambant neuf de sa poche pour en introduire une dans la serrure et lui ouvrir la porte… de sa propre maison. Elle venait de passer une journée vraiment perturbante. Et elle n'était peut-être pas au bout de ses surprises !

— Où mange-t-on ? demanda-t-il en refermant derrière eux. Dans la cuisine ou au salon ?

Le silence qui régnait dans la maison lui rappela alors douloureusement l'absence de Muffin, et pourtant elle ne put s'empêcher de remarquer que tout avait été nettoyé et rangé : il n'y avait quasiment plus de traces du cambriolage !

— C'est toi qui as fait ça ? murmura-t-elle, bouche bée.

— Il fallait bien que je m'occupe en attendant que le type de la compagnie de sécurité fasse son travail.

Non, franchement, il n'était pas du tout obligé de faire ça. Bien au contraire, elle aurait mérité des injures pour l'affreuse nouvelle qu'elle lui avait apportée. Cette Bailey Sawyer n'avait pas la moindre jugeote ! Elle devait consulter ! Quelle importance que Callum ne soit pas forcément un champion au lit, il était si gentil et attentionné, sans compter qu'un seul de ses regards lui procurait une chaleur bien plus intense que des rayons de soleil. On ne pouvait pas laisser tomber un homme possédant de telles qualités à moins d'être totalement stupide.

— Eh bien… merci, dit-elle, ne trouvant rien de mieux à répondre tant elle était confuse.

— Avec plaisir !

Elle détourna immédiatement le regard, car elle n'était plus en mesure de supporter son sourire.

— Installons-nous au salon, ce sera plus confortable, proposa-t-elle.

Il lui emboîta le pas et s'assit près d'elle, sur le canapé, tandis qu'elle lui tendait son repas.

Elle avait déjà mordu dans son sandwich quand elle se rappela les bonnes manières.

— Tu veux boire quelque chose ? demanda-t-elle en reposant son sandwich. Un soda ? Un Coca ?

— Un Coca, je veux bien, merci.

Elle se précipita dans la cuisine avant qu'il ait eu le temps de lui sourire…

Une fois seule, elle s'efforça de se ressaisir, puis sortit deux canettes de Coca qu'elle pressa contre ses joues.

Elle prit quelques secondes pour observer Callum de loin. Adossé au canapé, il semblait parfaitement à l'aise, comme s'il venait régulièrement. Elle secoua la tête. Était-ce un rêve ? Un cauchemar ? Peut-être allait-elle se réveiller et trouver Muffin en train de dormir à ses pieds, comme d'habitude, et se rendre compte que Callum McKinnel était tout droit sorti de son imagination.

Elle secoua la tête et revint au salon avec les canettes et deux verres. Personne dans sa famille ne buvait du soda dans un verre, à moins que la boisson ne soit mélangée à quelque chose de plus fort, ce qui était très souvent le cas, mais, comme Callum portait sur lui des mouchoirs en tissu donnés par sa mère, les verres étaient de rigueur, n'est-ce pas ?

— Merci, dit-il quand elle lui tendit son Coca.

Elle s'efforça de ne pas le regarder trop fixement lorsqu'il avala une gorgée, ni de s'attarder sur les muscles de son cou.

Allez, reviens sur terre !

Elle se servit du Coca avant de se rasseoir. Elle avait beau n'avoir rien pris depuis le petit déjeuner, les papillons qui voletaient dans son estomac lui coupaient l'appétit. Elle chercha désespérément un sujet de conversation, puis se rappela s'être enfuie du bureau de Callum sans lui avoir apporté le moindre soutien psychologique.

— Je suis désolée pour ce matin, dit-elle soudain.

— Pour m'avoir laissé tomber ?

Cette réponse était confuse : elle donnait l'impression qu'ils sortaient ensemble et que c'était elle qui avait rompu.

— Non ! répondit-elle bien vite. En général, quand je délivre un tel message, je reste un peu pour discuter avec la personne concernée et voir si elle va bien.

Il haussa un sourcil.

— Bon service après-vente, j'approuve, dit-il. Et pourquoi n'y ai-je pas eu droit ?

À sa question, et à sa façon de la poser, elle eut l'impression qu'il connaissait la réponse, et elle se sentit rougir.

— Euh… je ne sais pas très bien, en fait, marmonna-t-elle.

— Ce n'est pas grave, dit-il en riant. Je n'aime pas trop ce genre de conversation, et Bailey m'a sans doute rendu service.

— Vraiment ?

— Tout à fait. Je n'aurais pas voulu épouser une femme pour qui je n'étais pas la perfection incarnée.

Il s'exprimait avec légèreté et humour, mais sans doute devait-il cacher sa souffrance. Elle s'apprêtait à lui proposer de discuter un peu, mais il la devança.

— Dis-moi, c'est sérieux, ta société dédiée aux ruptures ? Tu en vis ?

Curieusement, elle n'entendit pas le moindre dédain dans sa question.

— À présent, oui, répondit-elle. Mais jusqu'à récemment, je complétais mes revenus en étant serveuse. Et puis les demandes se sont multipliées ; alors, au lieu d'employer une autre personne pour prendre en charge toutes ces ruptures, j'ai quitté mon job.

Il ouvrit de grands yeux.

— Ne le prends pas mal, mais je suis surpris qu'annoncer une rupture aux partenaires de tes clients soit une profession aussi lucrative.

Malgré elle, elle se mit à rire.

— Lucrative, je n'irai pas jusque-là, mais mon travail me satisfait et je commence à jouir d'une petite réputation dans le domaine. Il n'est jamais facile de rompre. Je propose juste de le faire à la place de quelqu'un, un peu comme on emploie une personne pour repasser ou tondre. Évidemment, pour ce genre de services, on ne donne pas de conseils.

— Et combien de ruptures fais-tu par jour, si je peux m'exprimer ainsi ?

— J'annonce en personne une ou deux ruptures par semaine, dans Bend et ses environs, mais je travaille aussi énormément en ligne. J'envoie des mails, j'effectue des suivis téléphoniques pour ceux qui ont le cœur brisé. Mon affaire marche bien. D'ailleurs, j'envisage de la développer en employant des free-lance pour les ruptures en présentiel dans d'autres régions.

— Eh bien, on en apprend tous les jours ! Et qui t'a donné cette idée de services ?

Chelsea lui jeta un regard étonné. Il semblait réellement intéressé par son travail pour le moins curieux. Il n'y avait ni ironie ni jugement dans ses propos. Aussi décida-t-elle de lui dire la vérité.

— C'est Rosie, ma meilleure amie à Portland, qui m'en a donné l'idée. À l'époque, j'étais incapable de rester en couple pendant très longtemps. Selon elle, je ne sortais pas avec les hommes qu'il me fallait, mais quelle que soit la raison, en général, au bout de trois mois, je me désintéressais d'eux et je rompais. Cependant, je restais toujours amie avec eux. D'ailleurs, cinq de mes ex-petits amis m'ont invitée à leur mariage. Un jour, Rosie m'a dit en plaisantant que j'étais la reine de la rupture et que je pourrais vivre de ce talent. Et il se trouve qu'une de ses amies m'a demandé de rompre à sa place. J'ai accepté pour lui rendre service, et cela s'est si bien passé qu'une autre amie s'est adressée à moi, et…

— Et la suite est connue, comme on dit !

Elle lui sourit en hochant la tête.

— J'admets que ce n'est pas une profession habituelle, mais je pense sincèrement que j'offre un service utile, dit-elle. Sais-tu le nombre de personnes qui restent en couple sans en avoir envie parce qu'elles redoutent d'annoncer à leur partenaire qu'elles veulent rompre ?

Il lui fit signe que non.

Quoi de plus normal, puisqu'il venait d'une famille parfaite ! Elle ne connaissait pas vraiment les McKinnel, mais la chronique nécrologique de son père avait dépeint ce dernier comme le chef de famille idéal. D'ailleurs, combien de frères et sœurs Callum avait-il ? Elle ne savait plus, mais c'était encore là la preuve qu'ils n'appartenaient pas du tout au même monde.

— Eh bien, un nombre surprenant, répondit-elle.

Et sans épiloguer davantage, elle ajouta :

— Bon, merci pour le dîner, c'était délicieux.

Et elle lui sourit, espérant qu'il avait compris que l'heure était venue pour lui de partir, qu'elle n'avait plus besoin de baby-sitter.

— Tu n'as rien mangé, lui fit-il remarquer en désignant son sandwich presque intact.

— Désolée, je suis un peu inquiète pour Muffin.

— Je comprends. Tu as raison, il est temps que je parte.

Sauf qu'il ne bougea pas d'un pouce. Pour une raison qui lui échappait, il ne semblait pas pressé de s'en aller.

— Merci pour tout, Callum.

Elle avait hâte de se retrouver seule pour calmer ses hormones et pouvoir à nouveau consacrer toutes ses pensées à Muffin.

Sans prévenir, il enserra ses doigts et les étreignit.

— Je suis certain qu'il ne lui est rien arrivé. Et que tu vas le retrouver.

— Merci, murmura-t-elle en dégageant sa main de la sienne pour se lever.

Si les hommes avec qui elle était sortie jusque-là avaient été aussi charmants que Callum McKinnel, elle aurait sans doute été moins tentée de les laisser tomber !

À son tour, il se mit debout, et une certaine gêne s'installa entre eux. Quel était le protocole ? Ce n'était pas un rendez-vous galant, ils ne pouvaient pas s'embrasser sur la joue pour se souhaiter bonne nuit. Ils n'étaient même pas amis. Selon toute probabilité, ils ne se reverraient jamais et cette soirée serait un souvenir vite oublié. D'ailleurs, elle se demanderait même si elle avait vraiment eu lieu.

— Bien, dit-il en s'éclaircissant la voix. Peut-être que tu pourras m'appeler quand tu auras retrouvé Muffin. Juste pour me tenir au courant.

Elle passa la langue sur ses lèvres sèches, appréciant qu'il ne doute pas un instant que Muffin allait revenir… et ravie aussi d'avoir un prétexte pour lui téléphoner. Cette pensée lui valut presque un frisson.

— Je vais te donner mon numéro, dit-il.

— Je crois qu'il est collé sur la porte.

— Effectivement… Tu as raison.

Fourrant les mains dans ses poches, il ajouta :

— Bonne nuit, alors.

Elle le raccompagna, puis resta sur le seuil pour lui faire un petit signe de la main tandis qu'il descendait l'allée en marche arrière.

Quand elle regagna le salon, le silence la saisit. La présence de Callum lui avait procuré une sensation très étrange, mais cela lui avait permis, pendant quelques instants, de cesser de s'inquiéter pour Muffin. Ou de ressentir cruellement la douleur de son absence. Mais à présent…

S'écroulant sur le canapé, elle regretta de ne pas avoir quelque chose de plus constructif à faire que de pleurer.

- 4 -

Il était tard quand Callum rentra à la distillerie qui, à part les lumières de sécurité, était plongée dans le noir. Il fut tenté de rentrer directement chez lui mais, conscient qu'il ne réussirait pas à s'endormir sans avoir vérifié que tout s'était bien passé en son absence, il se gara devant la boutique pour se diriger vers son bureau, où il commença par se verser une généreuse rasade de whisky, décompression nécessaire après la journée qui avait sans aucun doute été la plus étrange de sa vie.

Pourquoi avait-il éprouvé une telle difficulté à quitter Chelsea ? Telle était la question qui le tourmentait le plus. Bien sûr, elle était belle et sexy, mais il y avait des dizaines de femmes belles et sexy ! Or aucune ne l'avait jusqu'ici autant troublé.

Tout à coup, il fut arraché à ses pensées par le bruit de la porte principale de la distillerie qui venait de s'ouvrir. Il jura. Qui cela pouvait-il bien être, à une heure aussi tardive ? Il n'avait aucune envie de discuter.

— Coucou, mon petit chéri, c'est juste moi, dit alors une voix familière qu'il aurait reconnue entre mille.

Une voix qui s'obstinait à l'appeler « mon petit chéri » alors qu'il avait trente-cinq ans et qu'il était l'aîné de sa fratrie.

— C'est maman, poursuivit Nora McKinnel, au cas où il aurait oublié.

Il laissa échapper un petit rire et se prépara à une tirade à mi-chemin entre une leçon de morale et un petit speech empli de sympathie.

— Je suis dans mon bureau, répondit-il en se levant.

Sa mère entra alors qu'il était en train de lui servir un verre. Elle portait une robe de chambre rose, une écharpe orange, un petit béret assorti et des boots. Elle vivait dans la maison principale de la propriété, située à une centaine de mètres derrière la distillerie, avec Lachlan et son fils, Hamish, le deuxième du nom, ainsi qu'un autre de ses frères, Blair, qui était revenu au domicile parental après son divorce, deux ans auparavant. Officiellement, Callum vivait dans un cottage de la propriété, mais il dormait le plus souvent chez Bailey qui habitait un appartement en ville. Ce qui, selon toute vraisemblance, ne serait désormais plus le cas.

— Oh ! le ciel soit loué ! Tu vas bien ! s'écria sa mère en se précipitant vers lui pour le prendre dans ses bras.

Il parvint à reposer à temps la bouteille qu'il avait encore à la main.

— Pourquoi étais-tu inquiète à mon sujet ?

Elle s'écarta légèrement de lui et plongea son regard dans le sien. Il remarqua alors qu'elle avait les yeux rougis.

— Eh bien, j'ai eu peur que tu… Enfin, je ne sais pas… Que tu te sois jeté d'un pont ou que tu aies noyé ton chagrin dans notre fonds de commerce !

Donc elle savait, pour Bailey et lui. Il s'en doutait un peu. Cela dit, il était toujours étonné de la rapidité avec laquelle les nouvelles se répandaient, dans la région !

— Je vais bien, maman.

Se détachant de son étreinte, il lui désigna un siège et lui tendit un verre. Peut-être aurait-il dû être complètement bouleversé comme le redoutait sa mère, mais ce n'était pas le cas. Grâce à Bailey, sa mère allait être hyper protectrice avec lui pendant des semaines, pensa-t-il en retenant un soupir.

— Tu en es bien certain, mon chéri ? demanda-t-elle, sourcils froncés.

Il hocha la tête, se rassit dans son fauteuil en face d'elle et avala une nouvelle gorgée de whisky. Décidément, ils produisaient un alcool à la saveur fabuleuse, le challenge pour eux étant d'attirer une clientèle plus jeune qui ne jurait que par la bière. À cet effet, il avait bien quelques idées en tête, mais il devait en convaincre le reste de la famille.

Sa mère but un peu de whisky avant d'enchaîner :

— Marcia m'a appelée cet après-midi pour m'annoncer que Bailey et toi aviez rompu…

Elle plongea son regard dans le sien, attendant visiblement qu'il démente, il le savait.

— C'est exact, maman. Nous avons compris que nous n'étions pas faits l'un pour l'autre. Mieux vaut que l'on s'en soit aperçu maintenant qu'après, tu ne crois pas ?

Il préférait ne pas imputer la rupture à Bailey puisque finalement c'était elle qui avait eu le courage de mettre un terme à une relation qui battait de l'aile.

Sa mère soupira.

— J'avais tant envie de ce mariage, après l'année désastreuse que nous avons passée.

— Désolé, maman.

— Est-ce trop demander que de vouloir être de nouveau grand-mère ?

Et voilà, ça recommençait… Elle avait déjà deux petits-enfants – une fille et un garçon, du côté de Lachlan – mais, comme elle avait eu sept enfants, elle trouvait que ce n'était absolument pas suffisant.

— Bien sûr que non, maman.

— J'espérais tant qu'après Bailey et toi ce serait le tour de Mac et de Sian. Et maintenant, voilà que tous mes espoirs et rêves partent en fumée…

Habitué aux exagérations de sa mère, il lui adressa un petit sourire de compassion. Il savait qu'il était inutile de discuter.

— Or c'est le contraire qui s'est produit, poursuivit-elle. Bailey et toi avez suivi l'exemple de Mac et de Sian…

En effet, son jeune frère Mac avait récemment rompu avec sa petite amie, et il concevait tout à fait que tout cela chamboule sa mère.

— Quant à Quinn, il est incapable de garder une femme au-delà d'un week-end, ou peut-être n'en a-t-il pas envie. En tout cas, avec lui, j'ai lamentablement échoué, enchaîna-t-elle. Lachlan a pour sa part épousé une sale égoïste qui lui a brisé le cœur et, même si j'adore Hamish, je suis consciente que peu de femmes sont prêtes à devenir la belle-mère d'un enfant handicapé. Concernant Annabel, elle semble destinée à pleurer Stuart toute sa vie.

Elle soupira puis reprit rapidement sa respiration, avant de poursuivre sa complainte.

— Pourquoi Blair et Claire ont-ils divorcé, cela demeure un mystère étant donné qu'ils restent inséparables. Je l'adore comme si c'était ma propre fille, mais ton frère ne rencontrera jamais personne s'ils restent meilleurs amis. Et Sophie, elle, ne semble avoir aucun intérêt pour les hommes. Tu crois qu'elle est lesbienne ?

— Quoi ? Non, je ne crois pas. Enfin, peut-être, au fond.

À vrai dire, il n'avait jamais réfléchi à la question.

Sa sœur était comme lui un bourreau de travail, et avait par ailleurs tout à fait le droit d'aimer qui elle voulait.

— Cela ne me poserait aucun problème, assura sa mère, mais j'aimerais juste qu'elle s'en ouvre à moi si c'est le cas. Je suis sa mère, tout de même !

— Cela, c'est incontestable, dit-il en dissimulant un sourire, conscient que cette conversation n'était pas drôle pour sa mère.

Et tandis qu'elle continuait à se lamenter sur ses enfants qui ne lui donnaient pas assez de petits-enfants, il laissa ses pensées dériver…

Il espérait de tout cœur que Chelsea retrouverait son chien. Il se demandait aussi comment elle allait surmonter sa solitude et il sentait son cœur se serrer à l'idée de l'avoir quittée si vite. Et s'il la rappelait pour prendre de ses nouvelles ? Non, il était trop tard, à présent ; il ne pouvait se permettre de la réveiller si elle avait finalement trouvé le sommeil. Il l'appellerait demain. Et tout à coup, il se souvint qu'il lui avait laissé son numéro de téléphone mais qu'il ne lui avait pas demandé le sien !

Le bruit que fit sa mère en se levant le ramena à la réalité du moment.

— Bon, puisque tu vas bien, je ferais mieux d'aller me recoucher. Ne veille pas trop tard, mon petit chéri. Promis ? À force de trop travailler, cela te rend un peu idiot.

— Pardon ? Tu viens de me traiter d'idiot ?

S'approchant de lui, elle prit son visage entre ses mains et l'embrassa sur le front.

— Tu es l'homme des « I », mon fils. I, comme intelligent, irrésistible, indépendant pour n'en citer que quelques-uns, mais idiot, certainement pas.

Elle fronça les sourcils.

— C'est ce que dit Bailey, que tu es idiot ? Si c'est le cas, peu importe qu'elle soit la fille de ma meilleure amie, je vais la trucider !

Il se mit à rire.

— Merci, maman, mais je te rassure, Bailey ne m'a jamais dit une chose pareille.

— Bon, elle a intérêt. Mais dis-moi, puisque tu n'as pas passé l'après-midi à organiser ta propre mort, qu'as-tu fait jusqu'à ce soir ?

— J'avais des trucs à régler pour le travail.

Elle soupira et secoua la tête, le croyant sur parole puisqu'elle estimait que c'était son obsession pour la distillerie qui avait conduit à sa rupture avec Bailey. Il est vrai qu'elle n'avait pas tout à fait tort.

Une fois Callum parti, Chelsea avait tenté de se distraire en allumant la télévision, et maintenant elle était en train de passer indifféremment d'une chaîne à l'autre, la télécommande à la main. Mais rien ne parvenait à détourner ses pensées de Muffin. Ni de Callum.

Que son chien lui manque, c'était tout à fait compréhensible ; cela faisait des années qu'elle regardait la télévision en sa compagnie. Mais que Callum lui manque… Qu'est-ce qui lui prenait ?

Cet homme qu'elle connaissait depuis moins de vingt-quatre heures dirigeait une prestigieuse distillerie de whisky. Après le rôle désastreux que l'alcool avait joué dans son enfance, c'était ce qu'elle méprisait le plus au monde. Cela dit, Callum n'empestait absolument pas le whisky, et elle avait été assez proche de lui pendant toute la journée, notamment dans la voiture et sur son canapé, pour en être certaine. Il émanait au contraire de lui une odeur boisée et douce, qui rappelait le santal. S'humectant les lèvres du bout de la langue, elle éteignit la télévision.

Elle serait sans doute mieux dans sa chambre où il n'était pas allé, et il était peut-être nécessaire qu'elle dorme si elle voulait poursuivre ses recherches demain.

Elle jeta un coup d'œil à sa table basse et hésita. Et si elle ne débarrassait les restes de leur dîner que demain ? Non, c'était impossible. Pas après avoir vécu une enfance entourée d'alcooliques qui n'avaient aucune notion de l'hygiène et du rangement.

Sur le comptoir de la cuisine, elle aperçut la facture du serrurier. Bon sang, sa nouvelle serrure était-elle en or ? Examinant le reçu de plus près, elle se rendit compte que Callum avait apparemment demandé que l'on remplace celle de la porte arrière ainsi que les loquets des fenêtres, le tout sans son consentement !

Pour qui se prenait-il ?

Son assurance ne lui rembourserait pas toutes ces dépenses, c'était une évidence. Comment allait-elle pouvoir s'acquitter de cette dette envers Callum ? Son entreprise commençait à bien rapporter, certes, et elle pouvait payer ses factures et épargner un peu en prévision des jours plus gris. Toutefois, elle n'avait pas les moyens de s'offrir des services aussi luxueux !

Sur une impulsion, elle s'empara de son téléphone, puis le reposa avant même de composer le numéro de Callum. On ne lui avait pas vraiment inculqué les bonnes manières quand elle était enfant, mais n'aurait-il pas été injuste qu'elle s'énerve contre Callum ce soir ? Il avait tout même mis de côté son propre chagrin pour l'aider, aujourd'hui. Elle avait beau être furieuse contre lui, elle ne pouvait l'accabler de reproches ce soir.

Elle reposa la facture sur le comptoir de la cuisine. Elle l'appellerait demain, quand elle serait un peu plus calme, pour lui proposer un plan de remboursement.

Elle passa une nuit agitée, se réveillant brusquement à cause de la disparition de Muffin.

Peut-être bien aussi à cause de rêves indécents avec Callum…

Callum considérait son écran, s'interrogeant sur le moment opportun pour annoncer à ses frères et sœurs son plan destiné à redonner sa splendeur perdue à la distillerie, quand la sonnerie du téléphone l'arracha à ses pensées.

S'éclaircissant la voix, il prit la communication.

— Bonjour ! Callum McKinnel à l'appareil.

Devant le silence qui s'ensuivit, il crut avoir affaire aux habituels appels de télémarketing automatiques et s'apprêtait à raccrocher quand une voix douce s'éleva à l'autre bout de la ligne.

— Salut, Callum. C'est Chelsea. On a fait connaissance hier.

Son corps réagit immédiatement à ce timbre. Comment aurait-il pu l'oublier ?

— Bonjour, Chelsea. Tu as retrouvé ton chien ?

Il ne voyait pas pour quel autre motif elle l'aurait appelé.

— Non, murmura-t-elle d'un ton lourd de tristesse. J'ai repris mes recherches à la première heure ce matin, rappelé tous les vétérinaires et chenils des environs, et collé des affichettes partout, mais toujours rien jusque-là.

— Je suis désolé. Il est sans doute encore trop tôt. Je suis certain qu'il va revenir. Que puis-je faire pour toi ?

— Je crois que tu en as déjà assez fait, répliqua-t-elle d'un ton sec.

Il fronça les sourcils. Était-elle en colère contre lui ?

— Que veux-tu dire ? s'enquit-il.

— J'ai trouvé la facture, pour les nouveaux loquets et serrures. Il n'était vraiment pas nécessaire de tout remplacer.

— Je ne suis pas d'accord avec toi. Étant donné ton métier, il est préférable que tu sois très prudente. Tu dois vivre dans une maison plus sécurisée. Les loquets de tes fenêtres avaient dû être achetés au rayon jouets d'un grand magasin.

— Peut-être, mais cela ne te regarde pas, pas plus que ma sécurité. Tu aurais dû me demander si j'étais d'accord *avant*.

— Tu as raison. Désolé. Ne t'inquiète pas. Je prends tout en charge.

— Pas question ! Je te rembourserai, mais en plusieurs fois.

Il ne voulait pas de son argent. En outre, son ton lui déplaisait.

— Comme tu l'as dit, j'ai fait remplacer les verrous sans ton accord, donc, si tu ne peux pas te les offrir, je ne te réclamerai rien.

— Je n'ai pas dit que je ne pouvais pas les régler ! s'exclama-t-elle d'un ton contrarié.

— Très bien, alors, comme tu voudras ! Rembourse-moi à ton rythme et bonne chance pour Muffin.

Il raccrocha avant qu'elle ait le temps de répliquer et regarda fixement son téléphone.

C'était une première. Jamais il ne s'était conduit ainsi,

et certainement pas avec une femme. Pourquoi Chelsea le rendait-elle aussi impulsif ?

Passant la main dans ses cheveux, il dut lutter contre l'envie de la rappeler et de s'excuser.

- 5 -

Deux jours plus tard, Callum détacha les yeux de son ordinateur et les leva vers Sophie qui se tenait devant lui, bras croisés.

— Que veux-tu ? demanda-t-il.

— Une promotion. Gagner à la loterie. Que le prince charmant m'enlève. Des paquets de gâteaux qui ne finissent jamais. Mais si tu commençais par arrêter d'être d'une humeur de chien, ce serait déjà bien.

S'adossant à son siège, il leva les mains en guise de capitulation.

— Tu peux être plus claire ?

— Frérot, je sais que tu as le cœur brisé, après ce que Bailey t'a fait, maman nous a dit d'être aux petits soins avec toi, mais la façon dont tu as parlé au client que tu as servi tout à l'heure est inadmissible.

Il soupira.

— Je l'admets. Même s'il était insupportable et inculte en la matière, je n'aurais pas dû lui faire la leçon sur ce qu'était un bon whisky. Désolé.

— Pardonné. Mais ne recommence pas à venir dans la salle de dégustation pour faire le grincheux.

— Promis. Autre chose ?

— Non, à part le fait que je suis là si tu as besoin de parler et que je pense que Bailey n'a pas choisi le bon moment pour rompre. On ne laisse pas tomber son ou sa partenaire juste avant Thanksgiving, et pas loin de Noël.

— C'est une rupture mutuelle.

— Ce n'est pas ce que Bailey m'a dit. Écoute, tu ne veux pas prendre quelques jours pour guérir de tes blessures ?

— Quoi ? Et te laisser aux commandes ?

S'emparant d'un stylo sur son bureau, elle le lança dans sa direction. Il évita de justesse le projectile en riant.

— Écoute, merci pour ton aide, sœurette, mais je te promets que je n'ai pas le cœur brisé après cette rupture. Si je suis grincheux, c'est à cause du travail, c'est tout.

Allons donc ! Il se mettait à mentir, maintenant ? S'il était de sale humeur, c'était à cause de Chelsea, qui l'obsédait littéralement. Ces derniers jours, il s'était retenu à de nombreuses reprises de l'appeler pour savoir si elle avait retrouvé son chien.

— Concernant tes projets, reprit Sophie, repassant en mode professionnel, je te soutiens, tu le sais. Tes idées sont fabuleuses. Il faut juste réussir à convaincre maman, Blair et Quinn.

Leurs autres frères et sœurs, partenaires silencieux de la distillerie, se rangeraient à la majorité, quelle qu'elle soit. Cela dit, Callum avait échafaudé des plans ambitieux pour que Lachlan soit de nouveau impliqué dans l'entreprise familiale.

— Entendu, dit-il. Tu veux fixer une date de réunion pour rallier les troupes ?

Blair et Quinn seraient plus enclins à écouter la benjamine de la fratrie, à trois minutes et vingt-deux secondes près par rapport à Annabel, titre qui lui conférait certains privilèges.

— Considère que c'est déjà fait, répondit-elle.

Alors qu'elle s'apprêtait à sortir, il demanda :

— Sais-tu que maman pense que tu es lesbienne ?

— *Pardon ?*

Amusé, il hocha la tête.

— Remarque, voilà une bonne suggestion de divertissement, murmura-t-elle. Merci, mon cher frère.

Sophie partie, il se replongea dans ses plans de développement pour la distillerie, notamment un vrai restaurant au lieu d'un café, et la fabrication d'un whisky avec leur propre récolte. Mais pour commencer, il devait créer une nouvelle ligne de produits McKinnel, qui augmenterait à court terme les recettes. Cela n'affecterait ni Blair, qui s'occupait de la production, ni Quinn qui veillait au stock, mais juste la boutique, dont s'occupait précisément Sophie.

Soudain, son téléphone sonna. Encore un numéro inconnu. À la fois curieux et agacé, il décrocha.

— Callum McKinnel à l'appareil, répondit-il d'un ton sec.

— Euh… Je m'appelle Lee, je travaille au chenil de Sisters. J'appelle pour votre chien. Quelqu'un a retrouvé un chien errant dans un champ, pas très loin du chenil, et nous l'a apporté.

Le cœur cognant comme un fou, il se redressa.

— Vous avez retrouvé Muffin ? Il va bien ?

— Il était un peu affamé, mais nous l'avons nourri, un peu sale, mais nous l'avons lavé. Il est évident qu'il a connu quelques jours difficiles, mais il est en bonne santé. Pouvez-vous venir le récupérer ?

— Vous êtes bien sûr que c'est lui ? Il porte à son collier les coordonnées de sa maîtresse, qui est en fait… euh… une amie à moi.

Il aurait tout de même été préférable que le chenil

appelle directement Chelsea, non ? Qu'il reste en dehors de l'affaire.

— Désolé, il ne portait pas de collier quand nous l'avons trouvé. Mais il correspond tout à fait à la description que vous en avez faite.

— D'accord. J'arrive dans une demi-heure, dit-il.

Et il raccrocha en soupirant.

Il passa la main dans ses cheveux. Pourquoi avait-il accepté d'aller récupérer Muffin ?

Prenant ses clés, il sortit de son bureau, puis passa par la boutique pour demander à sa sœur de basculer les appels du fixe sur son portable.

— Où vas-tu ?

— Soigner mon cœur brisé, répondit-il en lui adressant un clin d'œil. J'en ai pour une heure ou deux. À tout à l'heure.

Et il sortit en toute hâte pour qu'elle ne lui pose pas plus de questions.

Quarante minutes plus tard, il se garait devant le chenil où la cacophonie de jappements, miaulements et gémissements allait croissant à mesure qu'il se rapprochait de l'entrée.

— Bonjour, je peux vous aider ? lui demanda la réceptionniste dès qu'il ouvrit la porte.

— Je suis Callum McKinnel. Je suis venu récupérer Muffin.

— Génial ! répondit-elle avec un grand sourire. Je vais le chercher.

Elle revint très rapidement, avec un superbe cocker anglais roux qui leva vers lui un regard méfiant.

— Muffin ? dit-il.

Le chien parut dresser l'oreille, du moins façon de

parler, compte tenu des deux longues langues de fourrure qui encadraient sa tête.

Callum s'accroupit et tendit la main pour le caresser.

— Comment vas-tu, mon vieux ? Prêt à rentrer à la maison ?

À ce dernier mot, le chien se jeta sur lui au risque de le renverser avant de se mettre à le lécher copieusement.

Aussitôt, l'employée du chenil lui donna la laisse.

— En voilà un qui est content de vous voir ! déclara-t-elle.

Et qui le sera encore plus de retrouver Chelsea. À cette pensée, son cœur se mit à cogner violemment.

Il signa quelques papiers, fit un don au chenil au lieu d'adopter les cinq ou six chats qui lui lançaient des regards doux, et monta avec Muffin dans son SUV. À peine eut-il mis le contact que ce dernier sauta sur ses genoux et lui lécha à nouveau le visage.

— Mon vieux, il vaut mieux garder quelques distances, pour une première rencontre, dit-il en le repoussant sur le siège avant.

Ce fut peine perdue, de sorte qu'il dut se rendre chez Chelsea avec le chien sur ses genoux.

Quand il arriva à destination, il était presque amoureux de cette attendrissante boule de poils, ce qu'il se garderait d'avouer à quiconque.

Alors qu'il s'apprêtait à sonner, il lui vint à l'idée que Chelsea ne serait pas forcément chez elle, mais peut-être en train de rompre par procuration avec un autre pauvre type qui n'avait rien demandé. La pensée de la savoir en compagnie masculine autre que la sienne lui déplut sur-le-champ.

Secouant la tête, il appuya enfin sur la sonnette.

Dix secondes plus tard, la porte s'ouvrit et, quand

son regard plongea dans celui de Chelsea, une vague de chaleur le submergea tout entier, malgré l'air peu amène de cette dernière. Puis Muffin tira sur la laisse et sauta sur sa maîtresse en gémissant. Immédiatement, l'agacement qu'il avait lu dans les yeux de Chelsea se métamorphosa en joie et plaisir alors qu'elle enlaçait son chien, des larmes roulant sur ses joues.

Il resta un peu à l'écart, se sentant comme la cinquième roue du carrosse, et en même temps ravi de ces retrouvailles.

Après ce qui lui parut une éternité, Chelsea leva les yeux vers lui et lui adressa un sourire à tomber par terre.

— Merci, dit-elle d'une voix empreinte d'une grande émotion.

— Avec plaisir, répondit-il avec la sensation d'avoir accompli la BA de sa vie.

— Où était-il ?

Et elle se redressa, caressant Muffin qu'elle avait pris dans les bras.

Ce dernier émit un bruit pareil à un miaulement de chat satisfait, ce que Callum comprenait aisément. Qui sait quel genre de bruits il aurait émis si Chelsea lui avait passé ainsi ses doigts dans les cheveux ?

— Dans un chenil, à Sisters, répondit-il. Un jogger l'a retrouvé ce matin dans un champ, sans collier. C'est pour cette raison que c'est moi que l'on a appelé parce que j'avais laissé mon numéro, n'ayant pas le tien au moment où j'avais signalé sa disparition aux vétos et aux chenils.

Incroyable ! Pourquoi donnait-il l'impression qu'il était en train de se justifier ?

— Oh ! quelle chance ! Ce doit être l'unique chenil que je n'ai pas appelé.

Et l'espace d'un instant, il crut qu'elle allait l'embrasser mais, hélas, ce fut un faux espoir…

— Encore mille mercis, Callum ! Je suis désolée d'avoir été un peu sèche, l'autre jour. C'est juste que… je suis très indépendante, et que je n'aime pas me sentir l'obligée de quelqu'un. Mais ce n'était absolument pas une raison pour être désagréable avec toi, alors que tu cherchais juste à m'aider. Est-ce que tu acceptes que je mette cette saute d'humeur sur le compte de la disparition de ce petit gars ?

— De quelle saute d'humeur parles-tu ? répondit-il avec un sourire.

— Merci, Callum. Encore une fois, je te suis redevable, on dirait. Comment pourrais-je te remercier de m'avoir ramené Muffin ?

Si elle avait su ce qui lui vint alors en tête… Le rouge lui en monta aux joues, et le sang afflua aussi dans d'autres parties moins visibles de son corps. Du moins l'espérait-il, car étant donné l'effet qu'elle produisait sur ses sens…

— Déjeunons ensemble pour Thanksgiving ! proposa-t-il aussitôt.

Elle cligna des yeux.

— Et où veux-tu que nous allions ?

Bon sang, pourquoi n'avait-il pas tourné sa langue sept fois dans sa bouche avant de parler ? Il serait mis au ban de sa famille s'il ne venait pas au traditionnel déjeuner ! Mais finalement, s'il y allait accompagné, cela ne prouverait-il pas une bonne fois pour toutes à sa mère, qui se mêlait toujours de ses affaires, qu'il avait surmonté sa rupture avec Bailey ?

— Chez mes parents, répondit-il. Enfin, chez ma mère, maintenant que mon père n'est plus là. Tu me rendrais un immense service, car ma mère s'est mis en tête de me retrouver à tout prix une petite amie. Je veux qu'elle voie que je suis capable de me débrouiller seul.

Elle humecta ses lèvres du bout de la langue.

— Et donc, je serais censée être ta petite amie ?

Même s'il mourait d'envie qu'elle le soit réellement, il abonda dans ce sens.

— Oui, je te ferai passer pour ma petite amie afin que ma mère cesse de s'inquiéter pour moi. Je ne suis pas encore prêt à m'engager dans une autre relation, mais malheureusement elle n'arrive pas à le comprendre.

— Oh ! très bien. Car la déontologie de mon métier m'empêche de sortir avec un client.

Il sourit.

— Mais en théorie, c'était Bailey ta cliente, non ? Bon, cela signifie-t-il que tu acceptes ?

Elle haussa les épaules.

— Tu as une grande famille, n'est-ce pas ? s'enquit-elle, visiblement un peu inquiète.

— Tout à fait, mais pas de panique, ils ne sont pas dangereux. Ma petite sœur n'a mordu personne depuis ses trois ans.

Elle éclata de rire.

Il n'avait pas entendu un rire aussi harmonieux depuis une éternité. Il aurait aimé trouver une autre blague pour se régaler à nouveau de ce son cristallin.

— OK, dit-elle. C'est le moins que je puisse faire pour toi. Mais je ne viendrai que si tu permets que j'amène Muffin. Je ne veux plus jamais le perdre de vue.

À cet instant, il eut follement envie de l'embrasser… et fourra vivement les mains dans ses poches.

— Cela ne pose pas de problème. Nous, les McKinnel, adorons les animaux, et surtout les chiens.

— Très bien. Entendu alors.

Leurs regards se croisèrent, et elle détourna bien vite les yeux.

— Parfait ! Je passerai te prendre mardi à midi, ça te convient ? s'enquit-il.

— Oui. Qu'est-ce que je peux apporter ?

— Juste toi. Et Muffin, bien sûr. Entre ce que ma mère et mon frère Lachlan auront préparé, nous aurons de quoi nourrir une armée entière.

Elle sourit, et cette fois le regard de chacun s'attarda un peu trop longtemps sur l'autre… Jusqu'à ce que cela devienne un rien embarrassant. Jusqu'à ce qu'il s'ordonne de décamper sous peine de ridicule non assumé.

— Bon, à mardi, alors ! dit-il.

— À mardi.

Et avant de céder à l'impulsion pathétique de se pencher vers elle pour l'embrasser, il pivota sur ses talons et se précipita vers son SUV.

- 6 -

Nerveuse, Chelsea faisait les cent pas sur son porche en attendant l'arrivée de Callum, Muffin sur les talons, pensant sans doute qu'il s'agissait d'un nouveau jeu. Et d'ailleurs, peut-être avait-il raison : elle n'avait pas la moindre idée de ce à quoi elle s'était engagée en acceptant ce déjeuner de Thanksgiving chez les McKinnel.

Elle regrettait de ne pas avoir acheté une boîte de chocolats pour Callum. Seulement voilà, Muffin valait bien plus que quelques douceurs chocolatées – il en aurait fallu des kilos pour lui montrer sa gratitude. Elle soupira. Pourquoi fallait-il qu'en plus de lui avoir rendu service Callum ait un sourire aussi sexy ? Un sourire à se damner qui mettait tout son corps en émoi. Elle se mordit la lèvre. *Assez !* Inutile de se mettre dans tous ses états pour une invitation qui, en réalité, était un service qu'elle lui rendait : elle allait jouer le rôle de sa petite amie pour que sa mère le laisse tranquille, il avait été très clair là-dessus.

Oui, et toi tu es de très mauvaise foi en voulant t'en convaincre, lui susurra une petite voix.

Un coup de klaxon retentit soudain, et elle se retourna. Le SUV noir de Callum remontait l'allée. Quand il en descendit, Muffin se précipita vers lui.

Le cœur battant un peu plus vite soudain, elle lui fit un signe de la main, auquel il répondit par un sourire tout en ouvrant grand les bras pour recevoir son chien. C'était sans doute stupide, mais sa gorge se serra d'émotion quand elle vit Callum se laisser lécher par Muffin. Elle se ressaisit rapidement.

— Muffin ! Laisse Callum tranquille ! dit-elle tout en prenant son sac et le bouquet de fleurs pour Mme McKinnel, posés sur une chaise de la terrasse.

— C'est bon, nous sommes de vieux amis. N'est-ce pas ainsi que tu salues tes vieux amis, toi ?

Elle ne put s'empêcher de rire. En plus d'être sexy, il avait le don pour la mettre à l'aise.

— Merci d'être venu me chercher, dit-elle en arrivant à sa hauteur. Je ne sais pas ce qui m'a pris d'accepter ta proposition, j'aurais parfaitement pu venir avec ma voiture.

— Un gentleman vient toujours chercher sa petite amie ; sans quoi, ma mère aurait eu des doutes. Tu es très belle, soit dit en passant.

Elle déglutit avec difficulté et sentit sa peau s'enflammer progressivement sous l'inspection pourtant subtile de son regard.

— Et cette couleur te va très bien, ajouta-t-il.

— Merci, murmura-t-elle, résistant à l'envie de resserrer son manteau autour de sa taille.

Elle avait mis une robe en lainage fleurie où dominait largement le rouge, ainsi que des bottines à talons. Elle espérait ne pas être trop apprêtée tout en craignant de ne pas être assez élégante, ignorant le code vestimentaire de la famille de Callum pour un déjeuner de Thanksgiving.

Contournant sa voiture, il ouvrit la portière passager, mais ce fut Muffin qui sauta le premier sur le siège. Tous deux éclatèrent de rire.

— Il est un peu collant depuis son retour à la maison, lui expliqua-t-elle. Il a peur que l'on parte sans lui.

— Ce qui ne nous viendrait même pas à l'idée ! Allez, mon vieux, à l'arrière.

Et il s'efforça d'encourager Muffin à lui obéir. En vain.

— Dans ce cas, je vais poser les fleurs sur la banquette arrière et il montera devant avec moi, suggéra-t-elle. Si cela ne te dérange pas, bien sûr.

— Pas du tout. Ces fleurs sont pour moi ? demanda-t-il avec un petit sourire en coin. Tu n'aurais pas dû…

— Euh… elles sont pour ta mère, pour la remercier de m'inviter à déjeuner.

— Voilà qui va lui plaire ! Bien joué.

Quelques instants plus tard, il démarra, Muffin sur ses genoux. Elle avait protesté pour qu'il vienne sur les siens, mais Callum lui avait assuré que cela ne le gênait pas.

Ce fut donc ainsi qu'ils se rendirent à Jewell Rock, une ville bien plus belle que Bend.

— L'enquête de la police a-t-elle avancé concernant le cambriolage ? demanda Callum.

— Pas vraiment. Ils pensent toujours à des gamins qui ont fait les imbéciles.

— Bon sang, ils ne trouvent rien d'autre pour se divertir, marmonna Callum en secouant la tête.

À cet instant, elle se surprit en train de regarder ses mains sur le volant, et à les imaginer… *Stop !*

— Et si tu me faisais un petit topo sur ta famille ? demanda-t-elle pour mettre un terme aux images qui défilaient dans sa tête.

De plus, l'idée de passer Halloween dans une grande tribu la rendait fébrile.

Il porta rapidement sur elle son émouvant regard émeraude.

— Un *topo* ?

— Une présentation rapide de ce que j'ai besoin de connaître de chacun de vous, précisa-t-elle.

— Ah ! très bien. Alors, je suis l'aîné mais, moi, tu me connais déjà.

Pas autant qu'elle l'aurait souhaité, mais elle repoussa vivement cette pensée. Elle devait absolument garder à l'esprit qu'elle était juste sa petite amie *pour de faux*.

— Ensuite vient Lachlan, poursuivit-il. Il est divorcé et a deux enfants. Hallie vit avec sa mère en Californie, et Hamish ici, avec lui et notre mère.

Elle fronça les sourcils.

— Chacun a gardé un enfant lors de la séparation ? s'enquit-elle.

— Oui. Hamish est né avec un handicap cérébral, ce que sa mère n'a pas pu accepter. Cela a entaché leur mariage et, quand ils ont fini par se séparer, l'ex-femme de Lachlan lui a laissé la garde de Hamish dont elle ne voulait pas.

— C'est affreux…, murmura-t-elle en sentant les larmes lui monter aux yeux.

Elle savait si bien ce que c'était de ne pas être désirée, surtout par une mère qui était censée vous porter un amour inconditionnel.

— En effet, mais l'amour maternel n'est pas forcément inné, fit remarquer Callum.

— C'est vrai !

Et elle espéra que Callum n'avait pas perçu l'amertume de son ton. Aussi enchaîna-t-elle bien vite :

— Lachlan m'a l'air d'être un chic type.

— C'est une perle. Et qui plus est, un fabuleux chef cuisinier. Attends de goûter ses créations.

Il s'éclaircit la gorge et poursuivit :

— Puis il y a Blair, le gérant de la distillerie, qui

fabrique un whisky presque aussi bon que celui de notre père. D'ailleurs, c'est de lui qu'il tient son savoir-faire.

— Blair est-il marié ?

— Divorcé. Cette séparation s'est faite sur un mode bien plus amical, sans doute parce qu'il n'y avait pas d'enfant en jeu.

— Sans doute.

— Et toi ? Tu as des frères et sœurs ?

— Non.

Et elle le regrettait terriblement. Elle aurait tant aimé avoir une famille chaleureuse et aimante, ce qui était loin d'avoir été le cas ! En dépit de ses nombreux oncles, tantes et cousins, personne n'avait voulu d'elle.

— Et qui vient après Blair ? s'enquit-elle.

— Owen, même si tout le monde l'appelle « Mac » depuis le lycée. Tu as probablement entendu parler de lui.

Elle savait qui il était depuis qu'elle avait effectué des recherches sur Google sur la famille McKinnel. Et, pour être franche, elle connaissait tous les frères et sœurs de Callum, tout au moins leur prénom.

— Le joueur de foot ? demanda-t-elle.

— Oui. Mais depuis que les États-Unis ne se sont pas qualifiés en finale à cause de lui, il est à ramasser à la petite cuillère. Maman ferait mieux de s'inquiéter pour lui et pas pour moi.

— Va-t-il reprendre le football ?

Il haussa les épaules.

— Qui sait ? Il ne veut pas en parler. D'ailleurs, il est quasi muet depuis. Je ne suis même pas certain qu'il vienne aujourd'hui. Bon, je crois que l'on pourrait aborder des sujets plus intéressants que mon frère à problèmes. Et après lui, il y a Quinn. Tu imagines l'animation dans la maison, avec cinq garçons !

— N'as-tu pas des sœurs, aussi ?

— Si Annabel et Sophie. Et elles sont formidables. Mais ne leur dis surtout pas ce que je viens de te confier !

Elle éclata de rire.

— Je parie que tu es un grand frère hyper protecteur, non ?

Il était évident que Callum aimait sa mère, ses sœurs, Muffin... Non, elle s'aventurait sur un terrain dangereux !

— Arrête de me lécher l'oreille, voyou, je ne vois pas la route ! dit-il à cet instant.

Réprimandé, Muffin s'allongea alors à la fois sur les genoux de Callum et les siens, et elle se mit à le caresser d'un air absent, regrettant de ne pas passer cette journée seule avec Callum. En dépit de son sex-appeal, elle se sentait à l'aise avec lui, ce qui ne serait pas forcément le cas autour d'une table avec tous ses frères et sœurs. À vrai dire, cette pensée l'angoissait mais l'intriguait à la fois, dans la mesure où elle n'avait pas l'expérience des grandes familles.

— Bon, assez parlé des miens, dit-il, comme s'il percevait sa nervosité. Raconte-moi plutôt des choses excitantes sur ta vie.

Elle laissa échapper un grognement sceptique.

— Il n'y a absolument rien d'excitant dans ma vie, marmonna-t-elle.

— Je ne te crois pas une seconde. Dis-moi, qui est cet homme, sur la photo encadrée ?

Le nœud qui se forma aussitôt dans sa gorge l'empêcha de répondre.

— Désolé, je n'ai pas fouillé chez toi en ton absence, tu sais, dit-il, quelque peu gêné. J'ai juste vu la photo en rangeant.

— Je m'en doute.

Elle ne l'aurait jamais soupçonné d'avoir fouillé dans ses affaires !

Prenant une grande respiration, elle poursuivit :

— C'est mon grand-père. Il est mort peu de temps avant que je m'installe à Bend. J'ai vécu avec lui de l'âge de quinze ans jusqu'à mon déménagement ici. C'est lui qui s'occupait de moi.

— Oh ! je vois. Je suis désolé. Il doit te manquer. De quoi est-il mort ?

Elle hésita à répondre, puis se décida.

— D'alcoolisme.

Un silence s'installa, comme si Callum ne savait que répondre. Elle se sentit un peu coupable ; Callum n'était pas responsable des problèmes de sa famille avec l'alcool, même si la sienne en fabriquait et en vivait. D'ailleurs, sans doute valait-il mieux être à la tête d'une distillerie que d'une compagnie de tabac.

— Cela a dû être très dur pour toi, fit-il remarquer.

— Oui, mais il m'aimait du mieux qu'il le pouvait, aussi je voulais être là pour lui.

La vie chez lui avait été bien plus agréable que celle qu'elle avait connue avec ses parents avant leur décès, puis pendant la période où elle avait été ballottée d'un membre de la famille à un autre, avant d'atterrir finalement chez son grand-père.

La légèreté qui avait flotté entre eux quand Callum avait évoqué les siens s'était évaporée, et elle s'efforça de trouver un nouveau sujet pour détendre l'atmosphère. Et comme elle avait toujours les doigts dans la fourrure de Muffin, une nouvelle idée lui vint.

— Tu m'as dit que ta famille aimait les animaux. Est-ce que ta mère en a un ou plusieurs ? s'enquit-elle.

— Pas en ce moment mais, quand on était enfants, il y avait toujours un chien ou un chat à la maison.

Et durant le reste du trajet, il lui raconta des anecdotes liées aux chiens, chats et même lapins qui s'étaient succédé au foyer des McKinnel. Certaines étaient très drôles, de sorte qu'elle était presque détendue quand ils arrivèrent chez sa mère.

— Quel endroit magnifique ! s'exclama-t-elle en descendant de la voiture, devancée par Muffin qui était déjà en train de renifler la neige tombée dans la nuit.

Quand elle posa les yeux sur la maison, elle en resta bouche bée. Jamais elle n'en avait vu d'aussi belle ! Imposante mais sobre, dans le même style que la distillerie. Devant se trouvait une belle piscine.

— Oui, tu as raison, dit Callum. Comme je la vois tous les jours, cela ne me saute plus aux yeux. Bon, tu es prête ?

Non. Mais il était trop tard pour se désister, aussi se contenta-t-elle de hocher la tête et de le laisser lui montrer le chemin, Muffin bondissant devant eux.

La porte s'ouvrit avant même qu'ils arrivent en haut des marches, et une femme dans la soixantaine leur ouvrit la porte. Nora McKinnel, sans nul doute. Mince et pas très grande, elle était parfaitement coiffée et maquillée, et portait des vêtements clairs. À la façon dont elle enlaça Callum, Chelsea mesura tout l'amour qu'elle nourrissait pour son fils, et trois secondes plus tard elle la prit de court en l'étreignant elle aussi.

— Vous êtes Chelsea, n'est-ce pas ? Callum m'a dit qu'il viendrait avec une *amie*. Je suis si heureuse que vous vous joigniez à nous !

— Merci, répondit-elle, à la fois déconcertée et un rien embarrassée dans les bras d'une inconnue.

Nora la lâcha enfin et regarda Muffin.

— Et qui est cette délicieuse créature ? s'enquit-elle.

— C'est Muffin, mon chien. Callum m'a dit que je pouvais l'emmener. J'espère que cela ne vous gêne pas.

— Pas du tout, bien au contraire ! Entre, mon petit gars.

Muffin ne se le fit pas dire deux fois !

Chelsea et Callum emboîtèrent le pas à Nora qui les conduisit dans la cuisine pleine de monde. Une immense table de style rustique était magnifiquement décorée. Alors qu'elle observait les lieux, elle se rendit soudain compte que les conversations s'étaient tues. Pendant quelques secondes, elle eut l'impression d'être la nouvelle attraction du zoo, mais Nora annonça :

— Je vous présente la nouvelle *amie* de Callum.

Et encore une fois, elle accentua tout particulièrement le mot « amie ».

Chacun s'approcha d'elle pour la saluer et se présenter. Tous étaient si chaleureux et accueillants qu'elle eut immédiatement le coup de foudre pour la tribu McKinnel, tout en se demandant si elle allait retenir les noms de chacun.

Callum lui prit son manteau qu'il alla accrocher quelque part, quand le plus jeune de la famille lui dit :

— Tu peux t'asseoir à côté de moi, si tu veux, Chelsea.

Elle sourit au petit garçon âgé d'une dizaine d'années et à l'élocution légèrement heurtée.

— Avec grand plaisir ! répondit-elle.

— Je m'appelle Hamish, précisa-t-il quand elle prit place sur la chaise à côté de la sienne. C'est ton chien ? J'adore les chiens.

Muffin, qui avait fini son inspection, était venu s'asseoir entre eux deux.

— Oui, c'est mon chien, répondit-elle. Je crois qu'il t'aime bien, lui aussi.

Callum, qui était de retour, s'installa à côté d'elle, et un sourire radieux éclaira le visage de Hamish. Le petit garçon était adorable. Elle avait eu tort d'accepter cette invitation. Elle allait se brûler les ailes, avec le rôle que Callum lui avait demandé de jouer.

— Que veux-tu boire ? lui demanda ce dernier en désignant les différentes bouteilles.

Il y avait du vin et de la bière, comme dans la plupart des réceptions, mais c'était la bouteille de whisky qui occupait la place de choix au milieu de la table, près des citrouilles décorées.

Elle eut la sensation que le vin et la bière étaient là pour ceux qui ne faisaient pas partie de la famille, c'est-à-dire elle-même et Claire, l'ex-femme de Blair, qui avait un verre de vin à la main, contrairement au reste du clan. La situation qu'elle était en train de vivre était décidément très étrange pour elle.

Elle secoua la tête.

— Je ne veux rien pour l'instant, merci.

Les conversations allaient bon train, tandis que Lachlan, en tablier blanc, donnait des ordres comme le chef d'un restaurant étoilé. Seule une personne se taisait et la regardait curieusement depuis son arrivée. C'était Mac qui, assis au bout de la table, sirotait du whisky. Quand il surprit son regard, son visage se renfrogna.

— Puis-je faire quelque chose pour vous aider ? demanda-t-elle vivement à Nora afin d'oublier Mac.

— Certainement pas ! répondit Annabel, l'une des sœurs de Callum.

Elle avait un sourire adorable et des airs de petit lutin, comme sa jumelle Sophie, mais elle était bien plus musclée, ce qui était sans doute lié à son métier de pompier.

— Ici, les invités n'ont pas à lever le petit doigt, n'est-ce pas, maman ? précisa-t-elle.

Cette dernière hocha la tête en souriant.

Quand la sonnette retentit, chacun prit un air étonné, sauf Sophie qui bondit de sa chaise.

— J'ai invité une amie qui m'est *chère* ! annonça-t-elle en regardant sa mère.

Puis elle décocha un clin d'œil discret à Callum et quitta la pièce. Chelsea le regarda d'un air interrogateur.

— Sophie a décidé de faire marcher un peu maman, murmura-t-il. Je t'expliquerai plus tard.

Cette promesse la fit frissonner. Il y aurait donc un « plus tard » ? Mais bien vite, elle se ressaisit. C'était juste une façon de parler. Elle jouait le rôle de sa petite amie aujourd'hui, rien de plus.

Quelques secondes plus tard, Sophie refit son entrée, radieuse, en tenant une belle rousse par la main.

— Je vous présente Storie, dit-elle.

Une fois que chacun l'eut saluée et que Nora l'eut prise dans ses bras, le repas fut servi.

Chelsea n'avait jamais vu une telle abondance de mets ! Et quels arômes délicats se dégageaient de tous ces plats !

Lachlan, visiblement dans son élément, présenta rapidement ce qu'il avait préparé, en partie de la cuisine typique de Thanksgiving, comme une dinde rôtie, mais aussi des plats plus contemporains qui avaient l'air tous plus appétissants les uns que les autres… À part le jambon au four glacé au whisky. Elle n'y goûterait certainement pas ! Mais tout le reste semblait être un vrai régal !

— Merci à tous d'être venus aujourd'hui, dit Nora avant que chacun commence à manger. C'est une bénédiction pour moi d'être si bien entourée en ce premier Thanksgiving sans votre père.

Callum sentit son cœur se serrer. Sa mère donnait formidablement le change, même s'il savait qu'elle devait se laisser aller quand elle était seule. On ne se remettait pas en quelques mois de la disparition d'un mari avec qui on avait vécu autant d'années. Il ne doutait pas que Noël serait une épreuve difficile pour elle, ainsi que le jour de leur anniversaire de mariage. Soudain, il se rendit compte que tous les regards étaient tournés vers lui.

— Qu'y a-t-il ? demanda-t-il.

— Tu vas la découper, cette dinde, oui ou non ? répliqua Annabel. On meurt de faim !

Diriger désormais l'entreprise familiale était une chose, mais remplacer son père en était une autre. Il était certain que Lachlan se ferait une joie de voler à son secours.

— Je laisse cet honneur à notre honorable chef, dit-il.

Comme prévu, Lachlan fut ravi, et tous salivèrent en le regardant exécuter à la perfection la découpe de la dinde. Les assiettes circulèrent, revinrent débordantes à leurs destinataires qui les dévorèrent du regard, un grand sourire aux lèvres.

Chelsea paraissait amusée, nota Callum. En tant que fille unique, elle n'avait jamais connu ce genre de repas de famille.

— Et maintenant, veux-tu boire quelque chose ? lui demanda-t-il.

Il venait de se rendre compte qu'elle était la seule personne de l'assemblée à ne pas avoir de verre, à l'exception de Hamish, bien sûr, qui buvait du jus d'orange à la paille, dans un gobelet en plastique.

— Non, merci, je ne bois pas, répondit-elle.

— Ah bon ? Jamais ?

Pourquoi s'était-il exclamé si fort ? Et zut ! Il avait attiré l'attention de toute la famille sur elle.

— Jamais, répondit-elle, le rouge aux joues. Je descends d'une lignée d'alcooliques, je préfère ne pas tenter le sort.

Un silence gêné s'abattit autour de la table.

Callum retint un juron. Il aurait voulu se gifler, mais sa mère se chargea de lui asséner un bon coup de pied sous la table, estimant sans doute qu'il aurait dû être au courant.

— Ce qui se conçoit aisément, dit-il, en cherchant de façon discrète la main de Chelsea pour la serrer très fort dans la sienne.

Curieusement, il éprouva alors un pincement de culpabilité, comme si les problèmes d'alcool de sa famille étaient sa faute. Ce qui était ridicule. Les McKinnel fabriquaient un whisky de qualité destiné aux connaisseurs, qui buvaient en toute modération. Il n'était en rien responsable des excès de certains.

— Tu veux un soda, à la place ? proposa-t-il. Ou un jus de fruits ?

— Je prendrai volontiers de l'eau pétillante, répondit-elle en ôtant sa main de la sienne.

Ce qui le ramena à la réalité et au fait qu'elle était venue à sa demande tenir le rôle de sa petite amie, rien de plus.

Quand il revint avec son verre, elle était en train de bavarder avec Claire qui se trouvait en face d'elle. Les deux femmes discutaient de leurs romans préférés, ce qui le rasséréna.

Le repas se poursuivit. Les discussions se multipliaient autour de la table comme des échanges de balle sur un court de tennis. Chelsea avait l'air de passer un bon moment. Elle souriait aux blagues, répondait gentiment aux questions qu'on lui posait, qui n'étaient par ailleurs pas du tout d'ordre personnel. Mais tout à coup, Mac, qui avait été quasiment muet jusque-là, prit la parole pour demander :

— Comment vous êtes-vous rencontrés ?

Devant l'air embarrassé de Chelsea, il s'éclaircit la gorge, pour gagner un peu de temps, avant de répondre :

— Grâce à Bailey. Chelsea a eu l'occasion de travailler avec elle.

Et il en resta là, en dépit des quelques sourcils froncés chez certains. Qu'ils pensent ce qu'ils voulaient ! Il se réjouissait juste de ne pas avoir donné l'occasion à sa mère de demander à chacun s'il ne connaissait pas une femme susceptible de plaire à son aîné pour que celui-ci ne finisse pas seul et grincheux. Et surtout sans descendant, ce qui l'aurait privée de nouveaux petits-enfants.

Les rires fusaient à nouveau, et les langues étaient déchaînées quand on servit le dessert. Lachlan s'était surpassé avec sa tarte au potiron, son pudding glacé au whisky, ses pommes cuites caramélisées. Sans compter l'eau parfumée au gingembre et au potiron qui accompagnait le tout. L'occasion était toute trouvée pour l'annonce qu'il avait à faire…

— Lachlan, cette tarte pourrait être une des spécialités de notre futur restaurant, qu'en penses-tu ? demanda-t-il. Pourrais-tu envisager de quitter ton emploi en ville pour transformer le café existant en un restaurant qui ferait sensation ? Sophie et moi en avons longuement discuté et, selon nous, cela permettrait à la distillerie de passer au niveau supérieur.

Sophie lui adressa un regard étonné qui disait clairement : « Le moment est-il bien choisi pour aborder un tel sujet ? » Il n'y prêta pas attention. Il était parfois bon de suivre son instinct.

Lachlan s'adossa à son siège.

— Un restaurant, tu dis ?

— Dont tu aurais la charge.

— J'ai toujours rêvé d'avoir mon propre restaurant, avoua Lachlan. Mais penses-tu vraiment que la distillerie a les moyens d'en ouvrir un ?

— En toute honnêteté, j'espère que ce sera l'inverse, que le restaurant permettra à la distillerie de prendre un nouvel élan, répondit Callum. Et ce sera aussi l'occasion pour toi d'avoir bien plus de latitude derrière tes fourneaux. Promets-moi de réfléchir à la proposition.

— Promis ! répondit Lachlan d'un ton décidé.

— Et les autres, ils n'ont pas leur mot à dire ? intervint Quinn. Nous sommes censés être une distillerie, pas un restaurant ! Nous devrions nous concentrer sur ce que nous savons déjà faire, au lieu de nous éparpiller.

— Pour ma part, l'idée me plaît énormément, décréta Annabel. Il y a si peu d'endroits en ville où l'on peut se restaurer correctement.

— Tu n'as qu'à cuisiner toi-même, marmonna Quinn en lui jetant un regard noir.

— Et pourquoi, alors qu'il y a des gens comme Lachlan qui le font bien mieux que moi ? rétorqua Annabel.

— Écoutez, les enfants, j'ai beau aimer la distillerie, reprenons cette discussion après Thanksgiving, vous voulez bien ? suggéra leur mère, quelque peu tendue.

— Désolé, maman, dit Callum d'un air contrit, même s'il se réjouissait de la réponse de Lachlan.

À cet instant, Hamish poussa un petit cri de plaisir, et tout le monde se tourna vers lui.

— Es-tu en train de nourrir ce chien sous la table ? demanda Lachlan sur un ton mi-amusé, mi-désapprobateur.

— Je l'adore ! répondit le petit garçon.

Et sa réponse dissipa la tension engendrée par la conversation précédente.

— Voilà qui explique pourquoi mon chien se tenait si bien, fit remarquer Chelsea. Et moi qui pensais qu'il s'était enfin assagi !

Tout le monde éclata de rire, et chacun se remit à déguster les desserts jusqu'à ce que Blair annonce qu'il ne pouvait pas avaler une bouchée de plus.

Et quand bien même, il n'aurait pas pu se resservir car tout avait été englouti ! Le clan McKinnel ne faisait pas de quartier aux desserts.

— Moi non plus ! s'exclamèrent en même temps les jumelles.

— Et si nous passions au salon pour le divertissement et les jeux ? suggéra Sophie.

La table fut rapidement débarrassée, et Callum demanda à Chelsea :

— Tu es plutôt films ou jeux de société ?

Elle le regarda d'un air confus.

— C'est la tradition, dans notre famille, lui expliqua-t-il. Certains préfèrent jouer, d'autres regarder un film. À toi de choisir. Je ferai comme tu voudras.

Elle choisit le film, et il l'entraîna vers le canapé où il prit place à côté d'elle.

Il était si facile de la faire passer pour sa petite amie que la moitié du temps il oubliait qu'elle ne tenait qu'un rôle. Muffin s'allongea à ses pieds, le ventre plein lui aussi, et Hamish s'assit par terre à côté de son nouvel ami, juste devant Chelsea et lui. Comme toujours, ce fut son neveu qui choisit le film, en l'occurrence *Avengers*.

Il profita de l'occasion pour étendre son bras sur le dossier du canapé et enlacer Chelsea par les épaules. Elle lui jeta d'abord un petit coup d'œil inquiet, puis vint blottir sa tête contre lui.

Lorsque le générique de fin défila, Nora déclara :

— Il est temps d'appeler grand-papa. Quinn, tu peux aller chercher mon ordinateur et lancer Skype ?

Au moment où chacun se rassemblait autour de la table, Chelsea s'enquit dans un chuchotement :

— C'est le père de ta mère ?

— Exact, répondit Callum.

— Où habite-t-il ?

— Il passe son temps en croisière. Il n'a pas pu supporter le vide dans la maison, après la mort de ma grand-mère il y a deux ans.

— C'est triste et mignon à la fois, fit-elle remarquer.

Il lui étreignit la main lorsque le visage de son grand-père s'afficha sur l'écran.

— Quelle personnalité ! murmura Chelsea une fois que chacun lui eut parlé. Je cerne mieux les vôtres, à présent.

— En gros, tu me dis que ma famille est excentrique ? demanda-t-il, amusé.

À cet instant éclata un son de cornemuse. C'était Blair qui avait sorti son instrument et soufflait dedans, joues rouges et gonflées.

— Eh bien, je connais peu de familles où l'on joue de la cornemuse, mais je dirais que la tienne est plus cool qu'excentrique ! répondit-elle en riant.

Quinn, qui avait visiblement entendu leur échange, s'immisça alors dans leur conversation, et bien sûr à sa façon, c'est-à-dire sur le ton du badinage.

— Oui, nous sommes une famille aux talents multiples, du moins pour certains d'entre nous, expliqua-t-il.

Dommage que tu n'aies pas choisi le bon frère. Callum est assommant, tu sais. Tu veux que je te parle de mes talents ? Ou que je te les montre ?

— Tu peux aussi aller voir ailleurs si on y est, répliqua Callum d'un ton furieux.

Et il entraîna Chelsea un peu plus loin en ajoutant :

— Désolé pour Quinn. Il se croit irrésistible.

— Je suis sûre qu'il est inoffensif.

Il n'en était pas aussi certain, son jeune frère ayant flirté avec Claire avant et après son divorce avec Blair, ainsi qu'avec Bailey, d'ailleurs. Curieux mais à l'époque il n'avait pas vu rouge comme à l'instant…

Et tout à coup, on sonna à la porte. Ce fut Nora qui, cette fois, se précipita pour ouvrir et revint quelques secondes plus tard en compagnie de… Bailey et ses parents !

Callum faillit jurer tout haut, puis il se rappela qu'il n'avait prévenu sa mère qu'il viendrait accompagné que le matin même. De toute évidence, sa meilleure amie Marcia et elle avaient décidé de réconcilier leurs enfants à l'issue du déjeuner. D'ailleurs, si toutes deux n'avaient pas joué les marieuses dès le début, Bailey et lui ne seraient probablement jamais sortis ensemble.

— Qui est-ce ? demanda Chelsea au moment où Bailey regardait dans leur direction.

Il soupira. Quelle situation embarrassante ! La fin de journée allait être pimentée…

- 7 -

Chelsea s'efforça de maîtriser les battements de son cœur, mais la situation lui paraissait désastreuse…

— Tu veux dire Bailey *Sawyer* ? Ton ex-fiancée ?

Callum s'éclaircit la gorge et hocha la tête.

— Oui. Je suis vraiment désolé, j'ignorais que ma mère l'avait invitée.

On inspire profondément, on expire profondément… Quel cauchemar ! Le délicieux déjeuner lui pesa subitement sur l'estomac, à en avoir la nausée. De surcroît, cette Bailey, avec qui elle n'avait traité que par téléphone et mail, était vraiment très belle, et bien mieux faite qu'elle. Elle espérait au moins qu'elle ne devinerait pas qui elle était.

— Elle n'a pas l'air ravie de te voir avec moi, fit-elle remarquer à mi-voix.

— Cela ne t'ennuie pas si je vais rapidement lui parler ?

Si, cela la contrariait énormément mais, faisant contre mauvaise fortune bon cœur, elle répondit :

— Oui, je crois que c'est une bonne idée.

Alors qu'il s'éloignait, elle le rattrapa par le bras.

— Pourrais-tu si possible éviter de lui dire qui je suis ? demanda-t-elle. Il en va de ma réputation professionnelle.

— Naturellement.

Et sur ces mots, il se rendit à l'autre bout du salon où Hamish était en train d'enlacer Bailey avec fougue.

Et dire qu'elle s'était crue appréciée du petit garçon ! songea Chelsea. La torture continua quand Callum salua Bailey à son tour, même s'il se contenta de lui donner un baiser sur la joue.

— C'est drôle, quand même, dit une voix tout près d'elle.

Elle se retourna. Mac se trouvait derrière elle et arborait un air ironique.

— L'ancienne et la nouvelle sous le même toit ! ajouta-t-il.

— Donc, en fait, tu parles ? rétorqua-t-elle en feignant un calme aux antipodes de son état.

— Quand ça m'amuse, oui.

Et Mac prit une nouvelle gorgée du verre qu'il tenait visiblement en permanence à la main. Ce qui était curieux, c'était qu'il n'émanait de lui aucune odeur d'alcool, contrairement à son père et à son grand-père qui sentaient le vin en permanence, comme s'il s'était infiltré sous leur peau. D'ailleurs, à part sa barbe de trois jours, Mac était d'une apparence plus soignée que les autres, et délibérément à la mode, avec ses longs cheveux bruns rassemblés en un chignon à l'arrière du crâne. Elle reconnaissait que cette coiffure, qu'en général elle n'aimait pas, lui allait bien.

Malgré elle, elle demanda :

— Depuis combien de temps sortaient-ils ensemble ?

— Bien trop longtemps. Il devait avoir deux ans, et elle quelques heures.

Elle ouvrit de grands yeux et, manifestement satisfait de son effet, Mac poursuivit :

— C'était quasiment un mariage arrangé par nos parents, mais je m'aperçois que maman prend mieux cette rupture que je ne le pensais.

Chelsea ne fit aucun commentaire. Jusqu'à l'arrivée de Bailey, elle avait vraiment apprécié ce repas, avait trouvé plaisant d'imaginer qu'elle faisait partie de ce monde, de cette famille. Mais c'était bel et bien Bailey qui appartenait à leur univers, et tous, à l'exception de Callum et de Mac, semblaient ravis de la voir. Elle, en revanche, était l'intruse.

Une brusque envie de fuir la saisit. Comme elle regrettait de ne pas être venue avec sa propre voiture ! Elle songea un instant à demander à Mac de la raccompagner chez elle, avant de se raviser. Elle n'allait tout de même pas risquer sa vie avec un homme qui avait eu un verre de whisky à la main toute la journée !

Au bout de ce qui lui sembla une éternité, Callum finit par revenir vers elle.

— Désolé, dit-il, l'air profondément sincère. Ça va ?

— Oui, répondit-elle en relevant le menton. Bon, je crois qu'il est l'heure pour Muffin de rentrer. Peux-tu nous ramener, maintenant ?

Mais avant qu'il ait le temps de répondre, la voix de Quinn s'éleva par-dessus toutes les autres.

— Bailey, Callum nous a dit que c'est grâce à toi qu'il avait connu Chelsea. Comment vous connaissez-vous, toutes les deux ?

Chelsea blêmit. Si seulement le sol avait pu s'ouvrir sous ses pieds et l'engloutir !

Bailey se tourna vers elle, fronça légèrement les sourcils… et Chelsea comprit qu'elle avait compris. Envolée, sa bonne réputation professionnelle ! Bailey en avait forcément déduit qu'elle tirait avantage des pauvres hommes aux cœurs brisés – encore que cela n'avait pas été tout à fait le cas de Callum.

— Nous avons une amie en commun, répondit Bailey.

Ce qui contredisait la version d'une rencontre par le travail, évoquée en début de repas par Callum… Heureusement, personne ne fit de commentaires.

Chelsea perçut toutefois la perplexité du clan McKinnel et appela Muffin d'une voix douce. Il se réveilla de sa sieste et vint vers elle.

— Je vais remercier ta mère et Lachlan pour le déjeuner, et on y va, si tu veux bien, dit-elle.

Callum hocha la tête, et elle s'avança vers Nora qui discutait avec ses amis.

— Je dois partir, madame McKinnel, mais je tenais à vous remercier pour ce déjeuner délicieux. Encore bon Thanksgiving ! dit-elle sans oser regarder les parents de Bailey.

Nora se leva et la prit dans ses bras.

— Ce fut un plaisir, et par pitié je préfère Nora ! J'espère que nous aurons souvent l'occasion de nous revoir.

Chelsea lui sourit, mais elle en doutait fortement.

Elle alla ensuite bien vite remercier Lachlan et, le cœur serré, s'abstint de dire au revoir à Hamish qui jouait aux échecs avec Bailey. Puis elle quitta la maison avec Callum, pour se retrouver dans le froid glacial de l'après-midi finissant. Elle frissonna.

— Tu as oublié ton manteau, lui fit remarquer Callum. Je vais le chercher.

— Merci.

En l'attendant sur la terrasse, elle s'accroupit et attira Muffin contre elle pour qu'il la réchauffe.

Les rumeurs que Bailey allait répandre seraient-elles fatales à son activité ? *Allons !* Elle ne devait pas s'inquiéter après une si belle journée, mais plutôt repenser à cette famille accueillante qui fabriquait un whisky à la renommée internationale, que chacun avait généreusement consommé au repas, sans que cela cause le moindre chahut ou malaise.

— Tiens, dit Callum en lui tendant son manteau.

Quand il l'aida à l'enfiler, elle sentit son souffle chaud dans son cou, ce qui la troubla. Elle fut fortement tentée de se retourner, consciente qu'ils étaient assez près pour s'embrasser…

Bon sang, comment pouvait-elle nourrir de telles pensées après ce qui venait de se passer ? Elle eut alors l'impression que ses hormones et son cerveau étaient des entités complètement séparées.

Callum fit doucement glisser ses mains le long de ses bras, puis, enroulant ses doigts aux siens, il murmura :

— Merci d'avoir tenu le rôle de ma petite amie, aujourd'hui. Je suis navré pour Bailey, c'était tout à fait imprévu.

— Ce n'est pas grave.

— J'ai vraiment apprécié ta compagnie.

Il était toujours collé à son dos et… et, oui, c'était bien son érection qu'elle sentait contre ses reins !

— Je crois que ma libido n'a pas compris que tu jouais la comédie, aujourd'hui, ajouta-t-il dans un souffle.

Elle déglutit avec difficulté, sentant les pointes de ses seins durcir.

— Oh ! murmura-t-elle.

— Ah bon ? C'est tout ce que tu trouves à répondre ? « Oh ! » ?

Et il éclata de rire, un rire qui lui fit l'effet d'une brise d'été.

Elle se tourna vivement vers lui.

— Et qu'attendais-tu au juste, comme réponse ? demanda-t-elle.

Il lui souleva le menton d'un doigt, dans un geste à

la fois doux et déterminé, comme elle l'attendait d'un homme.

— Eh bien, j'espérais que l'on poursuivrait un peu notre petit simulacre, répondit-il.

La gorge soudain sèche, elle parvint à articuler :

— Jusqu'où ?

— Jusqu'à ta chambre.

À ces mots, son corps s'enflamma littéralement. Après tout, elle pouvait bien s'accorder un cadeau, à l'approche de Noël, non ? Un moment de répit avant d'affronter la réalité et les conséquences des dégâts que provoquerait Bailey sur sa société. Toutefois, il n'était pas pour autant question qu'elle entame une relation avec un homme qui était à la tête d'une distillerie.

— Entendu, mais ce sera une nuit sans lendemain, répondit-elle. Après ce que Bailey a découvert…

— Cela me va. Je ne recherche pas une relation pour rebondir, après ma rupture. Ma priorité, c'est la distillerie. Et ne t'inquiète pas pour Bailey. Je lui parlerai, je lui expliquerai que je t'avais demandé un service. C'est quelqu'un de bien, elle comprendra. Elle ne ternira pas ta réputation.

Vraiment ? Si c'était une femme aussi formidable, pourquoi ne semblait-il pas affligé par leur rupture ? Et puis zut, elle n'en avait rien à faire ! Tout ce qui comptait, c'était d'assouvir le désir qu'elle éprouvait pour lui. Un désir parfaitement insensé, dans tous les sens du terme, mais qu'elle n'avait jamais ressenti pour aucun homme avant lui.

— OK, murmura-t-elle.

Et elle plaqua ses lèvres contre les siennes pour sceller ce pacte.

Aussitôt il l'étreignit avec fougue, sans chercher à

masquer son désir évident. La saveur de sa bouche raviva le sien, à la rendre quasiment folle. Cet homme était dangereusement… enivrant, se dit-elle tandis qu'il l'embrassait avec passion et qu'une partie bien précise de son corps était en feu. Si un simple baiser lui procurait un tel effet, elle n'osait pas imaginer les feux d'artifice qui exploseraient quand ils seraient sous ses draps ! Elle avait hâte qu'ils se retrouvent chez elle !

Comme s'il lisait dans ses pensées, Callum s'écarta légèrement d'elle et, les yeux brillants, chuchota :

— Partons avant de nous donner en spectacle sur la terrasse de ma mère.

Elle poussa un petit cri et se mordit la lèvre. Elle en avait presque oublié où ils se trouvaient !

Cette fois, épuisé d'avoir tant mangé et vu tant de monde, Muffin s'affala sur la banquette arrière sans protester.

Durant le trajet, Callum n'ôta pas la main de son genou, sur lequel il dessinait de petits cercles avec le pouce. Son collant n'atténuait nullement les effets de ce geste sensuel qui auraient été les mêmes sur sa peau nue. Elle était pressée qu'ils arrivent, même si des sonnettes d'alarme lui hurlaient qu'elle faisait une erreur. Peu importait ! Elle s'accorderait une nuit, juste une, entre ses bras. Elle ne pourrait pas survivre, s'ils ne couchaient pas ensemble une fois.

Lorsqu'ils furent arrivés chez elle, elle ouvrit fébrilement la porte, et Callum et elle entrèrent sans mot dire, leurs expressions parlant pour eux. Elle voyait presque les étincelles jaillir entre eux ! Dès qu'il referma le battant derrière eux, il l'enlaça par la taille et plongea son regard brûlant de désir dans le sien.

Et d'un même élan, chacun captura la bouche de l'autre,

et elle eut la sensation qu'on ne l'avait jamais embrassée jusque-là. Callum enfouit les mains dans ses cheveux, les fit glisser sur sa nuque, tandis que sous l'effet de sa langue agile toute pensée rationnelle la désertait…

Bien qu'il ait affirmé ne pas vouloir s'engager dans une relation, il ne se rua pas sur elle, mais la traita comme une princesse, prenant son temps tout en laissant affleurer son impatience, ce qui affolait tous ses sens. Au moment où il laissa tomber une pluie de baisers le long de son cou, il lui ôta sa veste avec adresse pour plonger la tête dans son décolleté. Sa poitrine se gonfla aussitôt, et il prit un de ses seins dans sa main, en titillant la pointe à travers le tissu. Elle se cambra, éperdue de désir.

— Enlève-moi ma robe, murmura-t-elle dans un gémissement.

Il s'exécuta sur-le-champ, et elle frissonna au contact de ses doigts dans son dos quand il descendit la fermeture Éclair… Il n'attendit pas son invitation pour lui retirer son soutien-gorge, et elle poussa un petit gémissement lorsque sa bouche se referma sur un de ses mamelons… S'il ne se déshabillait pas dans la seconde, elle allait se consumer sur place.

Quand il glissa la main dans sa culotte, elle crut qu'elle allait s'écrouler.

— Au lit ! s'écria-t-elle d'une voix haletante. Tout de suite !

Deux secondes après s'être perdu en elle, Callum avait compris qu'une fois ne serait jamais suffisante pour apaiser la fièvre que Chelsea avait déclenchée en lui. Tout en étant conscient qu'il n'était actuellement absolument pas disponible pour nouer une nouvelle relation. C'était à la distillerie qu'il devait consacrer son temps et son énergie, et il n'était pas question, après Bailey, qu'il néglige une autre femme. Par ailleurs, n'était-ce pas Chelsea qui avait suggéré une nuit sans lendemain ? Elle avait été catégorique là-dessus mais, au fond, peut-être pourrait-il négocier… juste une seconde fois ?

— Tu veux boire quelque chose ? lui demanda-t-elle, l'interrompant dans ses pensées.

À vrai dire, depuis qu'ils avaient basculé sur le lit, ils n'avaient pas échangé une seule parole, laissant entièrement la place au langage des corps.

Un bon whisky après l'amour serait le bienvenu, se dit-il avant de se rappeler qu'elle ne buvait pas et que par conséquent il ne devait pas y avoir d'alcool dans ses placards.

— Que me proposes-tu ? répondit-il d'un ton lascif.

— Un chocolat chaud, par exemple ? On me dit toujours qu'ils sont à tomber. Je peux même partager mes marshmallows avec toi.

Sa voix n'était pas moins provocatrice que la sienne et, sur une impulsion, il s'empara à nouveau de sa bouche pour lui donner un baiser fougueux. Elle gémit quand il pressa son érection contre son ventre… Alors, au lieu d'aller chercher à boire ou à manger, elle glissa la main entre eux et l'empoigna.

Et le « juste une fois » se transforma en un deuxième round tout aussi explosif que le premier, voire davantage.

Juchée sur lui, Chelsea était aux commandes cette fois, et il était totalement fasciné par l'érotisme qui émanait d'elle… Le regard attaché l'un à l'autre, ils furent emportés de façon simultanée par un orgasme qui le foudroya littéralement.

Quand elle retomba sur lui, le cœur battant, il étreignit son corps en sueur, l'esprit vide.

Une fois remis de leurs ébats, il s'aperçut qu'il n'avait toujours pas envie de quitter le lit de Chelsea. À l'idée de s'en aller sans espoir de la revoir, il sentit tout son être se glacer.

— Alors, ce chocolat ? demanda-t-il pour échapper à ses tourments intérieurs.

Elle se redressa, et ses seins se retrouvèrent au niveau de son visage… Il mourait d'envie d'en reprendre un dans sa bouche, mais redoutait de la mettre mal à l'aise. Se rendait-elle seulement compte de son pouvoir de séduction ?

— Tout de suite ! répondit-elle en bondissant hors du lit.

Il la regarda enfiler son peignoir, et son joli postérieur nu s'imprima dans son esprit, ce qui ne contribua guère à le calmer.

— Tu as besoin d'aide ? s'enquit-il.

Elle lui lança un sourire par-dessus son épaule tout en s'attachant les cheveux.

— Non merci, je reviens très vite.

Quand elle ouvrit la porte de la chambre, Muffin se rua sur le lit pour le lécher, et il dut faire preuve d'un peu d'autorité pour que le cocker consente à s'allonger sur le dos. Il se mit alors à lui caresser le ventre tandis qu'ils attendaient Chelsea.

Elle revint quelques minutes plus tard, les mains chargées, et un grand sourire éclaira son visage lorsqu'elle les vit tous les deux dans le lit.

— On dirait qu'il n'y a plus de place pour moi ! s'exclama-t-elle.

— Descends, mon vieux ! ordonna-t-il aussitôt à Muffin.

Chelsea éclata de rire et, posant sur sa table de chevet le plateau garni de deux mugs fumants, elle s'assit à côté de lui. Par une intervention divine sans doute, les pans de son peignoir s'écartèrent pour lui révéler à nouveau sa poitrine…

Dans un ultime effort, il réprima ses pulsions et goûta le chocolat chaud qu'elle venait de lui tendre… alors qu'il rêvait de repartir pour un troisième round !

— Mmm, délicieux, dit-il. Comment le prépares-tu ?

Elle lui lança un regard un rien provocateur, et se lécha les lèvres après avoir bu une gorgée de chocolat.

— C'est un secret, mais je suis ravie que tu apprécies mon chocolat chaud. Et maintenant, raconte-moi, pour Sophie, demanda-t-elle en s'appuyant contre la tête du lit. Pourquoi t'a-t-elle fait ce clin d'œil quand elle est allée ouvrir à sa petite amie ?

Se rappelant la scène, il se mit à rire.

— Je t'ai dit que ma mère était une vraie marieuse. Elle n'aura de cesse que tous ses *bébés* soient mariés et fassent eux-mêmes des bébés. Pour je ne sais quelle raison, elle pense que Sophie est lesbienne. Celle-ci trouve cela très drôle et a décidé de faire comme si elle l'était.

— Ah, je vois. Storie n'est donc pas la petite amie de Sophie.

— Non. Je ne sais pas comment ma sœur l'a convaincue de tenir ce rôle, mais elles ont joué un numéro très convaincant, tu ne trouves pas ?

Elle hocha la tête puis lui lança un coup d'œil en coin.

— Aussi convaincant que le nôtre ?

— Ça, j'en doute, répondit-il.

Et du pouce, il essuya une traînée de chocolat sur les

lèvres de Chelsea, qui les frotta alors l'une contre l'autre. Et il n'en fallut pas plus pour que l'air soit à nouveau saturé d'électricité…

N'était-ce pas le moment d'aborder le sujet avec elle ? Il soupira, se demandant comment formuler sa question pour ne pas ternir l'incroyable expérience qu'ils venaient de vivre. En lui demandant s'il s'agissait vraiment d'une nuit sans lendemain entre eux, il allait gâcher le moment et prendre le risque de devoir partir immédiatement. À moins qu'elle enroule ses jambes autour des siennes…

Comment savoir ?

Pour gagner un peu de temps, il demanda :

— Qu'est-il arrivé à tes parents ?

— C'est-à-dire ?

— Si j'ai bien compris, tu as vécu avec ton grand-père à partir de tes quinze ans. J'imagine que c'était sans tes parents.

Elle hocha la tête et considéra son mug avec tristesse. Il regretta aussitôt sa question, ne souhaitant nullement assombrir son humeur.

— Ils sont morts dans un accident de voiture quand j'avais onze ans. Mon père conduisait et était ivre, comme toujours. Heureusement que je n'étais pas à l'arrière.

— Je suis désolé, murmura-t-il en posant la main sur sa cuisse.

Elle haussa les épaules.

— C'est la vie !

— Et avec qui as-tu vécu, de onze à quinze ans ?

— Avec qui n'ai-je pas vécu, tu veux dire ! J'ai été ballottée d'un membre de la famille à un autre, jusqu'à ce que seul mon grand-père accepte de me prendre. Lui aussi était alcoolique comme mes parents, mais il avait le vin gai, contrairement à eux qui devenaient violents l'un envers l'autre dès qu'ils avaient trop bu, ou envers ceux qui se trouvaient à portée d'eux.

Il tressaillit. Ses parents avaient-ils levé la main sur elle ? Il n'osa pas le lui demander. Mieux valait ne pas faire remonter les mauvais souvenirs à la surface.

— Pas étonnant que tu ne boives pas ! s'exclama-t-il.

— Oui. Ta famille semble en revanche tout à fait capable de boire sans que chacun se mette à hurler ou à se taper dessus.

— Nous respectons bien trop le whisky pour en abuser. Mon père nous a enseigné à tous que c'était, comme n'importe quel autre alcool d'ailleurs, un vecteur de convivialité, à apprécier et à boire entre amis, pas une consolation.

— Ton père doit beaucoup te manquer, non ?

— Oui, même si depuis son décès je ressens une sorte de… sentiment de liberté, au niveau de la distillerie. Il était incapable de s'adapter à son temps, et refusait tout changement. Il estimait que fabriquer du bon whisky suffisait, ce qui n'est aujourd'hui plus le cas.

— Il me semble que Quinn était d'accord avec lui, non ? J'ai cru percevoir de la tension entre vous au sujet de la distillerie, aujourd'hui.

— Il y en a toujours eu entre lui et moi. Ce qui ne m'empêche pas de l'adorer, bien sûr. Mais je ne crois pas qu'il nourrisse la même passion pour l'entreprise familiale que Blair, Sophie et moi. On dirait qu'il y travaille parce qu'il ne sait pas quoi faire d'autre de sa vie.

— Quel poste occupe-t-il déjà ?

— Il gère les stocks, passe les commandes aux fournisseurs. Mes projets n'affecteront en rien ses fonctions, si ce n'est qu'ils nous permettront de produire plus de whisky, d'enregistrer de meilleurs gains, ce qui implique un salaire plus élevé pour lui. Mais je ne veux pas t'ennuyer avec mes problèmes de boulot et de famille.

— Au contraire, ça m'intéresse !

— Vraiment ?

Elle hocha la tête, et il lui parla donc de ses projets : le restaurant, la vente de goodies dans la boutique, la possibilité d'acquérir un label *white dog*, la parcelle de terre qu'il voulait acquérir pour que la distillerie récolte son propre grain.

— Waouh ! Je t'imagine tout à fait en fermier, avec une chemise à carreaux, une salopette en jean et un grand chapeau de paille ! s'exclama-t-elle.

— Je crois que tu confonds « fermier » et « épouvantail ».

Elle éclata de rire.

— Ce n'est pas impossible ! As-tu pensé à la possibilité de louer la distillerie pour des réceptions de type mariages, anniversaires ou autres ? Vous avez largement la place, et le cadre est magnifique. Je suis certaine que cela aurait un grand succès, à Jewell Rock.

— L'idée ne m'était pas venue, mais je trouve ta suggestion vraiment fantastique.

Et il effleura ses lèvres d'un baiser pour lui prouver que cette éventualité l'emballait vraiment.

— Si mes idées me rapportent des baisers, alors je vais continuer à réfléchir…, murmura-t-elle d'un ton suggestif.

— Je t'en prie.

Et ils passèrent l'heure suivante, ou peut-être plus, à parler et à rêver à voix haute. Lui qui détestait discuter après l'amour ! Mais avec Chelsea, tout semblait si évident. Il aimait sa compagnie autant que son corps, ce qui était inédit pour lui.

Soudain, Muffin commença à s'agiter, brisant la bulle hors du temps dans laquelle ils s'étaient enfermés.

— Zut ! s'exclama-t-elle en regardant sa montre. Je ne l'ai pas sorti pour son dernier pipi.

Et sans transition, elle s'éclipsa avec Muffin, tandis qu'il vérifiait à son tour l'heure. Bon sang ! Il était bien plus tard qu'il ne pensait. À contrecœur, il se leva et s'habilla.

Il retrouva Chelsea sur la terrasse, tremblante dans son peignoir en attendant que Muffin fasse ses besoins dans l'herbe. Il s'avança pour la prendre dans ses bras et la réchauffer, mais s'en abstint. Il n'était pas certain d'être en mesure de repartir, s'il cédait à cette impulsion…

— Il est tard, dit-il. Je crois qu'il est préférable que je m'en aille.

— Oh ! OK.

Pourquoi paraissait-elle surprise ? Ils étaient pourtant convenus qu'il s'agirait d'une nuit sans lendemain, non ? Peut-être avait-elle changé d'avis ?

Il fut sur le point de lui proposer un autre rendez-vous, mais finalement il y renonça, par peur de gâcher cette soirée incroyable.

Bien ! Et à présent se posait la question des adieux… Devait-il l'embrasser pour lui dire au revoir ? Il n'en avait aucune idée !

C'était absolument stupide qu'il en soit à se poser une telle question alors qu'ils venaient d'être intimes.

Agacé par ses hésitations, il mit les mains dans ses poches, hocha brièvement la tête, la remercia et se dirigea vers son SUV… en se maudissant pour ce départ pitoyable !

- 8 -

— *Merci ?* murmura Chelsea, tandis que les phares du SUV de Callum s'évanouissaient.

Elle resserra son peignoir. Qu'avait-elle attendu qu'il dise, au juste ? Elle n'avait aucune expérience des nuits sans lendemain, mais il était probable que dans ce cas de figure les adieux soient toujours un peu délicats.

Et puis ils avaient parlé d'une seule nuit ensemble, alors, qu'il parte comme un voleur ou après l'avoir tendrement embrassée, quelle importance ? Ils ne se reverraient probablement plus. Ou par hasard.

Elle rappela Muffin qui arriva immédiatement, et ils rentrèrent bien vite au chaud.

N'ayant pas la moindre envie de dormir après ce qui avait été sa meilleure expérience au lit, elle se demanda si Bailey avait bien parlé du même homme quand elle avait dit que leur vie sexuelle laissait à désirer. Elle soupira. Non seulement Callum était un amant extraordinaire, mais tout en lui l'était, de son sourire à sa passion pour la distillerie en passant par l'amour qu'il portait à sa famille. Il était l'homme dont on rêvait et qui au réveil donnait envie de se rendormir pour le retrouver…

En attendant, il ne lui restait plus qu'à rapporter le plateau dans la cuisine ! Elle devait faire disparaître au plus vite les traces de Callum, c'était trop douloureux.

Elle pourrait toujours prétendre qu'il ne s'agissait que d'un rêve…

Tandis qu'elle lavait les mugs, elle remarqua que le voyant de la messagerie de son téléphone fixe clignotait. Elle appuya sur le bouton pour l'écouter et fronça les sourcils en entendant le bruit d'une respiration qui s'éleva dans la maison silencieuse. Un frisson de peur la traversa.

Puis une voix disait : « Je te surveille. Ne crois pas que tu pourras échapper aux conséquences de tes actes. »

Elle se mit à trembler et jeta un regard méfiant autour d'elle. Heureusement que Callum avait demandé à l'entreprise de sécurité de remplacer tous les loquets ! Devrait-elle signaler cet appel au commissariat demain ? Il n'était pas exclu qu'il soit lié au cambriolage.

À cette pensée, elle sentit l'effroi l'envahir.

Elle alla vérifier que toutes les portes et fenêtres étaient bien fermées, puis se retira dans sa chambre où Muffin, étendu sur le lit, l'attendait. Une fois la tête sur l'oreiller, elle fut prise entre l'odeur de Callum qui se dégageait de la taie et l'idée qu'un psychopathe la surveillait. Elle soupira, ne sachant ce qu'elle redoutait le plus : le fait qu'un inconnu malintentionné la surveille ou l'éventualité de ne plus jamais se sentir aussi vivante qu'elle venait de l'être dans les bras de Callum ?

Les yeux rivés à son ordinateur, Callum soupira. Il était incapable de se concentrer sur ses mails, ce matin. Mais au fond, quelle importance ? La plus grande partie du pays faisant le pont, ce vendredi après Thanksgiving, son courrier ne serait pas lu avant lundi matin. Cependant, il devait travailler pour ne pas être obsédé par Chelsea.

Quand il se rendit compte qu'il avait lu dix fois le même mail et n'avait toujours pas la moindre idée de son contenu, il repoussa son siège pour aller faire un tour dans le jardin. Cela lui remettrait les idées en place et dissiperait sa migraine.

— On dirait que tu n'as pas dormi depuis un mois, lui lança Sophie d'un ton ironique quand il traversa la boutique.

— Juste une nuit, précisa-t-il en se dirigeant vers la porte.

— Ta nouvelle copine a trop d'énergie pour toi ? Tu vieillis, grand frère.

Il lui lança un regard noir.

— Je préférerais ne pas avoir ce genre de conversation avec ma *petite* sœur. Appelle-moi si tu as besoin d'aide pour la dégustation, en cas d'afflux.

— Dacodac !

En sortant, il remarqua que la porte de la distillerie était ouverte. Quinn travaillait-il, aujourd'hui ? Curieux. Peut-être pouvait-il en profiter pour le rallier à ses idées avant la réunion familiale ? Il arrivait à la hauteur de la porte quand Bailey sortit du bâtiment, les yeux rougis, comme si elle avait pleuré.

— Tout va bien ? lui demanda-t-il d'un ton soucieux. Que se passe-t-il ?

— Rien, je voulais juste…

Elle secoua la tête.

— Peu importe. Dis-moi plutôt comment, toi, tu vas. Tu veux bien qu'on parle un peu ? Tu sais, Callum, je regrette la façon dont j'ai rompu.

— Bien sûr. Tu veux venir dans mon bureau ou tu préfères que l'on prenne un café à la maison ?

— Ton bureau sera parfait.

Quelques instants plus tard, ils étaient tous deux installés devant une tasse de café.

— Je tiens à te dire que je ne voulais surtout pas te blesser, dit Bailey.

— Et moi, je veux te parler de Chelsea.

— Pardon ? Ce n'est quand même pas sérieux, entre vous ?

Il secoua vivement la tête tandis que sa conscience le traitait de fichu menteur.

— Non, bien sûr que non, assura-t-il.

La veille au soir, il avait passé des heures inoubliables dans les bras de Chelsea, mais était-il en mesure de se fier à ses impressions ? Peut-être avait-il eu besoin de Chelsea pour pallier la rupture avec Bailey ? Venant d'une grande famille, et étant en couple depuis cinq ans, il n'aimait pas la solitude.

Bailey le regarda d'un air sceptique. Visiblement, elle ne le croyait pas. Et comme elle le connaissait depuis des années et qu'il ne voulait pas qu'elle lui pose trop de questions à propos de Chelsea, il enchaîna vivement :

— Je suis désolé, je n'aurais jamais invité Chelsea si j'avais su que maman t'avait dit de passer. Mais tu la connais. Quand elle a appris que nous avions rompu, elle était dévastée et, pour qu'elle me fiche la paix, j'ai invité Chelsea pour Thanksgiving.

— Le courant a dû merveilleusement bien passer entre vous, alors, quand elle est venue pour… rompre à ma place, fit-elle remarquer d'un ton narquois. Bref ! Cela n'a aucune importance. Au sujet de notre rupture, j'aurais dû te parler moi-même, mais j'avais peur de reculer au dernier moment.

— C'est-à-dire ?

— Tu es un ami merveilleux, Callum, et je ne veux

pas perdre ton amitié. Nos familles se côtoient depuis des années, j'adore ta compagnie, je t'aime, mais je ne suis pas amoureuse de toi, voilà.

Il hocha la tête, la comprenant tout à fait car, à présent qu'elle le formulait ainsi, il s'aperçut qu'il éprouvait la même chose pour elle.

— Quand j'ai annoncé à ma mère ce que j'allais faire, elle m'a dit que j'étais folle, et elle a peut-être raison, mais…

— Non, Bailey. Tu as eu raison. Je crois que nous le savions tous les deux. Tu mérites bien mieux que moi.

— Je sais !

Puis, lui adressant un petit sourire taquin, elle poursuivit :

— Mais non, cela n'a rien à voir. Ah ! pourquoi faut-il que l'amour soit si compliqué ?

Tiens, tiens… Ce n'était plus d'eux qu'elle parlait, là. Avait-elle un autre homme en vue ?

— Pour quelle raison voulais-tu rompre, alors ? Tu es amoureuse d'un autre ?

À cette question, elle baissa les yeux. Bingo ! Il avait vu juste.

— Qui est-ce ? s'enquit-il.

— Aucune importance. Mes sentiments ne sont pas partagés, de toute façon. En tout cas, je suis désolée, Callum, si je t'ai blessé.

— C'est bon. Et ce type est un idiot et ne te mérite pas, s'il ne se rend pas compte combien il a de la chance d'être aimé de toi.

Elle émit alors un petit bruit indéfinissable, entre le rire et le sanglot.

— Peut-être. Bon, je dois y aller, dit-elle en se levant.

— Ah ! je voulais te dire, à propos de Chelsea…

— Oui ?

— Tu ne diras à personne qu'elle a passé Thanksgiving avec nous, n'est-ce pas ? Elle m'a vraiment rendu un fier service en venant, et je ne voudrais pas que cela rejaillisse sur sa réputation professionnelle.

Bailey le considéra d'un regard pénétrant puis hocha la tête.

— Je ne dirai rien, Callum. Tu as ma parole.

— Merci. Je suis heureux que nous ayons pu discuter. J'espère que nous resterons amis, comme nous l'avons toujours été.

Elle lui sourit et vint l'embrasser sur la joue.

— Oui, l'amitié nous a toujours mieux convenu.

Et sur cette conclusion, elle sortit de son bureau.

Il écouta ses talons résonner dans le corridor, déterminé à se concentrer sur ses projets et à oublier les femmes ! Tout au moins pour un certain temps.

Les deux jours qui suivirent, il ne quitta quasiment pas son bureau et, chaque fois que ses pensées le ramenaient à Chelsea, il ajoutait une tâche sur sa liste déjà longue pour se rappeler ses priorités. S'il voulait que l'affaire familiale retrouve une certaine dynamique, il devait résister à l'envie ridicule et pourtant impérieuse de décrocher son téléphone pour appeler Chelsea.

Et il tint bon, se raccrochant à ses projets, et notamment celui du restaurant qui était sa priorité numéro un. Il devait absolument convaincre Lachlan d'en être le chef cuisinier, persuadé que cela représenterait un atout non seulement en raison des compétences de ce dernier, mais aussi parce que l'image d'une famille qui s'investissait autant dans l'entreprise familiale était tout particulièrement appréciée par les journalistes, lesquels attireraient l'attention sur ce genre de détail. Avec une bonne publicité, il était certain qu'ils réussiraient. En outre Mac, qui avait des talents de designer, pourrait concevoir les lieux, maintenant qu'il n'était plus footballeur professionnel.

Le mercredi, presque une semaine après avoir quitté Chelsea aux premières heures du matin, il se rendit à Bend pour déjeuner avec Lachlan, bien résolu à le gagner à sa cause. Ils s'étaient donné rendez-vous au Old Mill District, un petit café, et non dans le restaurant branché où travaillait son frère, afin que le propriétaire ne les entende pas comploter.

Dès qu'il descendit de son SUV, il reconnut Muffin, attaché à une bouche d'incendie, devant le restaurant. Son cœur s'emballa. À moins qu'il n'ait des hallucinations, il avait l'impression de voir Chelsea partout, et notamment à la boutique de la distillerie, où il s'était avancé par deux fois vers une cliente… qu'il avait prise pour elle.

Ses efforts pour l'écarter de ses pensées échouaient lamentablement.

Mais cette fois, c'était bien Muffin. D'un pas déterminé, il s'approcha du cocker, espérant et redoutant à la fois de voir Chelsea à l'intérieur du café.

— Salut, mon vieux, dit-il en le caressant entre les oreilles.

Fou de joie, l'animal se mit à effectuer des petits bonds dans tous les sens. Rien de tel qu'un chien pour vous réserver un accueil formidable ! Réflexion faite, il devrait peut-être se rendre au chenil pour en adopter un. Et puis il pourrait aller courir avec lui, ce qui calmerait la tension qui le tenaillait en permanence depuis Thanksgiving. Sans compter que sa présence le consolerait aussi de son célibat. Sur cette note positive, il entra dans le café, et aperçut aussitôt Chelsea, de sorte que son agitation rejaillit tout de suite. Et avec une force d'autant plus vive qu'elle était en train de discuter avec un *autre* homme !

Un carillon se déclenchant quand on ouvrait la porte, elle se tourna dans sa direction. Elle devint toute rouge et, après l'avoir dévisagé une seconde de trop, elle regarda de nouveau son *petit ami*. Cette pensée le fit bouillir, mais tout à coup il se dit qu'il s'agissait peut-être d'un client à qui elle annonçait une rupture par procuration. Il n'en restait pas moins que cet élan de jalousie l'avait sonné, tel un coup de poing.

Debout comme un idiot au milieu du café, il tenta de repérer son frère. Pourquoi avait-il fallu qu'ils choisissent ce lieu de rendez-vous ? Soudain, il sentit une main se poser dans son dos pour l'entraîner du côté droit. Lachlan.

— Salut, frérot ! s'écria ce dernier d'une voix un peu trop forte à son goût. Ce n'est pas ta nouvelle petite amie, là-bas ? Qui c'est, le type avec qui elle est ?

Foudroyant son frère du regard, il répondit entre ses dents :

— Ce n'est pas ma petite amie. Juste une *amie*.

Il crut malgré tout s'étrangler en prononçant les trois derniers mots.

— Désolé, dit son frère sans avoir du tout l'air de l'être. Vous sembliez vraiment très proches, pour Thanksgiving. Tu veux qu'on change d'endroit ?

La suggestion était en effet des plus raisonnables, mais il ne parvint pas à s'y résoudre. Il ne comptait pas tomber sur Chelsea aujourd'hui mais, à présent qu'elle se trouvait à quelques mètres de lui, il ne supportait pas l'idée de la quitter des yeux.

— Non, c'est bon. On s'assoit ?

Ils s'installèrent à une table dans un angle et par chance ou malchance, il n'aurait su le dire, son frère choisit sa place le premier, de sorte qu'il lui restait le siège qui tournait le dos à Chelsea. S'efforçant de surmonter sa déception, il sortit son iPad pour exposer ses projets à son frère.

— Tu as faim ? Pour ma part, je crois qu'un café me suffira, dit Lachlan en regardant la carte d'un air sceptique.

— Oui, va pour un café.

Il n'était pas en mesure de manger quoi que ce soit, avec Chelsea à quelques mètres de lui.

Une fois que la serveuse eut pris la commande, Lachlan déclara :

— Avant que tu commences, sache que j'adore ton idée d'ouvrir un restaurant à la distillerie et que j'y adhère à quatre-vingt-dix-neuf pour cent.

— Et quelle est ta réserve de un pour cent ?

— Je veux avoir les coudées franches.

— C'est-à-dire ? demanda-t-il tout en sentant un énorme poids lui glisser des épaules.

— Le contrôle total du restaurant. Comme toi, je pense que c'est la solution pour relancer l'entreprise familiale, mais je ne veux pas que tout le monde me donne son avis et me dise ce que je dois faire. Chacun doit s'en tenir à son domaine et ce pour quoi il est doué.

— J'approuve entièrement. Je souhaite juste que Mac se charge de la construction de l'extension. Il faut qu'il rebondisse.

— Avoue que tu crains qu'il ne finisse par boire le fonds de commerce, comme dit maman.

— Exactement ! répondit-il en résistant à l'envie de tourner la tête pour voir si Chelsea était toujours à la même table avec ce type.

Lachlan lui sourit.

— Elle est toujours là, mais le pauvre gars a l'air assommé. Je me demande bien qui c'est.

— Elle est en train de le laisser tomber, répondit Callum avant de se mordre la langue.

— Quoi ? Tu sors avec une femme qui a déjà un partenaire ?

— D'abord, je t'ai dit que l'on n'était pas ensemble et, ensuite, elle rompt avec lui pour le compte d'une autre.

— *Pardon ?* Je ne comprends rien !

Callum poussa un soupir d'agacement avant d'expliquer rapidement à son frère de quoi il retournait pour qu'ils puissent revenir au sujet dont ils étaient censés parler !

— Donc, en gros, reprit Lachlan d'une voix si basse qu'il dut tendre l'oreille pour l'entendre, tu me dis que Bailey a payé Chelsea pour qu'elle rompe à sa place et qu'ensuite tu as loué les services de Chelsea pour qu'elle t'accompagne au déjeuner de Thanksgiving.

— Non. Moi, je n'ai loué les services de personne mais, peu importe, ce n'est pas de Chelsea que nous sommes censés discuter.

— Et dire que maman pense que je suis une cause perdue en la matière alors que, moi, je n'ai jamais eu recours à de tels procédés !

Callum haussa les épaules, renonçant à discuter, puis céda finalement à l'envie de se retourner… au moment où Chelsea se levait.

Son cœur fit un bond dans sa poitrine quand les cheveux de la jeune femme glissèrent dans son dos au moment où elle serra brièvement son pauvre client dans les bras avant de lui étreindre l'épaule et de se diriger vers la sortie. Pas un instant elle ne regarda dans sa direction, bien qu'elle l'ait vu entrer. Pourquoi le traitait-elle ainsi ?

Il voulait qu'elle garde au moins un bon souvenir de lui, pas qu'elle nourrisse des regrets ou, pire, une rancœur. Mû par un affreux sentiment de culpabilité pour ne pas avoir su comment bien se comporter en partant l'autre soir – ou plutôt l'autre matin –, il ressentit le besoin impérieux de lui présenter ses excuses.

— Je reviens, dit-il en se levant brusquement.

Puis il s'élança à la suite de Chelsea, manquant au passage de renverser le plateau de la serveuse qui leur apportait leurs cafés.

Elle avait été très rapide, constata-t-il, médusé. En effet, quand il sortit du café, elle avait déjà détaché Muffin et s'éloignait sur le trottoir comme si elle avait le diable aux trousses. Non, pas question de la laisser filer !

— Chelsea !

Elle se retourna, visiblement effrayée de voir qu'il l'avait rattrapée. Que redoutait-elle donc de lui ?

— Je suis désolé, je ne voulais pas t'effrayer, dit-il.

Elle se mordit la lèvre, regarda à droite puis à gauche, et consentit enfin à poser les yeux sur lui.

— Tu ne m'as pas fait peur, rassure-toi.

Après un court silence, elle demanda :

— Tu discutais du projet de restaurant avec Lachlan, c'est ça ?

— Oui.

Mais ce n'était pas ce dont il voulait parler avec elle.

— Écoute, Chelsea, je…

Il se tut. Que voulait-il, exactement ?

— Oui ? Tu quoi ?

Bon sang, ce qu'elle était belle ! Ses joues étaient d'un rose adorable, et elle le désarmait complètement.

— Je… je voulais juste te dire que j'étais navré pour la façon dont je t'avais quittée, l'autre soir.

— Pourquoi ? Tout était clair depuis le départ. Tu n'as pas à te sentir mal. J'ai passé une excellente journée. Et nuit.

— Bon, super alors. C'est juste que…

Qu'il n'était pas le genre d'hommes à coucher juste pour un soir sans lendemain !

— Eh bien… je me demandais si tu accepterais que l'on se revoie, dit-il très vite.

Il avait conscience d'être pitoyable et il était heureux que personne, à part Chelsea, ne l'entende.

— Tu veux dire pour un dîner ? s'enquit-elle.

Oh ! il ne pensait pas vraiment à un dîner…

— Euh… oui, si c'est ce que tu souhaites. Sinon, on peut se revoir pour… Enfin tu vois… Passer un peu de temps ensemble.

— Passer du temps ensemble ?

On aurait dit que le concept lui était tout à fait étranger.

— Oui, enfin, si tu en as envie, bien sûr, précisa-t-il vivement.

— Entendu. J'en ai envie.

Et à la façon dont elle le regarda, il comprit que ce temps passé ensemble pourrait l'être sans vêtements, par exemple.

— Et quel jour te conviendrait ? ajouta-t-elle.

— Est-ce que je te semblerais désespéré si je répondais maintenant ?

Son visage s'éclaira, et elle éclata de rire.

— Pour moi, c'est parfait. Mais ton frère ?

— Qui ? Ah ! mon frère… Eh bien, on avait presque terminé. Il m'a dit oui pour le restaurant, à condition de tout contrôler, ce qui n'a rien d'étonnant venant de lui.

— Donc l'affaire est entendue ?

— En effet. Bon, on y va ?

Elle lui sourit, et le regard lascif qu'elle lui adressa le retourna complètement.

— Et ton frère ?

— Quoi ? Quel frère ? répondit-il d'un ton ironique.

Et il captura sa bouche avec une fougue qui le surprit lui-même.

- 9 -

C'était officiel : elle devait consulter un psy ! Seulement, comment aurait-elle pu décliner la proposition de Callum, que le hasard venait de replacer sur son chemin ? Et il lui était impossible de garder les idées claires quand il dévorait sa bouche avec autant de ferveur !

Parvenant toutefois à rassembler le peu de raison qu'il lui restait, elle détacha ses lèvres des siennes, et murmura :

— On pourrait nous voir.

Il parut revenir à lui, et lui décocha un petit sourire.

— Ah oui, c'est vrai. Ta réputation professionnelle, et tout ça !

À l'entendre, il semblait n'avoir que peu de respect pour son activité, et elle aurait dû lui en tenir rigueur. Pourtant, elle se rendit compte que ce qu'il pensait de son métier lui était absolument égal. Tout ce qu'elle désirait, c'était se retrouver sous les draps avec lui, car des ébats sur le trottoir lui semblaient tout de même déraisonnables.

— Oui, ma réputation, murmura-t-elle, et le fait que je n'ai pas envie que la police nous arrête pour attentat à la pudeur.

Il éclata de rire puis lui prit des mains la laisse de Muffin.

— J'ai proposé chez toi car c'est plus près, mais on peut tout à fait aller chez moi, dit-il.

— Non. Chez moi c'est parfait !

Elle n'aurait pu attendre jusqu'à Jewell Rock pour se ruer sur lui. Sans compter que depuis quelques jours, ayant l'impression d'être espionnée en permanence, elle était à cran. D'ailleurs, quand Callum glissa la main sur ses reins, elle sursauta légèrement.

Il l'entraîna vers son SUV, où chacun prit sa place habituelle, Muffin sur les genoux de Callum. Encore une fois, il effectua le trajet avec une visibilité limitée, mais c'était si amusant. Enfin, plus exactement si touchant !

À peine arrivés chez elle, et la porte refermée derrière eux, ils se jetèrent littéralement l'un sur l'autre, s'embrassèrent à pleine bouche, se palpèrent à travers leurs vêtements, avant que Callum ne glisse la main sous son manteau. Ce fut alors un changement de tempo, et il se mit à la déshabiller avec une lenteur… enivrante. Jusqu'à ce qu'elle soit à demi nue et lui encore habillé !

— Tu es vraiment magnifique ! dit-il d'une voix tremblante d'émotion.

— Toi aussi, mais je pense que tu es bien trop couvert…

— Normal. C'est l'hiver.

— Oui, mais chez moi il fait très très chaud…

Et elle déboutonna sa veste qui alla rejoindre la pile de ses vêtements, puis passa à son pantalon et à sa chemise… Elle s'accorda quelques instants pour admirer son corps musclé, parfaitement sculpté, et fit glisser son doigt de la naissance de son cou à son bas-ventre, se mordant la lèvre devant son sexe impressionnant… Il poussa un grognement quand elle le prit dans sa bouche, et empoigna ses cheveux de façon impérieuse, ce qu'elle trouva très excitant…

— Arrête ! s'écria-t-il subitement, à bout de souffle.

— Pourquoi ? demanda-t-elle d'un air innocent et effronté à la fois.

Sans répondre, il alla chercher un préservatif dans son portefeuille, se protégea puis la saisit sous les bras pour la hisser à sa hauteur. Elle enroula les jambes autour de sa taille avec un soupir, et poussa un petit cri de plaisir quand il la pénétra, envahie par un sentiment grisant de plénitude. Puis il se mit à aller et venir en elle avec une ardeur qui la rendit folle jusqu'à ce qu'un ultime coup de reins lui fasse complètement lâcher prise et la précipite dans le plaisir absolu des sens…

Quand son cœur retrouva un rythme plus lent, elle posa la tête sur son épaule en sueur.

Au bout de quelques minutes, Callum lui sourit.

— Oh ! là, là !

— C'est le mot, dit-elle en éclatant de rire.

— Désolé, je me suis un peu laissé emporter. La prochaine fois, je tiendrai jusqu'à ta chambre.

Désolé ? Mais elle ne se plaignait nullement de sa fougue, bien au contraire ! *La prochaine fois ?* Elle avait bien entendu ?

Et comme s'il lisait dans ses pensées, il ajouta :

— C'est trop présomptueux de ma part ?

— Euh… si on poursuivait cette conversation dans une autre pièce ? La salle de bains, par exemple ? Sous la douche ? On est un peu moites, tu ne trouves pas ?

Bien plus tard, une fois qu'ils furent séchés, rhabillés et en train de siroter des chocolats chauds autour de l'îlot de la cuisine, elle aborda de nouveau le sujet de la prochaine fois.

— Tu étais sérieux tout à l'heure quand tu as fait allusion au fait de se revoir ?

Tout en caressant distraitement le double de Muffin

qui figurait sur le mug qu'il serrait dans ses mains, il riva son regard au sien.

— Oui, Chelsea, je suis très sérieux. Je ne sais pas ce qui m'arrive avec toi, mais j'ai tenté toute la semaine dernière de ne pas penser à toi, et… j'ai pensé à toi toute la semaine et je n'ai pas pu travailler.

Elle serra les lèvres pour retenir le sourire qu'elle sentait monter en elle. Ce n'était pas vraiment une manière habituelle d'exprimer ses sentiments, puisqu'il donnait presque l'impression qu'elle le perturbait dans son travail, mais jamais personne n'avait prononcé des paroles qui la réjouissaient autant.

— Et toi, veux-tu que l'on se revoie ? s'enquit-il.

Bon sang, que c'était tentant ! Mais également très risqué dans la mesure où elle avait été incapable jusque-là de maintenir une relation à long terme avec un homme.

Devant son silence, il fronça les sourcils.

— Chelsea, je te demande juste si tu veux que l'on se revoie de manière régulière.

— Donc, que l'on sorte ensemble ?

— Oui et, si tu demandes si je serai fidèle, la réponse est oui. En revanche, ce n'est pas une demande en mariage, je ne suis pas pressé, de ce côté-là.

— OK, mais je préfère te prévenir maintenant que je ne suis pas très douée pour les relations. Je me lasse très vite, en moyenne au bout de deux mois.

Il éclata de rire comme si ce qu'elle venait de dire était drôle.

— Je te propose de ne faire aucun plan, on verra au jour le jour, ça te va ?

— Euh… oui. Mais ta famille ? Mon travail ? Tu crois que…

Il posa l'index sur sa bouche pour la réduire au silence.

— Je crois que tu te poses bien trop de questions. Passons juste du bon temps ensemble, d'accord ?

— D'accord ! dit-elle en lui souriant.

Il lui rendit son sourire, captura à nouveau sa bouche, et elle en oublia toutes ses hésitations.

Quand il finit par s'écarter d'elle, haletant, il désigna un puzzle à moitié commencé, sur la table de la cuisine.

— Tu aimes les puzzles ? demanda-t-il.

— Oui. Mon grand-père adorait ça, et moi je l'aidais, c'était une activité que l'on partageait ensemble. Quand j'en fais, j'ai l'impression qu'il est encore avec moi…

Et puis cela occupait ses longues soirées solitaires lorsqu'elle en avait assez de regarder la télévision.

— Je comprends, dit-il. Tu permets que je le continue un peu ?

— Je t'en prie.

Il considéra longuement le puzzle, front plissé.

— J'en ai trouvé une ! s'écria-t-il soudain.

Sa joie enfantine la fit sourire. Le rejoignant, elle plaça quatre autres pièces, dont une qu'elle ne parvenait pas à trouver la veille.

— Bingo ! dit-elle.

— C'est très prenant.

— Je confirme.

Ils continuèrent un moment, et Chelsea sourit de voir le sérieux que mettait Callum à chercher la bonne pièce.

— C'est le sosie de Muffin que nous sommes en train de faire, fit-il remarquer.

— Je sais, je suis incorrigible. Tu sais, dès que je l'ai vu au chenil, j'ai craqué, même s'il avait trois ans.

— Voilà qui est tout à ton honneur. La plupart du temps, les gens préfèrent les chiots.

— C'est pourquoi je voulais offrir un foyer à un chien qui en avait vraiment besoin.

Sans mot dire, Callum lui étreignit la main, et ce simple geste lui fit venir les larmes aux yeux. Elle battit bien vite des paupières. Elle n'allait tout de même pas pleurer devant lui comme une petite fille ! Elle l'avait déjà fait une fois, quand Muffin avait disparu. Une fois de trop.

Au bout d'un moment, il la relâcha puis regarda sa montre.

— Bon, il faut que je retourne à la distillerie.

Il n'avait pas l'air d'en avoir envie. De son côté, elle aurait préféré qu'il reste, mais elle se contenta de hocher la tête.

Soudain son téléphone fixe sonna. Son cœur se mit à battre à tout rompre. Était-ce encore un de ces appels déstabilisants ? La messagerie se déclencha avant qu'elle ait le temps de décrocher.

Callum haussa les sourcils, et elle parvint à lui adresser un sourire nonchalant. S'il avait entendu le message de son correspondant anonyme, il aurait été dans tous ses états. Et comme la police ne semblait pas particulièrement inquiète, elle n'allait pas l'ennuyer avec ça.

— J'imagine que c'est encore un appel commercial, dit-elle. J'en reçois tellement.

Et pour détourner la conversation, elle l'embrassa.

— Waouh ! dit-il en passant la main dans ses cheveux. Si tu recommences, je ne vais pas pouvoir partir…

Elle haussa les épaules.

— Et ce serait un problème ? demanda-t-elle avec une candeur feinte.

— Petite effrontée ! répondit-il en riant. Je dois vraiment y aller avant que Sophie envoie une patrouille à ma recherche, mais notre séparation ne sera pas longue, promis. Tu es libre, demain soir ?

Bien sûr, qu'elle l'était, son agenda social était vierge de toute sortie ! Cependant, elle n'allait certainement pas le lui avouer.

— On dit plutôt vendredi soir ?

Il hocha la tête.

— Très bien. Je passerai te chercher, et on ira dîner quelque part.

Tout cela allait décidément très vite. Ils allaient déjà s'afficher en public ?

— Et si cette fois je venais chez toi ? suggéra-t-elle. On pourrait commander une pizza. Il vaut peut-être mieux laisser passer un peu de temps avant de se montrer en public tous les deux. Tu viens juste de rompre avec Bailey, je ne voudrais pas qu'elle y voie une provocation, si elle l'apprenait.

— Tu as raison. Mais oublie la pizza, je cuisinerai pour toi.

Elle le regarda, étonnée.

— Je croyais que c'était Lachlan, le chef cuisinier, dans votre tribu ?

— Je reconnais qu'il est assez doué, mais attends de goûter ma cuisine !

— J'ai vraiment hâte, dit-elle en le raccompagnant à la porte, Muffin sur les talons.

Ils s'embrassèrent à nouveau pour se dire au revoir, et s'écartèrent en même temps l'un de l'autre, sentant que les choses menaçaient de dégénérer…

Cet état ne durerait sans doute pas, songea-t-elle en regardant le SUV de Callum s'éloigner, aussi était-elle bien résolue à profiter de cette parenthèse enchantée.

Callum avait la sensation de n'avoir jamais attendu avec autant d'impatience un vendredi soir. Il était vraiment sur un petit nuage, à tel point que Sophie l'avait surpris en train de siffler au travail ! À présent, le moment de revoir Chelsea approchait, et il était fou de joie, même s'il y avait juste deux jours qu'ils ne s'étaient pas vus.

Il quitta son bureau dans l'après-midi pour s'assurer que tout était parfait, chez lui, et surtout éliminer toute trace éventuelle de Bailey qui lui aurait échappé. Il avait commencé un puzzle déniché chez sa mère la veille, conscient qu'il poussait peut-être un peu, et en même temps désireux que Chelsea se sente à l'aise chez lui. D'ailleurs, en faisant ses courses, il avait acheté un os à moelle pour Muffin !

Une demi-heure avant que Chelsea n'arrive, ses lasagnes étant au four et le pain aux olives attendant son tour sur le plan de travail, il alla prendre une douche. Il était en train de s'essuyer quand on sonna à la porte. De sa chambre il aperçut la voiture de Chelsea, garée devant son cottage. Jetant un coup d'œil à son réveil, il vit qu'elle était en avance. Nul doute qu'elle attendait cette soirée avec autant d'impatience que lui !

Alors qu'il s'apprêtait à enfiler un caleçon, il s'arrêta dans son élan. Il se rendit dans la cuisine et décrocha son tablier de cuisinier qu'il noua autour de sa taille. Puis il alla ouvrir.

Muffin se rua à l'intérieur avant qu'ils aient eu le temps de dire quoi que ce soit.

— Fais comme chez toi, mon vieux ! lui lança-t-il par-dessus son épaule avant de se tourner vers Chelsea.

Emmitouflée dans des vêtements qui ne laissaient voir que son visage, elle tenait un petit paquet à la main. Vu sa propre tenue, il frissonna quand la brise pénétra dans la maison.

— Tu es en avance, dit-il.

— Ah bon ? répondit-elle avec un sourire.

Puis elle laissa son regard glisser sur son corps, et il eut la sensation que c'étaient ses doigts qui effleuraient sa peau en feu…

— Et toi, tu ne portes qu'un tablier, ajouta-t-elle.

— Ah bon ? Et la nudité te choque ?

— Pas la tienne.

— Parfait, alors.

L'entraînant à l'intérieur, il referma la porte derrière eux, lui prit son paquet des mains, le posa sur le guéridon du vestibule et l'attira dans ses bras, quelque peu inquiet, toutefois, de son empressement. Mais comme Chelsea plaqua les mains sur ses fesses pour l'attirer plus près d'elle, il en déduisit qu'ils étaient sur la même longueur d'onde. Seulement, il n'allait pas recommencer à lui faire l'amour contre un mur…

— C'est joli, chez toi, fit-elle remarquer alors qu'il la conduisait d'un pas précipité dans le corridor qui menait à sa chambre. J'aime bien l'atmosphère.

— Merci. Je l'ai hérité de mes grands-parents.

Et sur cette brève explication, il referma la porte de sa chambre derrière eux et commença à la déshabiller.

Plus tard, alors qu'ils étaient allongés sous les draps, corps enchevêtrés, la tête de Chelsea posée sur son épaule, il eut la sensation qu'aucune femme avant elle n'avait à ce point excité sa libido. Seulement voilà, ne s'agissait-il pas juste d'attirance sexuelle entre eux ? Après son histoire avec Bailey, il ne savait plus s'il devait ou non se fier à ses sentiments.

— Ça sent le brûlé, non ? s'enquit soudain Chelsea.

— Bon sang ! Mes lasagnes !

Elle éclata de rire quand il bondit hors du lit pour s'élancer dans la cuisine… où il constata le désastre. Il en aurait pleuré ! Et dire qu'il avait mis tout son cœur à confectionner ces lasagnes qui étaient à présent carbonisées !

S'emparant d'un torchon, il sortit prudemment le plat du four et le déposa dans l'évier.

Chelsea choisit cet instant pour le rejoindre. Elle avait enfilé sa chemise et était ravissante.

— Oh ! oh ! murmura-t-elle.

— Je suis vraiment désolé.

— Voilà qui t'apprendra à venir m'ouvrir en ne portant rien d'autre qu'un tablier de cuisine !

— Heureusement que le pain aux olives a échappé à la catastrophe ! J'avais aussi préparé une salade et j'ai des cupcakes, mais je ne sais pas…

— Miam ! Tu as fait des cupcakes ?

— Euh… non, je les ai achetés en ville dans une pâtisserie où ils sont à se damner.

Elle se mit à rire.

— Ne fais pas cette tête. Du pain maison, une salade et les meilleurs cupcakes de la terre, ce sera parfait. Sans compter ta compagnie, naturellement, précisa-t-elle avec un petit sourire.

Une fois le pain enfourné, ils allèrent s'habiller à tour de rôle afin d'en surveiller la cuisson et d'éviter un nouveau drame.

Il lui proposa de dîner au salon, ce qu'elle accepta volontiers, de sorte qu'il disposa le repas rescapé sur la table basse, y compris des sodas même s'il trouvait un peu bizarre de ne pas servir d'alcool.

— Toi aussi, tu fais des puzzles ? demanda-t-elle en apercevant le sien.

— C'est toi qui m'en as donné envie. Alors j'ai dévalisé les placards de ma mère.

— Attends une seconde…

Sur ces mots, elle se leva pour aller dans le vestibule d'où elle revint avec son paquet à la main, qu'elle lui tendit avec un air de conspiratrice.

— Merci, dit-il.

Et il découvrit, sous le joli papier cadeau, le puzzle d'un verre de whisky. Il était d'une chaude couleur ambrée, posé sur une table en chêne. Simple mais beau, et assurément très difficile à reconstituer.

— Oh ! ça me plaît beaucoup ! dit-il. Mais tu accepteras de m'aider si je n'arrive pas à le finir ? Il a l'air compliqué…

— Avec grand plaisir !

Puis ils commencèrent à dîner, à chercher les premières pièces du puzzle et à discuter de choses et d'autres allant de leurs groupes préférés à l'histoire de la distillerie McKinnel.

Pour une personne qui ne buvait pas une goutte d'alcool, Chelsea montrait un grand intérêt pour l'affaire familiale, écoutant attentivement le récit de l'arrivée de son père et de Hamish, son frère jumeau, aux États-Unis alors qu'ils avaient une vingtaine d'années. Comme ils venaient du pays du whisky, ils décidèrent de se lancer dans ce secteur, ici en Amérique. Ils débordaient d'ambition, et eurent aussi de la chance : Hamish acheta un billet gagnant à la loterie qui leur permit de réaliser leurs rêves.

— Hélas, mon oncle est décédé peu après dans un accident de voiture, de sorte que je ne l'ai jamais connu.

— J'imagine qu'il aurait été fier de ce que ton père a réussi à construire.

Il hocha la tête.

— Et tes grands-parents paternels, sont-ils toujours en vie ? s'enquit-elle. Habitent-ils toujours en Écosse ?

— Oui. Ils sont en maison de retraite maintenant, mais nous allons leur rendre visite à tour de rôle. D'ailleurs, à part les filles et Mac, on a tous vécu quelque temps là-bas et notamment fait un stage dans la distillerie de celui qui a été le mentor de papa et de Hamish.

— C'est merveilleux, une famille aussi soudée que la vôtre. Je comprends aussi pourquoi tu es tellement attaché à cet endroit.

À cet instant, il vit briller un éclair de tristesse dans ses yeux et mesura pleinement à quel point il avait été favorisé par la vie.

— Oui, tu as raison, répondit-il. Et toi, tu ne vois plus personne de ta famille ?

— Non. Ma mère n'avait plus de contact avec ses parents quand je suis née, et mon père avait perdu sa mère peu de temps avant ma naissance. Je n'ai été qu'un fardeau pour tous, après la mort de mes parents.

Il se passa la main dans les cheveux, cherchant des paroles réconfortantes, quand elle reprit :

— Est-ce que vous proposez des visites de la distillerie ?

— Tout à fait ! Ce sont Sophie et Blair qui s'en occupent.

— J'adorerais faire une visite avec eux.

— C'est vrai ?

Étant donné sa réticence concernant l'alcool, elle ne l'aurait pas davantage surpris si elle lui avait affirmé qu'elle adorait nager dans la rivière Deschutes en plein hiver !

— Oui, je suis intéressée par ce que tu fais, répondit-elle.

Il sourit.

— Dans ce cas, je te propose une visite privée ! Inutile d'attendre Sophie ou Blair.

- 10 -

Pourquoi cette distillerie la fascinait-elle tellement, vu son horreur pour l'alcool ? se demanda Chelsea. Elle n'en avait aucune idée ! Toujours est-il qu'elle était suspendue à chaque mot de Callum quand il lui en parlait.

Une fois bien emmitouflés, ils avaient laissé Muffin ronger tranquillement son os au cottage, puis s'étaient éclipsés discrètement. Tenant sa main dans la sienne, Callum l'emmena jusqu'à la distillerie. Les sols gelés brillaient sous des lampions accrochés aux arbres et les mille petites lumières qui parsemaient le jardin. Cet endroit était un véritable enchantement !

— Qui s'occupe du jardin ? s'enquit-elle à voix basse alors qu'ils passaient devant la maison de Nora.

— Ma mère. C'est sa passion.

Plus ils se rapprochaient de la distillerie, et plus l'odeur du whisky imprégnait l'air, mais curieusement cela ne l'incommodait pas. Au contraire, elle la trouvait réconfortante. Sans doute était-ce comme l'arôme du café ; certaines personnes n'en buvaient pas, mais adoraient son odeur.

Ils arrivèrent devant la magnifique bâtisse qu'elle avait admirée, la première fois qu'elle était venue. Callum lui avait expliqué qu'elle comprenait non seulement la distillerie à proprement parler, mais aussi son bureau, une salle de dégustation, une boutique et un petit café.

Une structure de type entrepôt avait été construite, un peu en retrait, mais toute proche.

— Derrière la distillerie se trouvent les dépendances pour la mise en bouteilles et le stockage, expliqua-t-il. Comme tu le sais, je voudrais que l'on cultive nos propres céréales pour la fabrication du whisky, mais peut-être que je vois trop grand, je ne sais pas.

Quand ils pénétrèrent dans la distillerie, l'odeur du whisky était si puissante que cela éveilla en elle des souvenirs des crises de fureur de son père quand il était ivre… Malgré elle, elle frissonna.

— Tout va bien ? s'enquit Callum.

— Oui, mentit-elle. J'ai juste un peu froid.

— Tu es sûre ? Je t'ennuie peut-être avec tous ces détails. Quand je suis lancé, rien ne peut m'arrêter.

— Non, c'est bon, poursuivons.

— Très bien, madame !

Et il lui adressa un sourire absolument désarmant. Elle décida de s'y accrocher et de se concentrer sur lui pour oublier l'endroit où ils se trouvaient.

Callum poursuivit ses explications.

— C'est principalement à partir de l'orge et du seigle que l'on fabrique le whisky, mais la tendance est à l'essai d'autres grains.

— C'est aussi ce dans quoi tu veux te lancer ?

— Oui, cela fait partie de mes projets, mais mon père était catégoriquement contre, donc il va falloir que l'idée fasse son chemin dans la tête des autres.

— Pourquoi le type de céréales est-il si important ?

Sa question le fit sourire.

— C'est ce qui détermine en partie le goût du produit fini.

— Ah ! je vois !

Elle considéra les immenses fûts, toute une machinerie dont elle ignorait à quoi elle servait, puis comprit soudain que c'était la passion de Callum qui la captivait, pas la distillerie en soi. Et le fait qu'elle aurait pu l'écouter parler pendant des heures sans se lasser. Le son de sa voix et son enthousiasme la berçaient sans qu'elle suive d'ailleurs toutes ses explications… Et puis il y avait ce regard si brillant, si désireux de la rallier à sa cause…

— La fabrication du whisky prend-elle beaucoup de temps ? s'enquit-elle en s'efforçant de se ressaisir.

— Un whisky n'est bon que s'il a au moins deux ans d'âge, donc, oui, c'est un long processus.

— Waouh ! Je ne crois pas que ma famille ait su apprécier le travail qu'il a fallu réaliser pour qu'ils s'enivrent !

— C'est une boisson qui s'adresse aux connaisseurs. Tiens, est-ce que je t'ai dit que tous ces fûts sont en hêtre d'Amérique ?

Elle sourit devant tant de ferveur, et il prit un air sceptique.

— Qu'est-ce que j'ai dit de drôle ?

— Ce n'est pas drôle, c'est fantastique ! Tu adores vraiment ton métier, n'est-ce pas ?

Il haussa les épaules.

— J'imagine. Il faut croire que c'est dans mon sang, que…

— Je peux y goûter ?

Il écarquilla les yeux.

— Pardon ? demanda-t-il, presque affolé. Tu es sérieuse ? Pas question que tu fasses quoi que ce soit contre ton gré ! J'ai dû te mettre une telle pression que…

— Pas du tout ! C'est moi qui en ai envie.

Si quelqu'un lui avait prédit, il y a quelques semaines, qu'elle aurait envie de déguster du whisky, elle aurait éclaté de rire ! Mais Callum avait le don de la pousser hors de ses limites, de sa zone de confort.

Et comme il la regardait toujours d'un air sceptique, elle ajouta :

— À Thanksgiving, je vous ai tous observés et j'en ai conclu que l'on pouvait consommer de l'alcool sans être alcoolique. Je ne veux plus que cela m'effraie, je veux surmonter ce traumatisme. Cela te semble bizarre ?

— Absolument pas.

S'approchant d'elle, il lui reprit la main. Ses doigts étaient tout chauds en dépit des basses températures.

— Viens, allons dans la salle de dégustation, proposa-t-il.

Quand ils y pénètrent, elle eut la sensation qu'elle était encore plus nerveuse que la première fois, lorsqu'elle était venue rompre pour Bailey. Qu'est-ce qui lui avait pris, de vouloir goûter du whisky ?

— Assieds-toi au comptoir, dit Callum. Tu n'as pas froid ? Tu veux que je fasse un feu ? Il est très agréable de boire du whisky en entendant les flammes crépiter.

— Excellente idée ! répondit-elle pour reculer un peu le moment de la dégustation.

Elle balaya du regard cet endroit qui reflétait la réussite fantastique du clan McKinnel, et brusquement elle eut envie de prendre la poudre d'escampette. Elle parvint néanmoins à se maîtriser.

Callum enleva son manteau qu'il posa sur un canapé en cuir noir, près de la cheminée, et elle le regarda allumer le feu tout en inspirant et expirant profondément pour se calmer. Quel dommage qu'elle soit si nerveuse pour ne pas apprécier pleinement le spectacle que Callum lui offrait, surtout quand il s'accroupissait et qu'elle aurait pu, dans un autre état d'esprit, profiter tranquillement de la vue de ses ravissantes fesses…

Quand il eut terminé, il lui adressa un grand sourire, puis passa derrière le comptoir où il prit deux verres d'une forme un peu étrange : la partie inférieure ressemblait à un bol, tandis que le bord supérieur était rétréci.

— Ce sont des verres qui permettent de bien sentir l'arôme, précisa-t-il. Ils sont exclusivement réservés à la dégustation. Ôte ton manteau, tu seras plus détendue.

Détendue était peut-être beaucoup demander, pensa-t-elle, mais elle retira néanmoins son manteau.

Il prit deux bouteilles sur l'étagère, derrière lui.

— Nous allons commencer par notre gamme, dit-il. C'est un bourbon, c'est-à-dire qu'il…

— Qu'il est fabriqué à base de maïs et vieilli dans des fûts en bois neuf noirci !

— Waouh, je suis impressionné ! fit-il remarquer en riant tout en versant un fond d'alcool dans les deux verres.

Il en leva un, fit tournoyer le liquide, puis le lui tendit.

— Une des premières règles, qui vaut non seulement pour le whisky mais pour n'importe quel alcool, c'est que l'on ne doit jamais boire seul, expliqua-t-il. On boit en société. Enfin, c'est ainsi que les choses devraient être.

Elle sentit son ventre se contracter quand leurs doigts s'effleurèrent. Callum dut le sentir, car il enveloppa sa main de la sienne autour du verre, tout en plongeant ses yeux dans les siens.

— Chelsea, rien ne t'oblige à goûter le whisky si tu n'en as pas envie.

— Mais j'y tiens !

Et elle le devait pour surmonter enfin le passé et se prouver que, pour atroce qu'il avait été, il n'avait plus de prise sur elle.

— Très bien, murmura-t-il.

Et il lui lâcha la main.

— Observe d'abord sa couleur, poursuivit-il. Elle varie en fonction du fût dans lequel il a vieilli. Puis place ton nez au-dessus du verre et hume-le. Recommence une deuxième fois et une troisième. Si l'odeur te transporte, c'est que tu vas apprécier la dégustation.

Elle obtempéra, consciente du regard de Callum rivé sur elle. Un silence se fit dans la pièce ; on entendait juste le crépitement des flammes.

— Je sens une odeur de caramel, dit-elle au bout d'un long moment.

Un sourire de fierté éclaira le visage de Callum.

— Peu d'amateurs sentent quoi que ce soit la première fois. Tu as du nez ! s'exclama-t-il.

Le compliment lui alla droit au cœur et lui donna le courage de porter le verre à ses lèvres. Prenant une profonde inspiration, elle avala une gorgée. Le liquide lui brûla aussitôt la gorge, et elle toussota.

— Beurk ! s'écria-t-elle en s'essuyant la bouche du dos de la main. C'est *immonde* ! Cela n'a pas du tout le goût du caramel. Comment peut-on boire un truc pareil ?

Callum faillit éclater de rire. Jamais il n'oublierait la réaction de Chelsea ; la grimace adorable qu'elle avait faite resterait à jamais gravée en lui ! Et puis il repensa au calvaire qu'elle avait vécu, enfant, avec des parents alcooliques.

— Tu sais, toutes les personnes qui boivent du whisky ne deviennent pas des alcooliques, dit-il en lui étreignant la main. Je suis désolé que ce soit l'expérience que tu aies connue.

— Non, ne t'excuse pas, tu n'es pas responsable de

mon passé. Au contraire, tu me montres l'autre bout de la lorgnette, et je t'en remercie.

Et sur ces mots, elle leva son verre pour reprendre une gorgée.

À nouveau, elle grimaça et, cette fois, il ne put s'empêcher de rire.

— Navrée d'être aussi impolie avec le produit que ta famille fabrique avec amour et au prix d'un dur labeur. Peut-être que ça passerait mieux avec du Coca ou de la glace… Ou bien tu es absolument contre ?

Obsédé par le mouvement de ses lèvres, il entendit à peine sa question.

— Il n'y a pas de règles en la matière, répondit-il vivement en détachant son regard de sa bouche. Certains estiment que le whisky doit impérativement se boire pur. Pour ma part, et une fois n'est pas coutume, mon père pensait comme moi, je crois qu'il n'y a pas qu'une seule façon de le savourer. Mais je ne dis pas cela pour te forcer à continuer. Arrêtons-nous ici, si tu veux.

Après tout, il avait bien d'autres idées en tête pour passer du bon temps avec elle…

— Non, dit-elle. Fais-moi goûter le second.

— Comme tu voudras. Celui-ci est un pur malt, exclusivement à base d'orge. C'est ce que l'on appelle un scotch. Il est très différent du bourbon.

Elle prit le nouveau verre, fit tournoyer le liquide puis le porta à sa bouche comme si elle était une goûteuse née.

— Je sens vraiment le grain, dans celui-ci, fit-elle remarquer. C'est bien plus…

— Malté ?

— Exactement !

Et tous deux éclatèrent de rire.

— Tu le préfères ainsi ? s'enquit-il.

— Non, je suis désolée, je trouve ça toujours infect, même si je n'aurais jamais cru qu'une dégustation puisse être aussi drôle. Et maintenant, je sais que je ne risque pas de devenir alcoolique. Sans vouloir t'offenser, je préfère le chocolat chaud ou le café !

— Cela ne me vexe pas.

Il se demandait bien ce qui pourrait d'ailleurs le contrarier venant d'elle.

— Bon, et si on retournait continuer notre puzzle ? proposa-t-il.

Elle leva un sourcil et se pencha légèrement vers lui.

— Le mot « puzzle » est-il une sorte de code pour… autre chose ? demanda-t-elle.

À son ton suggestif, il eut l'impression que tout son corps s'enflammait.

— C'est ce que tu souhaites ? répliqua-t-il sur le même registre.

En réponse, elle se pencha encore plus et plaqua les lèvres sur les siennes. Et cette fois, quand leurs langues s'emmêlèrent, il comprit qu'ils n'auraient pas le temps de rentrer chez lui. Et elle parut des plus consentantes quand il l'entraîna sur le tapis devant les flammes et s'allongea sur elle.

— Oh ! Callum…, murmura-t-elle tandis qu'il la déshabillait.

Jamais son prénom ne lui avait semblé aussi doux, et il ne se souvenait pas de s'être senti un jour aussi vivant que lorsqu'il se retrouva en elle…

La tête posée sur son épaule, se remettant de leurs ébats, elle dit alors d'un ton songeur :

— J'espère qu'il n'y a pas de caméra de sécurité…

— Bon sang ! J'avais oublié !

— Va immédiatement supprimer ces enregistrements ! s'exclama-t-elle, horrifiée.

Puis ils éclatèrent de rire et, tels des adolescents, coururent dans le bureau pour effacer toute trace de leurs batifolages.

- 11 -

Après avoir avalé un bon bol de céréales, Chelsea sortit sur sa terrasse… et mit le pied dans un tas informe à l'odeur répugnante juste devant sa porte.

Était-ce du… crottin de cheval ?

— Muffin ! s'écria-t-elle, son chien ayant déjà enfoui le museau dedans.

Elle le rentra bien vite à l'intérieur, jeta ses bottines à la poubelle, puis ressortit pour observer le tableau de plus près, à l'affût d'éventuels indices qui l'auraient renseignée sur l'auteur de ce « cadeau » juste sur son seuil.

Mais rien. Pas la moindre voiture non plus sur la route. Le calme qui régnait devant chez elle en était presque inquiétant.

Peut-être aurait-elle dû avoir peur, mais en l'occurrence elle était surtout furieuse d'avoir dû jeter ses bottines préférées.

Elle prit quelques photos de cette livraison matinale avec son téléphone, tout en se bouchant le nez tant l'odeur lui soulevait l'estomac. Elle allait pourtant devoir nettoyer tout ça…

Avant toute chose, elle alla vérifier que la porte arrière était bien fermée à double tour, suivie par Muffin qui la regardait comme s'il ne comprenait pas pourquoi on le punissait.

— Je suis désolée, mon petit chou, mais je crois que

l'auteur des messages anonymes à la respiration lourde a encore frappé !

Durant les deux dernières semaines, elle avait souvent dormi au cottage de Callum et, quand elle n'était pas chez lui, il venait passer la nuit ici. Toutefois, aujourd'hui, elle avait un rendez-vous de bonne heure, et Callum avait une réunion importante, aussi s'étaient-ils contentés de se parler au téléphone, la veille. Et pendant qu'elle dormait comme un bébé, épuisée sans doute de ses nuits précédentes, une personne malintentionnée était venue rôder autour de son domicile pour laisser ce présent. Et soudain, la peur s'immisça en elle. Était-elle surveillée en permanence ?

Il n'était pas question qu'elle se laisse terroriser. Elle appela donc la police pour leur expliquer ce qui venait de se passer, ce qui lui valut un éclat de rire au bout du fil.

— Honnêtement, agent Fernandez, je ne vois pas ce qu'il y a de drôle ! Je ne crois pas que vous trouviez cela hilarant si je venais déposer un tel cadeau sur votre seuil !

— Je suis désolé, vous avez raison.

— J'ai pris des photos. Je vous les envoie ?

— Allez-y.

Et à nouveau il se mit à rire en ajoutant :

— Rien de mieux qu'un peu de crottin pour commencer une journée !

Elle serra les mâchoires et s'abstint de tout commentaire.

— Vous comptez faire quelque chose, cette fois ? s'enquit-elle.

— Bien sûr ! Je vais dès aujourd'hui mener l'enquête auprès du voisinage, au cas où quelqu'un aurait remarqué des choses suspectes, puis vous me direz si un des éventuels témoignages peut être lié à une des personnes avec qui vous avez fait *affaire*.

Et il ne put naturellement pas s'empêcher de prendre un ton amusé en parlant de son travail, mais au moins il allait faire des recherches. Cependant, elle commençait à être lasse que l'on ne prenne pas son travail au sérieux.

— Bon, dois-je laisser la preuve sur ma terrasse ou les photos suffisent-elles ? demanda-t-elle.

— Je m'en sortirai avec les photos.

— Très bien, je vous les envoie tout de suite.

— Parfait. Bonne matinée, madame Porter. Je vous tiens au courant.

Ce policier ne lui inspirait aucune confiance. Regarderait-il seulement les photos ? Elle les lui envoya malgré tout, puis s'attela à la tâche éprouvante de nettoyer le pas de sa porte.

À bien y réfléchir, le fait que la police ne soit pas très inquiète était plutôt rassurant, non ? Et si le harceleur représentait vraiment un grand danger pour elle, sans doute aurait-il recouru à des méthodes plus drastiques ?

Une fois le ménage terminé, elle se doucha rapidement, en espérant que Garth serait toujours à sa salle de sport, dont il était un vrai addict selon sa future ex-petite amie. Elle était soulagée que le rendez-vous se déroule dans un lieu public. Elle ne voulait plus se retrouver seule avec une personne qu'elle ne connaissait pas.

Elle arriva cinq minutes avant l'heure à laquelle Garth, selon sa cliente, quittait la salle de sport. Quelques instants plus tard, un grand gaillard au visage agréable et aux muscles vraiment très saillants en sortit.

Comme elle était descendue de sa voiture et le regardait, il lui sourit. Elle se mordit la lèvre, paralysée. Même s'il semblait sympathique, elle eut une vision bien nette de ce qu'il ferait s'il s'en prenait à elle…

Et puis, il lui était plus difficile, ces dernières semaines, d'être porteuse de tristes nouvelles alors qu'elle-même vivait dans une bulle de bonheur avec Callum. Pour la première fois de sa vie, elle n'envisageait pas de rompre au bout de deux mois. Bien sûr, leur relation n'en était qu'à ses débuts mais, tout de même, jamais aucun homme ne l'avait attirée à ce point. D'ailleurs, il ne s'agissait pas juste d'attirance et de séduction, mais aussi de complicité entre eux. De surcroît, le fait qu'il fabrique du whisky ne la tracassait même plus, ce qui, en revanche, aurait dû l'inquiéter.

Pour la première fois, elle se projetait dans l'avenir avec un homme, au risque d'avoir le cœur brisé si cela finissait mal.

Leur relation était cependant toujours top secret, en partie à cause de sa crainte que cela rejaillisse sur son travail. Évidemment, cela ne poserait plus de problème si elle exerçait une autre activité, mais laquelle ? Et puis leur discrétion ne semblait pas déranger Callum. Depuis son invitation chez sa mère pour Thanksgiving, il ne lui avait pas proposé de revoir sa famille.

Muffin aboya, ce qui la ramena à la réalité. Peu importait le cours que suivrait sa carrière, elle devait remplir ses obligations professionnelles actuelles. Entrant en mode action, elle appela Garth et s'élança derrière lui.

Callum tapotait nerveusement sur la table, impatient que le reste de la famille arrive. Sophie les avait tous conviés chez leur mère en vue d'aborder des sujets importants, et il avait fallu plusieurs jours de discussions interminables pour qu'ils s'accordent enfin sur une date. Et voilà que maintenant ils étaient en retard !

— Je vais battre le rappel, annonça Sophie en quittant la pièce, téléphone à la main.

— Allez, détends-toi, mon chéri, lui dit sa mère. Ils ne vont pas tarder.

Elle lui servit un jus d'orange et poursuivit :

— Dis-moi plutôt comment va cette charmante jeune fille que tu as invitée à Thanksgiving. C'est sa voiture qui est régulièrement garée devant chez toi, le soir ? D'ailleurs, quand je ne la vois pas, ton SUV n'y est pas non plus.

Prenant une gorgée de jus de fruit, il leva les yeux vers sa mère.

— Il n'est pas trop tard, tu sais, pour entrer au FBI.

Elle se mit à rire.

— Mon discernement ne s'applique qu'aux êtres qui me sont chers, Callum. Même si ta rupture avec Bailey m'attriste, Chelsea a vraiment l'air adorable. Et si c'est sérieux entre vous, pourquoi ne l'inviterais-tu pas de nouveau à dîner, prochainement ?

— Maman, je sais que tu veux désespérément des petits-enfants, mais pour l'instant, ce qui me préoccupe, c'est la distillerie, et tu le sais.

Malgré tout, il se libérait des plages de temps pour voir Chelsea, ce qui n'avait pas été le cas avec Bailey.

Au moment où sa mère ouvrait la bouche pour, à coup sûr, lui faire une leçon sur l'importance de trouver un équilibre entre travail et vie privée, la porte de la salle à manger s'ouvrit en grand, et Sophie entra, suivie d'une grande partie de la famille.

— Il manque juste Mac, annonça-t-elle en reprenant sa place. Je vais l'appeler, il n'est qu'à quelques minutes d'ici.

— Bien, marmonna Callum.

Et il vérifia pour la énième fois sa présentation PowerPoint.

Tandis que ses frères et sœurs se servaient à boire, il lança un coup d'œil à la photo de son père, sur la cheminée.

Je te promets que c'est pour le bien de la distillerie, lui dit-il en silence, conscient que, si son père avait été vivant, aucune proposition de celles qu'il s'apprêtait à formuler n'aurait eu la moindre chance d'aboutir.

— Comment va Hamish ? demanda Annabel à Lachlan avant de croquer dans un des brownies au chocolat que sa mère avait préparés pour le buffet.

— Très bien ! répondit Lachlan avec un grand sourire comme chaque fois que l'on évoquait son fils. Il vient de s'inscrire à un club d'échecs, et c'est désormais sa grande passion.

Annabel sourit.

— Tiens, je vais lui offrir un de mes jeux d'échecs. Mais tu devras le prévenir que je suis assez douée. Nous y jouons souvent dans les moments d'attente, au travail.

À cet instant, Mac arriva enfin, l'air maussade, comme toujours depuis qu'il avait quitté le monde du football.

— À part du jus de fruits, il y a autre chose à boire ? demanda-t-il.

— Oui, de l'eau, répondit leur mère.

Il ne lui avait pas échappé, pensa Callum, que Mac buvait en quantité déraisonnable, ces derniers temps.

— Commençons, dit-il en ravalant un soupir.

Il jeta un coup d'œil à Sophie. Elle hocha la tête, et la première diapositive de leur présentation apparut sur le mur.

— En gros, nous avons plusieurs projets pour redonner un nouvel élan à la distillerie, et ce, dans les cinq ans qui viennent, expliqua-t-il. La boutique et les nouveaux goodies que nous y vendrions et dont Sophie aurait la charge, le restaurant dont Lachlan s'occuperait, et dont toi, Mac, tu pourrais dessiner les plans et diriger la construction.

Ce dernier haussa les sourcils, ne sachant de toute évidence s'il devait en être flatté ou offensé.

— Tu n'es pas obligé de me donner ta réponse tout de suite, précisa Callum. Réfléchis-y, et on en reparle tous les trois, avec Lachlan.

— Pourquoi nous avoir conviés puisque tout semble déjà convenu ? s'exclama Quinn.

— Quinn ! Arrête de faire l'enfant gâté et écoute ton frère, intervint leur mère.

Callum sourit à sa mère et enchaîna :

— Nous pourrions aussi prévoir d'organiser des événements festifs, au restaurant ou à l'extérieur en fonction du temps.

Il ne précisa pas que l'idée venait de Chelsea mais ne put s'empêcher de sourire en pensant à elle.

— Excellente idée ! fit remarquer Annabel. J'en serais presque triste de ne pas travailler à la distillerie.

— Il suffit de nous le dire, et on te trouve un poste !

Mais tous savaient que jamais elle ne quitterait sa caserne de pompiers.

— Côté distillerie, reprit Callum, j'en ai déjà parlé avec Blair, et nous pensons qu'il serait bon d'élargir notre gamme, peut-être en incluant aussi le *white dog*. Et puis nous voulons expérimenter plus de céréales pour…

— Du *white dog* ? l'interrompit Quinn d'un ton méprisant. Papa n'aurait jamais été d'accord. Avec aucune de tes propositions, d'ailleurs. Il détestait le changement.

Callum serra les poings.

— Il faut savoir s'adapter à l'évolution du marché et à la concurrence, sous peine de couler ! rétorqua-t-il.

Son frère le fusilla du regard, et il s'aperçut qu'il avait quasiment hurlé. Il lança un coup d'œil contrit à sa mère qui déclara :

— Personne n'a envie que la distillerie mette la clé sous la porte, Callum, et je dois avouer que toutes ces idées me plaisent. Continue.

— Nous pourrions envisager de produire nous-mêmes nos céréales, en respectant les nouvelles normes bio. Et comme aucun de nous n'a la main verte, il faudrait employer un fermier. Sauf si Annabel veut se mettre à l'éco-agriculture.

Tout le monde, à commencer par cette dernière, éclata de rire, sauf Quinn que cette idée ne paraissait pas du tout enchanter.

— Cela va nous coûter une fortune, marmonna-t-il.

— Ne dit-on pas qu'il faut dépenser de l'argent pour en faire ? intervint leur mère.

Callum lui jeta un regard surpris ; il ne s'attendait pas à ce qu'elle soit si enthousiaste pour les transformations qu'il proposait. Il l'aurait crue plus encline à conserver la distillerie telle que son mari et son beau-frère l'avaient fondée.

Quinn leva les mains en signe de capitulation.

— Très bien, vous m'avez presque convaincu, dit-il. Mais puis-je faire une suggestion ?

— Plusieurs, même ! répondit Callum, soulagé qu'il ait été si facile d'obtenir l'acquiescement de Quinn pour les nouveaux projets.

— On pourrait confier l'organisation des événements festifs à Bailey. Elle compte s'investir davantage dans cette branche.

— Ah bon ?

Elle ne lui en avait jamais parlé. Curieux tout de même que Quinn en sache tant sur les projets de son ex ! Il est vrai qu'ils étaient amis, tous les deux, et qu'ils avaient toujours été dans la même classe, enfants. Mais peu importait !

— Entendu, si tout le monde est d'accord, naturellement, répondit-il.

Toute la famille hocha la tête.

— Encore une dernière chose, dit-il alors en pensant à Chelsea et à la famille d'où elle venait. Peut-être pourrait-on promouvoir l'idée que l'alcool doit se consommer de façon raisonnable, dans le cadre du restaurant ?

— Pardon ? Tu veux encourager les clients à ne pas boire ? s'exclama Quinn.

— Pas du tout ! Je crois juste qu'il serait bon pour notre image de marque, et donc nos affaires, de montrer que nous sommes conscients que l'abus d'alcool est dangereux, ou que certaines personnes sont plus vulnérables que d'autres quant à sa consommation.

— Et donc ?

— Je me disais que l'on pourrait établir un partenariat avec une compagnie de taxis locale ou alors offrir un dîner gratuit à celui qui conduit et donc ne boit pas.

— En voilà une idée novatrice, frérot ! s'exclama Annabel. Je suis en faveur de tout ce qui peut réduire le nombre d'accidents.

— Merci. Cependant, pour l'instant, je n'ai pas encore réellement travaillé sur la question. Bon, quelqu'un a-t-il besoin d'explications supplémentaires ?

Question dangereuse, il le savait, puisque tous se mirent à prendre la parole en même temps, comme d'habitude.

Même Mac semblait pour une fois s'intéresser à l'avenir de la distillerie !

Une heure plus tard, ils passèrent au vote à main levée, la règle voulant que tout nouveau changement le soit à l'unanimité.

Leur mère reprit alors son rôle de matriarche et déclara d'un ton solennel :

— Que ceux qui sont en faveur du plan qui vient de nous être exposé pour les cinq ans à venir lèvent la main.

Callum retint son souffle, au fur et à mesure que les mains se levaient autour de la table. Comme il s'y attendait, Quinn fut le seul à hésiter et, juste au moment où il pensait que tout était perdu, son jeune frère sourit et leva à son tour la main.

— Entendu ! dit-il. Que l'aventure commence !

Et des hourras s'élevèrent de toutes parts.

Callum en aurait presque eu les larmes aux yeux !

Une période excitante se profilait pour le clan McKinnel, il en avait la très forte intuition.

- 12 -

— Ta journée s'est bien passée ?

Chelsea considéra les yeux étincelants de Callum qui, après lui avoir donné un baiser des plus ardents, venait de lui poser cette question avec un grand sourire. De toute évidence, la sienne avait été formidable, et elle avait hâte qu'il la lui raconte !

Si seulement elle avait pu éviter d'évoquer sa journée... Elle ne pouvait pas lui parler de ce qu'elle avait découvert le matin même sur le seuil de sa porte puisque, pour qu'il ne s'inquiète pas, elle ne lui avait pas parlé des messages téléphoniques anonymes, ni de son impression d'être suivie en permanence.

— Oui, répondit-elle. J'ai quitté un homme.

Quand elle était célibataire, son travail lui plaisait ; elle avait l'impression de rendre service à ceux qui étaient malheureux en amour, comme elle. Seulement, maintenant, elle n'était plus vraiment célibataire sans être pour autant officiellement en couple. Aussi son activité lui inspirait-elle des sentiments mitigés.

— Et ? demanda-t-il tout en l'entraînant dans le salon où Muffin avait déjà pris place sur le tapis, devant la cheminée.

— Et c'est difficile à expliquer, mais je n'en tire pas la même satisfaction qu'auparavant.

Il fronça les sourcils.

— Non, « satisfaction » n'est pas le bon mot, précisa-t-elle. Avant, quand je passais un peu de temps avec la personne après lui avoir annoncé la mauvaise nouvelle, j'avais l'impression de ne pas avoir perdu mon temps, de l'avoir aidée à surmonter un moment difficile en l'écoutant et en discutant avec elle. Seulement, aujourd'hui…

Elle soupira et poursuivit :

— Eh bien, quand j'ai dit à ce pauvre gars que sa fiancée le larguait, que j'ai vu les larmes lui monter aux yeux, j'ai eu l'impression d'être… Je ne sais pas… Un juge annonçant la prison à perpétuité !

Il laissa échapper un petit rire et l'attira sur le canapé. Prenant son visage entre ses mains, il lui sourit.

— Ton métier est inhabituel mais, s'il ne te rend plus heureuse, c'est qu'il est temps d'en changer.

— Je ne vois pas ce que je pourrais faire d'autre…

— Rappelle-moi pourquoi ton amie t'a conseillé de te lancer dans cette voie ?

— Parce que j'avais une bonne expérience personnelle pour rompre avec les hommes.

Il lui adressa un petit sourire.

— Non, *l'autre* raison, Chels. Parce que tu sais bien écouter les autres, non ?

— Oui, c'est vrai. Ça aussi.

— Ce que je peux confirmer. Tu as supporté tout mon délire sur la distillerie tout en ayant l'air intéressée.

— Mais parce que je le suis !

— Alors que tu viens d'une famille d'alcooliques ?

Elle acquiesça lentement, prenant la mesure de l'énormité de cette réalité. Callum aurait pu lui parler du motif de son papier toilette qu'elle aurait montré le même intérêt sincère ! Elle était suspendue au moindre mot qui sortait de sa bouche. Ce n'était plus seulement son corps qui l'attirait, mais tout en lui : la façon dont il se mordait la lèvre et haussait un sourcil lorsqu'il se concentrait sur son puzzle, son affection pour Muffin, l'amour qu'il portait à sa famille, son ambition professionnelle, son charisme quand il portait un tablier de cuisine. La liste était longue !

— Ta qualité numéro un, c'est d'être à l'écoute des autres, reprit-il. Ce qui t'ouvre quelques autres options de carrière.

Elle tenta alors de se focaliser sur ce qu'il lui disait, mais son cœur battait si fort qu'elle en fut incapable. Elle venait de prendre conscience… qu'elle était tombée amoureuse de lui ! Et même si elle avait du mal à l'admettre, elle ne voyait pas d'autres raisons pour expliquer ce qu'elle ressentait pour lui.

Il commença à énumérer les différentes options.

— Tu pourrais devenir coiffeuse, ou bien lancer un talk-show sur Internet.

Elle retint un sourire.

— Tu ne serais pas en train de m'énumérer au hasard toutes les carrières qui te passent par la tête ?

— Mais non, ce sont des métiers qui requièrent une excellente écoute. Ou alors tu peux devenir médiatrice.

— Je n'ai pas les diplômes requis.

— Et pourtant tu serais excellente, dans cette branche. Et puis les diplômes, ça se passe !

Le sourire qu'il lui adressa alors la fit littéralement fondre. Il était si doué pour lui redonner confiance en elle ; elle avait l'impression qu'il croyait vraiment en elle. Quoi qu'il en soit, changer de profession n'était pas une si mauvaise idée…

— En fait, ce qui me plairait, ce serait de travailler

avec des enfants et des ados qui viennent du même milieu que le mien, reprit-elle.

— Voilà ! Peut-être que tu pourrais trouver quelque chose dans ce domaine, alors ?

— Je vais y réfléchir.

Et toute pensée la déserta quand il captura sa bouche en l'enlaçant.

Après s'être dévorés l'un l'autre, ils se jetèrent sur la nourriture. Callum s'était surpassé avec ses nouilles grillées aux petits légumes et son bœuf au satay.

— À ton tour de me raconter ta journée, dit-elle entre deux bouchées.

— Magique ! déclara-t-il aussitôt avec des étoiles dans les yeux. Tout le monde était ouvert à mes propositions, rien à voir avec les réunions rasoir du temps de papa. Je crois que j'aurais pu avoir soixante-six ans qu'il ne m'aurait pas confié la moindre responsabilité.

— Cela devait être difficile pour lui de passer la main, même à son propre fils. Cette distillerie, c'était son bébé et celui de son frère.

— Sans doute, mais malgré tout il ne me faisait pas confiance. J'étais quand même prêt à me marier pour lui prouver que j'étais un adulte !

Elle tressaillit.

— Que veux-tu dire exactement ?

Il se passa la main dans les cheveux, comme s'il regrettait son aveu, mais poursuivit :

— Je ne suis pas très fier de l'admettre, mais je n'aurais pas demandé Bailey en mariage si je n'avais pas été persuadé qu'en agissant ainsi mon père me prendrait plus au sérieux. Il avait des valeurs très traditionalistes, tu sais. Et si j'avais dû faire face à des responsabilités d'homme marié, alors il aurait été plus enclin à m'en confier d'autres, d'ordre professionnel, cette fois. Heureusement que Bailey a eu le bon sens de rompre !

Elle ne fit aucun commentaire. Il n'avait pas fait cet aveu de son plein gré, mais il lui avait répondu franchement, ce qui était tout à son honneur. Ce qu'elle aurait aimé savoir, maintenant, c'était s'il était contre le mariage en général ou juste contre une éventuelle union avec Bailey. Elle hésitait à le lui demander quand il reprit :

— Pauvre papa. Il doit se retourner dans sa tombe en m'entendant.

— En tout cas, tes projets vont te prendre beaucoup de ton temps, non ?

— Rassure-toi, j'en aurai encore pour toi.

Sur ces mots, il se leva pour débarrasser la table et rincer la vaisselle. Elle le regarda faire, tout en se demandant si les sentiments qu'il éprouvait pour elle grandissaient à la même vitesse folle que les siens. Or il n'était pas question qu'elle le lui demande. Il devait se sentir libre de les exprimer ou pas. Elle refusait d'être un fardeau ou une obligation pour lui.

Elle s'était dit qu'il l'inviterait peut-être pour le réveillon, mais Noël était dans une semaine à présent, et pas une fois il n'y avait fait allusion. Il était clair que la distillerie était sa priorité numéro un.

Ce soir-là, Chelsea rentra chez elle après une journée difficile. Callum et elle n'avaient pas prévu de se voir, et il ne lui avait envoyé aucun texto de la journée. Il devait être complètement accaparé par la distillerie. À moins... qu'il se soit lassé d'elle, songea-t-elle brusquement, le cœur battant un peu plus vite. C'était la première fois qu'une relation suscitait de l'angoisse chez elle.

Dans l'incertitude du cours que prendrait la soirée, elle avait acheté de la nourriture pour deux chez le traiteur indien, et un énorme pot de glace à la noix de coco, un des nombreux goûts qu'ils avaient en commun.

— Muffin, rentre !

Il était en train de renifler elle ne savait quoi dans la clôture, dont il finit par extraire un trésor : un bout de viande crue.

— Lâche ça tout de suite ! s'écria-t-elle en le lui arrachant.

Elle alla bien vite le jeter à la poubelle, puis ouvrit la porte. Muffin fila dans la cuisine, visiblement contrarié. Elle le suivit, posa ses courses sur le comptoir, puis monta dans la salle de bains pour se rafraîchir et enfiler des vêtements plus confortables.

À peine entrée dans sa chambre, elle entendit la porte claquer derrière elle. Sourcils froncés, elle regarda la fenêtre. L'avait-elle laissée ouverte, ce matin ? Non. Ce fut alors qu'elle comprit ce qui avait provoqué le courant d'air, et son cœur se mit à cogner rapidement dans sa poitrine. Quelqu'un avait brisé un carreau en jetant une grosse pierre.

— Bonjour, Chelsea, dit une voix qu'elle ne connaissait pas.

Elle poussa un cri et se retourna vivement. Un individu au visage vaguement familier se tenait devant elle. Et tout à coup, elle le reconnut. C'était un homme à qui elle avait annoncé une rupture quelques mois plus tôt, et elle se rappelait à présent que son ex-fiancée le quittait notamment parce qu'il voulait constamment avoir des rapports sexuels avec elle.

— Ah, j'ai enfin votre attention, ajouta-t-il.

— Freddie, c'est bien ça ? Que faites-vous chez moi ? demanda-t-elle d'une voix tremblante.

— Vous m'avez humilié et blessé, Chelsea. J'aimais Lara, et vous nous avez séparés.

Resté dans le couloir, Muffin se mit à japper furieusement, et elle se prit à espérer que Maureen, sa vieille voisine, n'aurait pas mis trop fort le volume de la télévision et l'entendrait.

— C'est vous qui avez déposé ce morceau de viande dans ma clôture ? demanda-t-elle. Vous vouliez empoisonner mon chien ?

Et sa question lui glaça le cœur. Oh ! Seigneur ! De quoi cet homme était-il capable ?

— Ça ne l'aurait pas tué, juste rendu malade, marmonna-t-il. Je ne m'en prends jamais aux animaux, juste…

Il s'interrompit, et elle en profita pour adopter une nouvelle stratégie.

— Je suis désolée de vous avoir blessé, Freddie, dit-elle en apercevant son déodorant en spray, sur la commode.

Si elle parvenait à s'en emparer, elle pourrait lui en asperger les yeux, ce qui lui donnerait le temps de filer.

— La vie ne vaut plus la peine d'être vécue, sans elle, dit-il en la regardant fixement. Depuis que vous m'avez annoncé que c'était terminé, elle refuse de prendre mes appels, de me voir. Comment suis-je censé la reconquérir si je ne peux pas lui parler ?

Justement, c'était le concept même de la rupture ! Ce qu'elle se garderait bien de lui expliquer.

— Vous voulez mon aide ? C'est pour cette raison que vous avez cherché plusieurs fois à me joindre ? demanda-t-elle d'une voix douce.

Il cligna les yeux, comme s'il hésitait à l'admettre.

— Oui, répondit-il. Mais aussi pour que vous arrêtiez

de faire à d'autres ce que vous m'avez infligé. Or vous n'avez rien écouté, vous avez continué. Même après que je suis entré chez vous par effraction, ou que j'ai déposé du crottin devant votre porte ! Je vous ai vue, avec ce type, devant la salle de sport.

Donc elle était bien suivie, elle n'avait pas rêvé.

— Pourquoi n'avez-vous pas laissé un message clair sur mon répondeur ? J'aurais pu vous parler, Freddie, nous aurions trouvé un terrain d'entente.

— Je ne suis pas responsable de votre métier ! hurla-t-il.

Elle se figea. La façon dont il venait de s'emporter lui rappela son père quand, complètement ivre, il leur criait dessus, à sa mère et à elle. Elle se déplaça imperceptiblement vers la gauche, là où se trouvait son déodorant. La plus grande prudence s'imposait.

— Il est clair que Lara a commis une grave erreur, reprit-elle. Vous avez vraiment l'air d'un chic type, Freddie.

— Merci.

— Parlez-moi de votre relation avec elle, dit-elle en se rapprochant encore d'un petit pas de son spray.

Il l'observa longuement, comme s'il avait flairé le piège, mais il finit par se détendre un peu et il se mit à parler de Lara. De leur rencontre à une soupe populaire, où tous les deux faisaient du bénévolat, de sa gentillesse, de sa beauté. De leur projet d'emménager ensemble.

— Je comprends que vous l'aimiez, Freddie. Et tout cela me montre aussi que vous êtes vraiment un homme remarquable qui mérite qu'on l'apprécie à sa juste valeur. De toute évidence, Lara n'a pas su le faire. Je sais que vous êtes meurtri mais, si vous acceptez sa décision, elle ne vous obsédera plus et vous rencontrerez celle qui est faite pour vous.

Elle avait conscience qu'elle venait de prendre un risque et elle fut vivement soulagée quand il hocha la tête.

— Vous êtes plus gentille que je le croyais. Je suis désolé, vous savez, je ne suis pas un mauvais type, mais je ne peux pas croire que…

À cet instant, la porte s'ouvrit avec fracas et Callum entra en trombe dans la pièce, le regard meurtrier, les narines palpitantes. Se jetant sur Freddie, il lui croisa les bras derrière le dos afin de l'immobiliser.

— Chelsea, tout va bien ? demanda-t-il.

Elle hocha la tête, retenant les larmes qui menaçaient de couler, maintenant que le danger était passé.

Callum se tourna vers Freddie.

— Qui êtes-vous ? Et que comptiez-vous faire, exactement ? C'est vous qui êtes entré par effraction dans la maison et avez tout retourné ? Je vous préviens que vous avez intérêt à parler !

Freddie avait l'air terrifié, et Chelsea eut soudain pitié de lui. Il avait fait n'importe quoi, aveuglé par sa souffrance, mais au fond ce n'était pas un mauvais bougre.

— Callum, je crois que tu lui fais mal, fit-elle remarquer.

— Et que crois-tu qu'il t'aurait fait si je n'étais pas intervenu ? répliqua-t-il, toujours aussi furieux. Appelle la police !

Elle savait qu'il était parfaitement inutile de tenter de le raisonner. En outre, même si elle venait de reprendre le contrôle de la situation juste avant son arrivée, elle ne pouvait nier son soulagement lorsqu'il avait surgi dans sa chambre.

Passant d'un pas vacillant devant les deux hommes, elle se rendit dans la cuisine où elle avait laissé son portable et appela la police.

- 13 -

Callum ne lâcha pas l'homme qui s'était introduit chez Chelsea jusqu'à l'arrivée de deux policiers qui lui passèrent les menottes. Ce ne fut qu'à ce moment-là qu'il se détendit et qu'il retrouva une respiration normale.

Quand il était arrivé chez Chelsea, à peine descendu de son SUV, il avait entendu les jappements frénétiques de Muffin et compris aussitôt que quelque chose n'allait pas. Lorsqu'il avait frappé et que personne n'avait répondu, son intuition s'était confirmée. Affolé, il n'avait pas hésité une seconde à entrer. Ce qui l'avait le plus alarmé, c'était que Muffin ne soit pas venu à sa rencontre. Il s'était donc précipité dans l'escalier et avait découvert Muffin devant la porte fermée de la chambre de Chelsea. Ce qui n'était pas normal. Sans la moindre hésitation, il était entré… et avait vu rouge !

Heureusement, l'agresseur était parti sous bonne escorte, et le danger était passé. Vraie loque gémissante lorsque les policiers l'avaient interrogé, le dénommé Freddie avait avoué de nombreux délits concernant Chelsea. Mis à part le salon saccagé, Callum n'était pas au courant, pour les autres. Il avait du mal à croire qu'elle ne lui ait pas parlé des appels anonymes, du crottin devant sa porte, et de l'inquiétude que tout cela suscitait chez elle.

Ils étaient toujours sur la terrasse où ils avaient regardé la voiture de police s'éloigner. Il se tourna vers elle et l'attira contre lui. Elle semblait faite pour ses bras, et l'idée qu'il puisse lui arriver malheur le rendait fou.

— Viens t'installer chez moi, s'il te plaît, dit-il.

— Pardon ?

Et, s'écartant de lui, elle le regarda comme s'il était aussi instable mentalement que Freddie. Il est vrai que sa propre demande l'avait surpris, mais elle s'inscrivait dans une logique, non ?

Ils passaient presque toutes leurs soirées et nuits ensemble et, après avoir découvert Freddie dans sa chambre, il serait incapable de trouver le sommeil, s'il la savait seule chez elle.

— Tu seras en sécurité avec moi, expliqua-t-il. Tout en suivant une formation pour devenir médiatrice, tu pourras travailler à la distillerie avec nous. Sophie me disait encore ce matin combien elle avait du mal à gérer le côté réseaux sociaux depuis qu'il lui fallait s'occuper aussi des goodies.

Et comme Chelsea se contentait de le regarder sans mot dire, les yeux écarquillés, il en profita pour ajouter :

— Tu serais parfaite pour le job, puisque tu gères une bonne partie de ton travail par Internet. Et puis cela t'offrirait une grande flexibilité, tu pourrais…

Elle leva soudain la main pour l'interrompre.

— Une seconde, dis-moi si j'ai bien compris. Tu veux que j'emménage chez toi et que je travaille à la distillerie, c'est bien, ça ?

— Oui, c'est tout à fait logique.

— *Logique* ? Pour qui, au juste ?

Sans attendre sa réponse, elle poursuivit, le regard étincelant de colère :

— Je n'ai pas besoin de ta protection, Callum McKinnel. Quand tu as bondi dans ma chambre comme un policier de la brigade anticriminalité, j'étais sur le point de maîtriser Freddie, en recourant à une autre méthode que la tienne, c'est-à-dire le pouvoir de la parole. Et puis j'ai déjà un travail, que je peux continuer à exercer tout en suivant *éventuellement* une formation de médiatrice. Je n'ai encore rien décidé à ce sujet.

Pourquoi était-elle donc si furieuse contre lui ? Il cherchait juste à s'assurer que la femme qui lui était chère soit en sécurité et l'aider à atteindre ses ambitions professionnelles.

— Hier, tu m'as dit que tu commençais à te poser des questions sur ton activité, fit-il remarquer.

Elle plaqua les mains sur les hanches et lui jeta un regard noir.

— Eh bien, aujourd'hui, je me suis rappelé combien il était important d'aider les gens à mettre fin à une relation quand les priorités de l'un et de l'autre ne s'accordent pas. Et d'ailleurs, je crois qu'il est temps que je te dise que ce *truc* entre nous vient d'arriver à expiration.

— Pardon ?

— C'est fini, Callum. Tu peux cesser de te sentir responsable de ma sécurité, d'autant que je n'ai jamais été en danger. Je t'avais averti dès le début que j'étais incapable d'entretenir une relation avec un homme sur le long terme, donc ne fais pas l'étonné ! Bon Noël et bonne chance avec la distillerie. Je suis certaine que tu vas connaître un énorme succès.

Sur ces mots, elle saisit Muffin par son collier et rentra chez elle, lui refermant la porte au nez.

Il se retrouva seul dans l'air glacé du soir, hébété. Que venait-il de se passer ? Le passage d'une tornade à deux pas de lui ne l'aurait pas plus sonné.

Depuis quelque temps, il s'était mis à croire qu'il y

avait autre chose que le sexe entre Chelsea et lui, un lien plus profond, et voilà qu'au moment où il sautait le pas, lui proposait de s'engager, elle l'envoyait sur les roses ! Il regarda la porte close, sidéré.

Devait-il entrer et la convaincre qu'elle avait tort ? Non, il aurait été aussi pitoyable que Freddie, incapable d'accepter qu'elle ne soit pas sur la même longueur d'onde que lui.

Ne lui avait-elle pas exprimé clairement ses sentiments ?

Il lui avait ouvert son cœur, lui avait parlé en toute confiance de sa famille, de ses espoirs et de ses rêves, alors qu'elle, elle avait toujours été réticente à se livrer. Et cela reflétait exactement ce que leur liaison lui inspirait…

La façon dont elle venait de le repousser était vraiment dure à encaisser ; il en était infiniment plus meurtri que de sa rupture avec Bailey. Pour un homme qui prétendait ne pas vouloir s'engager dans une nouvelle relation, il n'avait plus que ses yeux pour pleurer !

Abasourdi, il remonta dans son SUV et rentra chez lui, où il se jeta sur le meilleur whisky McKinnel pour y noyer son chagrin.

— Et voilà ! dit Chelsea à Muffin en regardant, derrière son rideau, le SUV de Callum disparaître dans la nuit. J'ai recommencé, même si cette fois c'est pour une autre raison que d'habitude.

En dépit de la douleur qui envahissait peu à peu son cœur, elle était convaincue qu'elle avait fait ce qui s'imposait.

Évidemment, elle avait espéré que Callum lui propose une relation plus sérieuse que celle qui consistait uniquement à passer de bons moments ensemble, mais ce soir, s'il lui avait demandé d'emménager chez lui, c'était uniquement par sens du devoir ! Or c'était bien la dernière chose qu'elle attendait de lui. Elle avait passé son enfance et son adolescence avec des gens qui se sentaient obligés de s'occuper d'elle, et il n'était pas question que sa vie reprenne le même chemin aujourd'hui, alors qu'elle était adulte.

Bien sûr, elle se détestait pour cette rupture, mais n'était-elle pas experte en la matière ? Elle savait comment guérir les cœurs brisés, elle appliquerait sa méthode sur elle, même si jusque-là elle n'avait jamais connu de chagrin d'amour.

— Pour commencer, de la crème glacée !

Et Muffin aboya en guise d'approbation.

Délaissant son repas indien, elle se réfugia avec le pot de glace sur le canapé, alluma la télévision, et porta une première cuillerée à ses lèvres. Hélas, quand la glace fondit sur sa langue, elle ne lui apporta pas le réconfort attendu… Cette glace à la noix de coco qu'elle avait tant de fois savourée avec Callum avait la saveur de leurs baisers du soir…

Une larme roula sur sa joue, et elle reposa le pot sur la table basse.

Callum lui avait-il à la fois brisé le cœur et ruiné le plaisir de sa glace favorite ?

Alors qu'elle essuyait sa première larme, une autre roula, puis une autre, et encore une autre jusqu'à ce qu'elle se recroqueville sur son canapé, secouée par de gros sanglots.

Elle avait la sensation que la souffrance de son cœur se répandait en elle comme une traînée de poudre. Elle se mit soudain à trembler, et Muffin vint se blottir contre elle, léchant ses larmes tandis qu'elle le serrait contre lui. Mais la petite boule de poils qu'elle aimait tant ne lui procurait pas le réconfort habituel…

Force était de se rendre à l'évidence : Muffin ne lui suffisait plus, c'était Callum qu'elle désirait et, ce qu'elle voulait par-dessus tout, c'était que lui aussi la désire avec la même force.

Elle prit une profonde inspiration, repensa au discours qu'elle avait tenu à Freddie, et se rendit compte que ses mots sonnaient creux, maintenant qu'elle se retrouvait dans sa position de désespoir total. Elle comprenait même les actes répréhensibles que l'on pouvait faire par désespoir, car l'amour brouillait toutes les connexions, dans le cerveau.

Au cours des deux dernières années, elle avait prodigué de nombreux conseils à ceux qu'elle laissait tomber par procuration pour qu'ils se remettent au plus vite. « Vous allez retrouver votre indépendance », leur disait-elle tout d'abord. Puis elle les encourageait à se trouver un nouveau hobby ou centre d'intérêt pour qu'ils ne soient plus obnubilés par leur chagrin. Elle pensa alors à ses puzzles et fondit en larmes. Ils n'auraient plus jamais le pouvoir de la divertir, puisque Callum y avait pris goût, lui aussi !

Tandis qu'elle passait en revue sa liste de conseils, elle se rendit compte à quel point ils étaient inutiles lorsque l'on avait vraiment le cœur brisé.

Comment allait-elle trouver la force de continuer à travailler, dans ces conditions ? Changer de métier devenait une nécessité absolue.

Au fond, elle aurait peut-être dû accepter la proposition de Callum… Il avait forcément des sentiments pour elle, s'il envisageait qu'ils vivent ensemble à la distillerie, qu'ils y travaillent tous les deux. Si elle avait accepté, elle serait dans ses bras, en ce moment, et peut-être même qu'ils seraient en train de…

Elle se força à penser à autre chose.

La vie n'avait pas été tendre avec elle, ce qui avait fait d'elle une femme de caractère.

Cette nostalgie qu'elle méprisait tant, ce n'était pas elle, ça !

Comment un homme avait-il bien pu la changer à ce point aussi rapidement ?

Elle était tombée follement amoureuse en un temps record, et il ne lui restait plus qu'à espérer… qu'elle se remettrait aussi vite de la rupture !

- 14 -

Callum examina sommairement les objets que Sophie avait alignés sur son bureau et il s'efforça de feindre une sorte d'enthousiasme. Tandis qu'elle lui expliquait en quoi chacun d'eux allait contribuer à la nouvelle image de la distillerie, il ne cessait de se passer la main sur le front, espérant que son affreuse migraine finisse par lui donner un peu de répit. Il avait bien trop bu, hier soir. Tout comme la veille. Comme tous les soirs d'ailleurs, depuis que Chelsea l'avait laissé tomber. Le whisky l'aidait à oublier son chagrin pendant quelques heures, mais celui-ci revenait au grand galop dès le réveil et il regrettait aussitôt ses excès.

S'il n'y prenait garde, il allait suivre la même pente savonneuse que Mac.

Il pensait que le travail suffirait mais…

— Et ça, dit Sophie, c'est mon préféré.

Elle lui montra alors une boîte sur le couvercle de laquelle était imprimée une image façon carte postale de la distillerie.

Un grand sourire aux lèvres, elle l'ouvrit et la retourna.

Il vit alors des dizaines de petites pièces se répandre sur son bureau.

— Bon sang, qu'est-ce que c'est ? s'écria-t-il.

— C'est un puzzle, mon cher frère ! Et crois-le ou pas, ils sont très populaires, en ce moment, chez les adultes, depuis leur réapparition sur le marché. Un peu comme les livres à colorier des mandalas qui permettent de se calmer. D'ailleurs, je crois que l'on devrait envisager d'en vendre, nous aussi, sous le label McKinnel, bien sûr !

Callum ne l'écoutait plus du tout. Il regardait fixement les pièces du puzzle, le cœur si serré qu'il se demandait s'il ne s'agissait pas d'une crise cardiaque. Quoi qu'il fasse, où qu'il aille, tout lui rappelait Chelsea. Il n'allait pas tenir longtemps, s'il ne faisait rien.

Ouvrant brusquement son tiroir, il saisit ses clés de voiture.

— J'ai besoin de prendre l'air, dit-il en sortant en trombe de son bureau.

Il passa parmi les clients sans les voir, nota vaguement la présence de Mac et de Lachlan à l'extérieur, qui prenaient des mesures pour l'extension du restaurant, mû par une seule obsession : fuir au volant de son SUV.

Il démarra sans destination précise.

Il y avait quelques semaines à peine, il ne connaissait pas Chelsea, et désormais tout lui rappelait sa relation perdue. Sa maison, la distillerie, où ils avaient ri comme des gamins en effaçant les enregistrements de la vidéosurveillance de leurs ébats.

Il roula sans but jusqu'à ce qu'il se retrouve devant le chenil où il avait récupéré Muffin. Et si le moment était venu d'adopter un chien ? Sa maison serait moins vide, il pourrait courir avec lui, l'emmener en promenade. Cela représentait une bien meilleure solution que le whisky. Et puis il était habitué à la présence d'un chien dans son entourage, maintenant.

Quelques instants plus tard, il franchissait le seuil du chenil.

Dès le hall, des chats en cage l'accueillirent, miaulant et se frottant contre le grillage pour attirer son attention. L'un d'entre eux poussa un miaulement à fendre l'âme et, quand il se retourna, l'animal braqua sur lui des yeux verts suppliants.

— Je vois que vous avez sympathisé avec Bourbon, dit une femme d'un certain âge en s'approchant de lui.

— Bourbon ?

— C'est le nom du chat couleur tabac, là. Vous cherchez un ami félin ?

— Non, pas du tout. Je voudrais un berger allemand.

— Vous êtes dans un chenil, monsieur. Si vous voulez des chiens racés, alors…

— Non. Je souhaiterais juste un chien qui aime courir, qui a besoin de se dépenser. En fait, je cherche un compagnon de jogging.

— Très bien, dit-elle avec un sourire doux. Je ne sais pas si nous allons trouver le partenaire qui correspond exactement à votre idéal, mais nous avons de nombreux chiens adorables. Venez avec moi.

Elle l'entraîna alors dans un dédale de cages d'où s'élevait un impossible tapage, et après avoir effectué, le cœur déchiré, deux fois le tour du chenil, il en ressortit les mains vides, épuisé.

— J'ai besoin d'encore un peu de temps pour me décider, dit-il à son accompagnatrice.

— Naturellement. Adopter un animal n'est pas un geste anodin. Je vous invite à revenir quand vous voulez.

Chelsea, qui avait vécu seule de nombreuses années, adorait retrouver sa maison le soir, se cuisiner un petit plat, puis se relaxer devant la télévision, Muffin à ses pieds et un puzzle à sa portée.

Hélas, force était de constater qu'elle n'aimait plus ce genre de soirée.

Sa rupture avec Callum remontait à quelques jours, mais depuis elle redoutait de rentrer à la maison, tout comme elle n'avait aucune envie d'en sortir le matin. Elle avait eu deux rendez-vous pour annoncer une rupture, et tous deux avaient été un échec total jusqu'à la fin. Le pire étant que… c'était elle que la personne abandonnée avait consolée ! Jamais elle n'avait eu aussi honte de sa vie…

Son intérieur ne lui apportait plus aucun réconfort, et Muffin, toujours aussi énergique et adorable, ne la consolait hélas pas de l'absence de Callum. Dans quelques jours, ce serait Noël, et la perspective de le passer seule la glaçait. Elle n'arrivait même pas à acheter un sapin de Noël ! À quoi bon en décorer un puisque personne, à part Muffin et elle, ne le contemplerait ?

Par peur de sombrer, elle appela Rosie, à Portland, pour lui demander si elle pouvait la recevoir quelques jours.

— Ah ! ravie de t'entendre ! s'exclama sa meilleure amie avec sa jovialité habituelle. Cela faisait longtemps.

— Désolée, le travail m'a beaucoup accaparée.

Ce qui était en partie vrai, puisque son activité était florissante.

— Que se passe-t-il ? demanda aussitôt Rose redevenue sérieuse.

— Rien, pourquoi ?

— Chelsea… Je te connais et j'entends à ta voix que tu ne m'appelles pas juste pour prendre de mes nouvelles. Que t'arrive-t-il ?

— Comment peux-tu lire si facilement en moi ?

— D'une part, tu es ma meilleure amie et, d'autre part, j'ai un sixième sens en la matière. Alors, raconte.

— Je suis tombée amoureuse.

Seul le silence lui répondit.

— Rosie, tu es toujours là ?

— Oui, désolée. Donne-moi juste une heure ou deux pour m'en remettre.

À ces mots, Chelsea sourit. Son amie avait toujours le mot juste au bon moment.

— Donc, résumons, reprit Rosie. Tu as rencontré un homme avec qui tu as envie de passer plus que quelques mois ?

— Oui. Mais cette fois, c'était différent.

Elle renifla, luttant contre les larmes qui menaçaient.

— Oh ! ça alors ! s'exclama Rosie. Bon, raconte, s'il te plaît. Qui est cette perle ? Quand vais-je le rencontrer ?

— C'est justement le problème. Je l'ai laissé tomber.

Et sur cet aveu, elle éclata en sanglots.

Callum considéra le chat qui, à peine sorti de sa cage, s'était tout de suite senti chez lui, au cottage. Sur le parking du chenil, il s'était en effet ravisé et avait finalement emporté le félin au regard vert. Bourbon. Un nom prédestiné.

Juché sur la table de la cuisine, le chat inspecta les lieux comme s'il en était le maître.

— Au moins, tu as un nom sympa, dit-il en caressant Bourbon sous le menton.

Ce qui provoqua un miaulement prolongé chez ce dernier au moment où il lui sembla que l'on venait de frapper à sa porte.

— Chut ! ordonna-t-il à Bourbon. Si on se tient tranquilles, notre visiteur repartira peut-être.

Et il y avait fort à parier que c'était Sophie qui venait lui demander des comptes pour son comportement étrange d'aujourd'hui. Bien sûr, il lui devait des excuses pour être parti alors qu'elle lui présentait les prochains articles que vendrait la boutique. Et il s'excuserait.

— Callum ! C'est maman. Tu es là ?

Il ferma les yeux, se maudissant de ne pas avoir fermé sa porte à clé.

À cet instant, sa mère entra dans la cuisine, sourcils froncés.

— Sophie m'a dit que tu étais très mal luné. Que t'arrive…

Elle n'alla pas au bout de sa question.

— C'est un chat ? demanda-t-elle en apercevant Bourbon.

— Non, maman, un cheval.

Son chagrin d'amour renforçait décidément sa tendance au sarcasme, constata-t-il, mais sa mère passa outre et s'approcha de l'animal pour le caresser.

— Bonjour, ma jolie ! s'exclama-t-elle en lui grattant le cou.

— C'est un mâle.

— Il me plaît ! décréta sa mère, mais, si tu crois qu'il va combler le trou laissé dans ton cœur par Chelsea, je pense que tu vas être sacrément déçu.

— Quoi ?

Et malgré lui, il inspecta son torse, comme s'il redoutait de voir du sang imbiber l'étoffe de sa chemise.

— Je regrette de t'avoir poussé dans les bras de Bailey, mon chéri. À Thanksgiving, il m'a paru tellement évident que Chelsea était faite pour toi. Tu rayonnais littéralement, à ses côtés. Je sais que tu estimes ne pas avoir de temps à consacrer à une femme en ce moment à cause de la distillerie, mais…

Elle s'éclaircit la gorge, et poursuivit :

— Eh bien, je ne veux pas que tu commettes les mêmes erreurs que ton père.

— Quoi ?

S'il s'était attendu à ce que la conversation prenne ce tour-là !

— J'aimais ton père, Callum, n'en doute jamais, et, même si cet amour était partagé, sa priorité a toujours été la distillerie. Et je ne suis pas certaine, au final, qu'il en ait tiré autant de bonheur qu'il voulait bien nous le faire croire.

— Pardon ? demanda-t-il, totalement abasourdi.

Il avait toujours cru que son père et sa mère incarnaient le couple parfait.

— Je ne veux pas que tu consacres toute ta vie au travail, mon grand. L'amour est si important ! Quel est le problème, avec Chelsea ? Tu estimes ne pas avoir de place pour elle dans ta vie ?

— Non, enfin au départ, peut-être, je me disais qu'elle allait me détourner de mes objectifs. Et maintenant, je n'arrive plus à me concentrer sur le travail, parce qu'il m'est impossible de l'oublier.

— Mais enfin, que s'est-il donc passé pour que tu en sois à passer ta soirée avec cette adorable boule de poils au lieu d'être avec Chelsea ?

— C'est elle qui m'a laissé tomber. Après Bailey, elle. Finalement, je ne dois pas être un très bon parti.

Sa mère fronça les sourcils, puis s'assit à la table sans cesser de caresser Bourbon.

— Raconte-moi tout, mon petit chéri.

Alors, incapable de résister au regard maternel si bienveillant, il s'ouvrit à elle et lui parla du travail de Chelsea, de la façon dont ils s'étaient rencontrés, de Freddie et des menaces. Et comment la découvrir dans une situation périlleuse lui avait ouvert les yeux.

— Tu l'aimes, décréta sa mère.

— Oui, murmura-t-il, se l'avouant à lui-même pour la première fois. Plus que je ne croyais possible.

— Et tu lui as dit ?

— Non, pas en ces termes. Je lui ai proposé de venir vivre avec moi. Si cela n'en dit pas long sur mes sentiments, alors je ne comprends plus rien à rien.

— Mais enfin, Callum ! On ne propose pas cela à une femme sans lui avoir fait de déclaration auparavant. Elle a dû croire que ta proposition n'était due qu'à son agression. Les femmes ne veulent pas…

Subitement, il eut un déclic, et la voix de sa mère s'évanouit. Il en avait assez entendu sur les femmes, il venait de comprendre la réaction de Chelsea. Elle avait été un fardeau toute sa vie pour les autres, elle ne voulait pas qu'il se sente obligé de l'accueillir ! Bien sûr, l'agression dont elle avait été victime avait accéléré sa demande, mais c'était réellement ce qu'il désirait : partager sa vie avec elle, sa maison, des animaux, et un jour avoir des enfants. S'il ne lui en voulait pas d'avoir refusé sa proposition, il se mordait les doigts de ne pas avoir insisté. Il aurait dû la convaincre, plaider sa cause.

— Eh bien, que fais-tu encore assis ici comme un empoté ? demanda sa mère. Va chez Chelsea et dis-lui que tu l'aimes !

— J'irai, mais je veux faire les choses dans les règles, répondit-il enfin.

Il appela Sophie à qui il présenta d'abord ses excuses

puis, avant qu'elle ait le temps de lui couper la parole, il ajouta dans la foulée :

— Tu peux me donner les coordonnées de la personne qui fabrique les puzzles que l'on vendra bientôt ?

- 15 -

Lorsque Chelsea se dirigea vers la porte, Muffin s'élança devant elle en jappant comme un beau diable. Depuis qu'elle l'emmenait partout, il devenait fou dès qu'elle était sur le départ, par crainte qu'elle ne le laisse à la maison. Malgré elle, son cinéma la fit rire.

— Assis ! ordonna-t-elle.

Elle ouvrit… et étouffa à grand-peine un cri.

Callum se tenait sur le seuil de sa porte. Muffin fit des bonds autour de lui comme s'il ne l'avait pas vu depuis des années. Quant à elle, elle sentit sa gorge se nouer affreusement.

— Salut, mon vieux ! dit Callum en s'accroupissant pour caresser Muffin.

Elle en profita pour se ressaisir, mais aussi pour le contempler à son aise. Jamais elle n'avait vu un homme aussi sublime, et voilà qu'il se tenait sur sa terrasse, la veille de Noël…

Assez ! Elle devait impérativement se protéger !

— Que fais-tu là ? s'enquit-elle.

Il se releva et lui tendit un paquet enveloppé d'un papier cadeau.

— Je t'ai apporté ça.

— Pourquoi ?

Et elle regarda le présent comme s'il s'agissait d'une bombe à retardement.

À quoi jouait-il ? Un cadeau pour qu'ils restent amis malgré tout ? À moins qu'il ne soit venu pour lui demander de renouer ? À cette pensée, son cœur battit un peu plus fort.

— Ouvre-le, s'il te plaît, répondit-il. Et tu verras.

— J'allais partir pour Portland. Mon amie Rosie m'a invitée.

Pourquoi lui racontait-elle sa vie ? Elle ne lui devait rien.

— S'il te plaît, Chelsea. Cela ne prendra pas longtemps.

Une lueur dans ses yeux la fit céder et, presque contre sa volonté, elle l'invita à entrer.

S'emparant du paquet qu'il lui tendait, elle déchira le papier. C'était une boîte en bois. Poussée par la curiosité, elle souleva le couvercle. Des pièces de puzzle !

— Tu veux bien le faire pour moi ? demanda-t-il.

— Maintenant ?

— Oui. S'il te plaît. C'est important.

Cette visite était des plus étranges.

Elle ferma les yeux, sentant sa détermination vaciller. Après tout, le puzzle ne comportait pas énormément de pièces, et elle n'arriverait pas si tard que cela à Portland, si elle cédait à sa demande. Et puis passer quelques moments en compagnie de Callum, n'était-ce pas le plus beau cadeau de Noël ?

Elle soupira, consciente qu'elle était pitoyable.

— Très bien, dit-elle. Où est le modèle ?

— Il n'y en a pas. Mais pour une pro comme toi, ça ne devrait pas poser de problème.

Incapable de résister au défi, elle s'installa sur la table basse et commença par la bordure.

— Tu comptes rester debout à me contempler sans m'aider ? s'enquit-elle.

— Je laisse l'affaire aux experts. D'ailleurs, je vais

promener un peu Muffin pendant ce temps, cela lui permettra de faire un peu d'exercice.

Elle fronça les sourcils, perplexe. Que signifiait ce comportement étrange ?

— OK, comme tu veux, marmonna-t-elle.

Cela lui ferait du bien de se retrouver seule, finalement.

Une fois Callum sorti avec Muffin, elle envoya un bref texto à Rosie pour la prévenir qu'elle serait en retard puis elle se concentra sur le puzzle qui était en train de prendre forme et de ressembler à un titre de journal. Le mot « manquante » se dessina. Puis « mon ». Son cœur se mit à battre la chamade, et quelques instants plus tard elle put le déchiffrer.

Elle se figea.

Tu es la pièce manquante de mon puzzle.

À cet instant, des pas résonnèrent derrière elle, et elle se retourna. Muffin et Callum étaient revenus.

Voyant que le puzzle était terminé, Callum posa un genou à terre.

— Tu es la pièce manquante de mon être, Chelsea. Épouse-moi, s'il te plaît, et je pourrai à nouveau être entier.

— T'épouser ? répéta-t-elle dans un murmure.

N'était-elle pas en train de rêver ?

— Je sais que tu as pensé que je te proposais d'emménager chez moi à cause de Freddie. Et ce n'est pas entièrement faux mais, la vérité, c'est qu'au cours des deux dernières semaines tu m'es devenue aussi vitale que l'air que je respire. Je ne peux pas vivre sans toi, Chelsea.

Elle s'agrippa au rebord du comptoir, redoutant de s'évanouir.

— Jusqu'à ce que tu entres dans ma vie, je n'avais pas conscience que j'en attendais plus que ce qu'elle m'avait déjà donné, poursuivit-il. Mais tu m'as montré qu'elle a bien plus à offrir si on ouvre son cœur. Je désire par-dessus tout que tu deviennes ma femme.

— Je ne savais pas que tu pouvais être aussi romantique, murmura-t-elle, bouleversée.

— Je ne l'étais absolument pas avant de te rencontrer. Tu sais, j'ai même adopté un chat.

— Un chat ? Quel rapport ?

— J'étais si seul après notre rupture… Il s'appelle Bourbon. Désolé, c'est son vrai nom ! Il est adorable, tu verras. Un couple avec un chat, c'est tout à fait acceptable, mais, un homme célibataire avec un chat, ça n'envoie pas un super message, tu ne crois pas ? Bref, je suis certain que tu l'aimeras.

Elle n'avait pas tout compris, mais ce n'était pas important. Le plus important était que… Callum lui avait-il bien demandé de l'épouser ?

— Alors, tu veux bien m'épouser ? poursuivit-il. Car mon genou commence à s'engourdir et, si tu comptes me briser le cœur en refusant, mets au moins un terme à ce supplice et réponds-moi.

— Vraiment ? Tu es sérieux ?

— La preuve.

Et il désigna le collier de Muffin… auquel était accrochée une bague.

— J'ai eu une conversation d'homme à homme avec Muffin, et il est d'accord. Tu feras donc deux heureux si tu me dis oui. Je t'aime, Chelsea, et je crois que je suis tombé amoureux de toi dès que tu es entrée dans mon bureau pour me briser le cœur.

Un petit rire, qui ressemblait aussi à un sanglot, lui échappa.

— Redis-le…

— Quoi ? Que je t'aime ?

— Oui…

Cette fois, une larme lui échappa. C'était la première fois qu'on l'aimait… Et qu'elle le croyait ! Jamais elle n'avait vécu un moment aussi merveilleux.

— Oh ! Callum… Oui, je veux t'épouser. Je t'aime moi aussi. Tu m'as tant manqué. Je ne pensais pas que…

Son besoin d'embrasser Chelsea prit le pas sur celui de l'écouter et, sans la laisser terminer sa phrase, Callum captura sa bouche. Seul comptait le fait qu'elle l'aimait et que bientôt elle porterait sa bague.

Il approfondit son baiser, résolu à ne plus jamais la laisser partir. Les semaines qu'ils avaient passées ensemble avaient été tumultueuses mais aussi les plus belles de sa vie.

Et il ne voulait plus attendre pour se fabriquer de nouveaux souvenirs, faire des projets, même si pour l'instant la tenir dans ses bras lui suffisait amplement.

Ce fut Muffin qui interrompit leur baiser, par un petit aboiement. En riant, il détacha du collier du cocker la bague qu'il avait mis des heures à choisir aujourd'hui, pendant que la connaissance de Sophie fabriquait le puzzle en express.

— J'espère qu'elle te plaît, dit-il en la glissant au doigt de Chelsea.

— Si elle me plaît ? Je l'adore, oui ! Tu peux me pincer, s'il te plaît ?

— Pardon ?

— Tu as bien entendu ! Pour que j'aie l'impression que tout cela est bien réel…

— Rien ne l'a jamais été autant. Et si je t'embrassais, plutôt ?

Épilogue

Chelsea regardait fixement la petite languette blanche qu'elle tenait à la main, incapable de croire que deux lignes bleues y soient apparues.

Elle était enceinte…

Un préservatif avait dû craquer lors de leurs ébats… Ces derniers jours, elle avait noté quelques changements en elle, mais elle n'avait pas osé nourrir de trop grands espoirs. Gardant ses doutes pour elle, elle avait finalement acheté un test en ville.

Callum et elle se marieraient au printemps et seraient les premiers à utiliser la distillerie comme lieu de réception. Lachlan avait déjà prévu un fabuleux festin en guise de vitrine de son nouveau restaurant, et elle avait choisi la plus belle robe de mariée imaginable. Callum lui donnait envie d'être très féminine, et elle avait hâte de voir sa tête quand il la découvrirait dedans.

Elle posa la main sur son ventre, sur cette minuscule vie issue de leur amour. Jamais elle ne s'était sentie aussi heureuse. Aussi comblée.

Sa grossesse se verrait-elle déjà le jour du mariage ? Peut-être que la couturière devrait retoucher la robe ? Au fond, peu importait ! C'était une merveilleuse nouvelle, et elle devait trouver une façon bien spéciale de l'annoncer à Callum. Et si elle recourait à un puzzle comme lui ? L'inconvénient, c'était que cela prendrait un certain temps, et elle n'était pas certaine de pouvoir attendre jusque-là, étant donné qu'elle avait déjà envie de hurler la nouvelle à la terre entière.

Au cours des mois qui venaient de s'écouler, elle était non seulement tombée amoureuse de Callum, mais aussi de sa famille. Rosie, Sophie et Annabel seraient ses demoiselles d'honneur, et tous les frères de Callum les témoins du marié.

Elle allait enfin faire partie d'une grande famille heureuse, comme celle dont elle rêvait depuis toujours, et l'incroyable nouvelle qu'elle allait bientôt annoncer au clan McKinnel la remplissait d'une joie vertigineuse.

Un jappement l'arracha tout à coup à ses douces rêveries. Posant la languette sur le bord du lavabo, elle se précipita dans le salon.

Comme elle s'en doutait, Muffin se tenait près de la table basse, museau collé au sol pour inciter Bourbon, qui s'était réfugié dessous, à en sortir.

— Laisse-le tranquille ! s'écria-t-elle.

Et elle attrapa Muffin par son collier. Bien sûr, ce dernier voulait juste jouer, il recherchait désespérément l'affection de Bourbon, mais celui-ci était toujours aussi effrayé qu'au premier jour et elle craignait que la cause soit perdue. Depuis deux mois que Muffin tentait de sympathiser, Bourbon lui répondait toujours par des miaulements, voire des coups de griffe.

— Bonjour, ma beauté !

Elle sursauta, n'ayant pas entendu Callum rentrer. *Zut !* Et le test de grossesse qui était resté sur le lavabo ! Or elle voulait qu'il l'apprenne par sa bouche pour voir sa réaction quand il découvrirait qu'il allait être père.

— Je fais juste un saut, précisa-t-il. En fait, je ne pouvais pas attendre ce soir pour faire ça…

Et sur ces mots, il la prit dans ses bras et lui donna un baiser fougueux qui lui fit tout oublier.

— Ces deux-là s'entendent toujours comme chien et chat ? demanda Callum quand il détacha finalement la bouche de la sienne.

Elle leva les yeux au ciel devant son humour de bas étage et ne put s'empêcher de sourire. Il aurait pu raconter la blague la plus affreuse qu'elle aurait sans doute ri.

— Ils finiront bien par trouver un terrain d'entente, ajouta-t-il. En attendant, cela nous entraîne pour les disputes de nos futurs enfants.

C'était le moment ou jamais !

— À propos d'enfants…

— Oui ?

— Eh bien, dans quelque temps, Muffin ne sera pas l'unique problème de Bourbon, dit-elle. Il devra aussi compter avec un petit être humain qui essayera de lui attraper la queue.

Il fallut quelques secondes à Callum pour comprendre ce qu'elle voulait dire.

Elle le regarda, amusée de voir son expression passer lentement de la confusion à la joie la plus totale.

Il la saisit par les épaules.

— As-tu bien dit ce que je crois avoir entendu ?

Elle hocha la tête.

— Je suis enceinte, oui ! Et la preuve est dans la salle de bains, au cas où tu ne me croirais pas sur parole.

Pour toute réponse, il l'emporta dans un baiser tout aussi passionné que le précédent, avec toutefois un petit quelque chose en plus qu'elle n'aurait su décrire mais qui lui plut énormément.

— Maman sera sur un petit nuage, dit-il.

— Et toi ? L'es-tu ?

— Mon amour, je suis au-delà du nuage ! C'est la meilleure nouvelle que j'aie jamais entendue ! Nous allons devenir parents !

— Voilà, c'est ça !

— Tu sais, il paraît que les femmes ont toujours envie de faire l'amour, quand elles sont enceintes, expliqua-t-il d'un ton sérieux. Tu crois que c'est vrai ?

— Ma foi… je n'en ai aucune idée. Mais maintenant que tu le dis, cela expliquerait peut-être pourquoi je brûle soudain d'envie de te déshabiller et de faire de toi tout ce dont j'ai envie.

Il leva les mains en signe de capitulation.

— Qui suis-je, pour contredire une femme enceinte ? Je suis entièrement à toi, trésor.

Jamais des paroles ne lui avaient semblé si douces.

Et, se hissant sur la pointe des pieds, elle prit les lèvres de Callum pour un baiser des plus ardents, plein de promesses…

Vous avez aimé *Une idylle inattendue* ?
Retrouvez sur Harlequin.fr les autres frères McKinnel !

1. *Une idylle inattendue : Callum*
2. *Le double cadeau de Bailey : Quinn*
3. *Un nouveau bonheur pour Eliza : Lachlan*

Retrouvez prochainement,
dans votre collection

PASSIONS

Un chalet pour s'aimer, de Brenda Jackson - N°1025

Persuadée qu'il l'avait trahie, Leslie s'est tenue éloignée de Sloan durant dix longues années. Or maintenant qu'elle connaît son erreur, elle n'a qu'une envie : le revoir ! Alors que, le cœur battant, elle vient le trouver pour lui demander de sauver son entreprise, Sloan laisse éclater sa rancœur : il l'aidera à la condition qu'elle passe une semaine avec lui dans son chalet isolé. Une proximité que Leslie redoute, car elle pourrait raviver entre eux la flamme du désir…

Ce rancher si troublant, de Joanne Rock

Enfin ! Après des mois d'enquête, Sierra a retrouvé le père du bébé abandonné à Royal ! Colt Black, un rancher très séduisant, est le premier surpris par sa paternité. Aussi Sierra accepte-t-elle de lui prêter secours, quand il lui demande d'emménager chez lui pour l'aider à s'occuper de son fils. Mais cette cohabitation se révèle vite dangereuse pour son cœur, en raison des sentiments qu'elle sent naître pour Colt et son enfant…

Irrésistibles retrouvailles, d'Yvonne Lindsay - N°1026

Kristin est sous le choc : le nouvel avocat de sa famille n'est autre que Jackson Jones, son premier amour, l'homme qui lui a brisé le cœur onze ans plus tôt ! Alors qu'elle voudrait pouvoir célébrer l'hiver et Noël en toute sérénité, la voilà contrainte de travailler en bonne entente avec lui, tiraillée entre son envie de l'affronter et celle de succomber au désir qu'il lui inspire encore, contre toute raison…

Une famille pour Merry, de Teresa Southwick

Merry a trouvé l'emploi idéal. Elle est la nourrice de Wren, une adorable petite fille de six ans. Son seul problème : elle est attirée par Hunter, le père de l'enfant. Si elle parvient peu à peu à faire fondre le cœur de cet homme ombrageux en remplissant sa maison de biscuits, de couronnes de gui et de l'esprit de Noël, elle doit se montrer prudente. En effet, bien qu'elle n'ait aucun avenir avec Hunter, elle se prend à rêver d'appartenir à sa famille…

Charmée par son rival, de Cat Schield - N°1027

Nolan Thurston, son pire ennemi, est de retour à Royal… Pour Chelsea, c'est l'occasion de le charmer afin de lui soutirer des informations au sujet du conflit financier qui oppose leurs familles depuis toujours. Ainsi, elle prouvera à son père qu'elle est la digne héritière du ranch familial ! Mais, alors qu'elle se rapproche de Nolan, Chelsea sent naître de tendres sentiments pour lui et s'interroge. Une relation est-elle seulement possible entre elle et son rival ?

Le premier Noël de son fils, de Christine Rimmer

Karin refuse d'épouser Liam uniquement pour le bien de leur bébé à naître ! Elle souhaite une relation amoureuse véritable et durable, pas une union de convenance. Aussi s'est-elle montrée très claire avec Liam : il devra lui prouver qu'il partage les sentiments qu'elle éprouve pour lui, s'il veut une famille pour le premier Noël de leur fils…

Les amants de Catamount, de Joanne Rock - N°1028

Série : De retour à Catamount 2/3

Après sa rupture douloureuse avec Ryder, Jessamyn n'a jamais remis les pieds à Catamount. Pourtant, l'héritage de sa grand-mère la pousse aujourd'hui à y revenir… et à revoir son premier amour. Bouleversée par ces retrouvailles, Jessamyn se laisse rapidement emporter par le désir sans penser aux conséquences. Une folie qui prend toute son ampleur quand elle se découvre enceinte…

Mariés avant minuit, de Fiona Brand

Marié d'ici minuit. C'est la seule manière pour Damon Wyatt de toucher l'héritage de son grand-oncle. Acculé, il propose à la hâte un mariage arrangé à Jenna Beaumont, son ancienne amante qu'il n'a jamais oubliée. Si tout se passe comme prévu, tous deux se sépareront dans deux mois. Mais la vie est pleine de surprises et l'attirance de Damon pour Jenna si incontrôlable qu'il est bientôt prêt à briser toutes les règles de leur contrat…

Prisonniers de la tempête, d'Andrea Laurence - N°1029

SÉRIE : LES MARIÉES DE NASHVILLE 1/4

La règle d'or des associées de From this Moment, agence de *wedding planner*, est simple : rester professionnelles en toute circonstance… même quand le futur époux se trouve être votre ex-petit ami. Briana le sait bien, mais organiser le mariage de Ian lui brise le cœur. En tant que photographe de l'agence, elle s'occupera de la séance photo des fiancés, dans un chalet en montagne ! Hélas, aucun guide n'indique la conduite à tenir lorsque l'on se retrouve piégée par la neige avec l'homme qu'on a toujours aimé…

Un serment inattendu, d'Andrea Laurence

SÉRIE : LES MARIÉES DE NASHVILLE 2/4

Amelia doit bien se l'avouer : le dîner des anciens élèves de son lycée ne s'est pas terminé comme elle l'avait prévu ! Elle qui s'attendait à s'ennuyer, la voilà… mariée à Tyler, son meilleur ami de toujours ! Un mariage express à Las Vegas, sur un coup de folie. Depuis, sa vie est chamboulée. Pourquoi Tyler a-t-il disparu aussi brusquement, le lendemain de leur folle équipée ? Et, surtout, comment lui annoncer que leur nuit d'amour n'a pas été sans conséquence ?

Un héritier pour les Calloway, de Kristi Gold - N°1030

En acceptant de devenir la vétérinaire du ranch Calloway, Georgie savait qu'elle prenait une mauvaise décision : la voilà désormais obligée de côtoyer Austin, le seul homme qu'elle ait jamais vraiment aimé. Austin, qui l'a brutalement abandonnée après une nuit de passion… et qui la plonge aujourd'hui dans une colère noire en affirmant qu'il regrette son geste. Car ce qu'il ignore, c'est que l'étreinte torride qu'ils ont partagée n'a pas été sans conséquence…

Le secret de Wolff Mountain, de Janice Maynard

Lorsque Pierce apprend qu'il n'est pas le fils de son père et que toute sa vie repose sur un tissu de mensonges, il embauche Nikki Parrish, une avocate aussi belle que talentueuse, pour démêler le mystère de ses origines. La jeune femme, il en est sûr, l'aidera à trouver des réponses, si toutefois il parvient à réprimer le désir qu'elle lui inspire. Mais cette quête d'identité prend bientôt un tour inattendu, quand Pierce découvre de quelle illustre famille il est issu…

Harlequin® est une marque déposée du groupe HarperCollins France – 83/85, Bd Vincent Auriol – 75646 Paris cedex 13. SA au capital de 1 149 680€ – R.C. Paris. Siret 31867159100069/APE5811Z.